ツケイは七度鳴く

宮内見

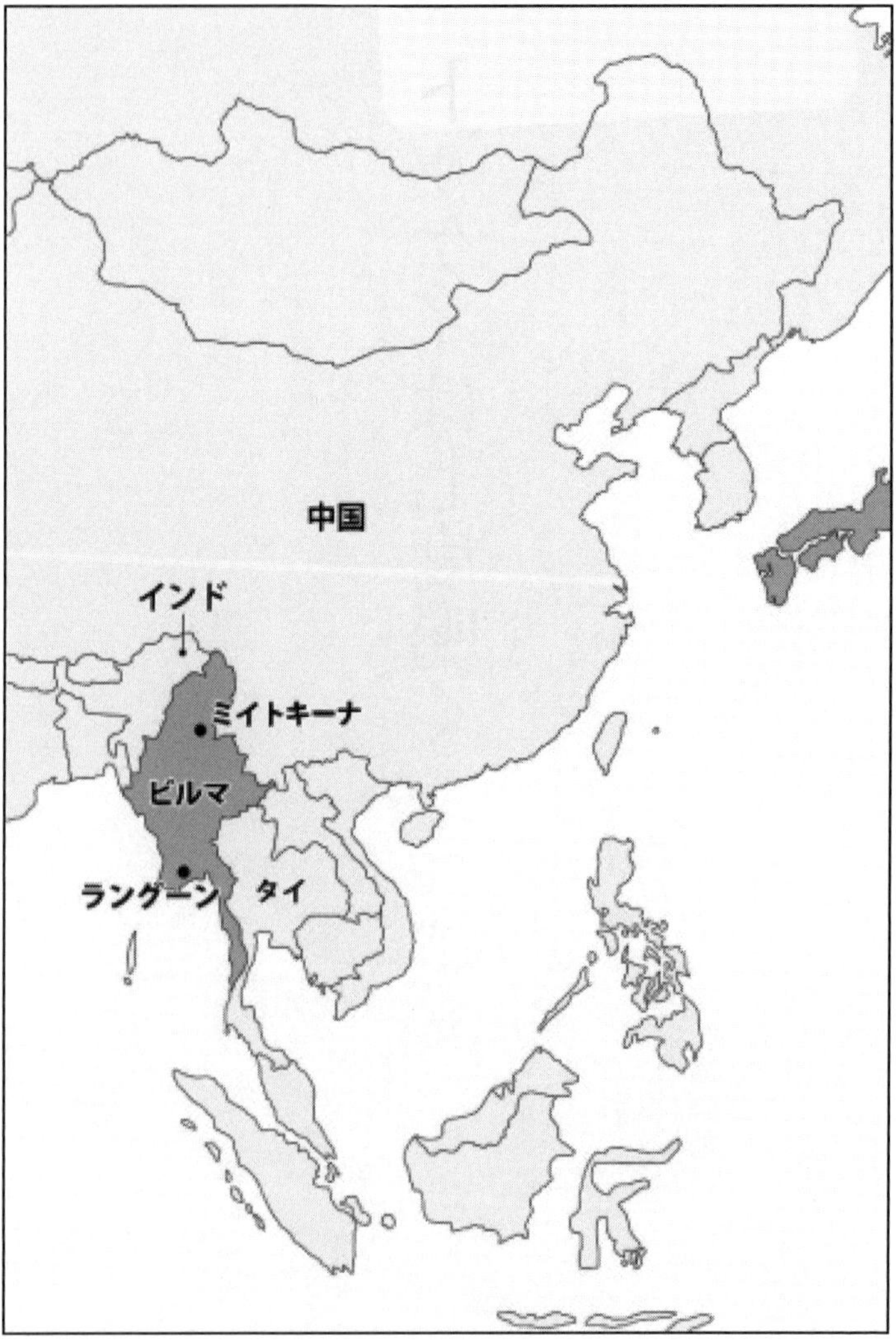
中国
インド
ミイトキーナ
ビルマ
ラングーン
タイ

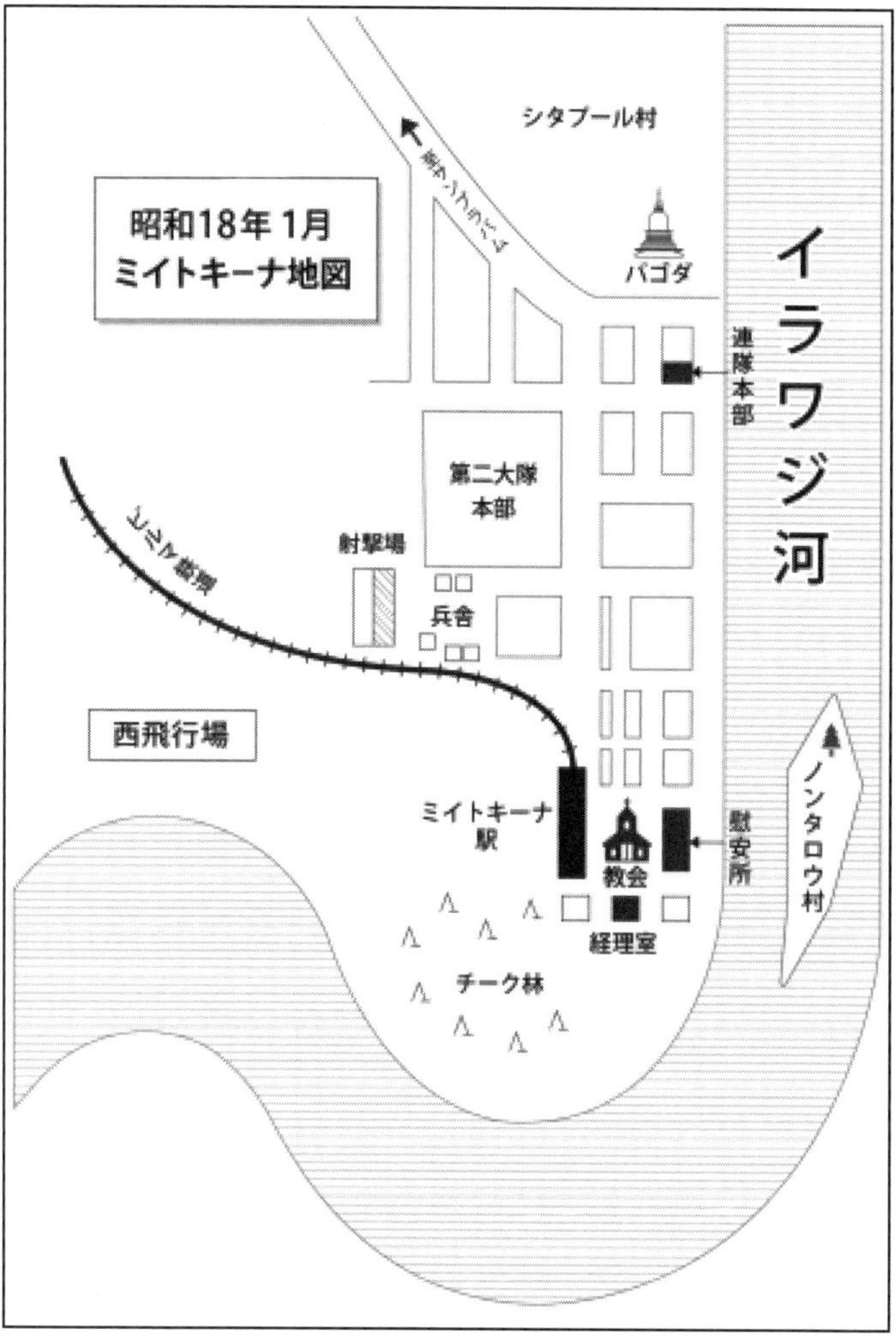
昭和18年1月
ミイトキーナ地図
シタプール村
パゴダ
イラワジ河
連隊本部
第二大隊
本部
射撃場
兵舎
西飛行場
ミイトキーナ
駅
教会
慰安所
ノンタロウ村
経理室
チーク林

目次

この物語はフィクションであり、実在する団体・個人とは一切無関係です。

プロローグ

「想像ばできますか？　十九万の日本人が死んだとですよ。祖国から遠く離れた異国で。二十歳から二十五歳の若者でしょーが。

　ビルマいうたらインパール作戦ばっかりが話題になるばってん、私にいわせりゃミイトキーナも負けんぐらい悲惨やったとです。こっちは四百人しかおらんのに、向こうは何人や思う？　四万五千ったい。百倍以上よ。いっぺん想像してみんしゃい。自分が百人の敵に囲まれたと。どうやって戦う？　十秒で終わりでしょうが。それを私ら二か月半耐えたとですよ」

　新宿二丁目にある小さな店内で、パソコンモニターの青い光が、店主・吉沢《よしざわ》竜也《たつや》の青髭を浮き立たせている。客の居ないバーカウンターに肘をつきながら、吉沢は思わず目を見開いた。

「あらやだ。アタシいいすぎちゃったかしら」

　反省の弁を漏らす。ネットで見つけた元日本兵の証言が、師匠に聞いた話と齟齬がなかったからだ。実は師匠を、少し疑っていた時期もあった。

　煙草に火を点け、ふぅ〜っと一息吐き出した後、続きを見るべく再生ボタンをクリックする。昭和六十二年収録と記された元兵士のインタビューはこう続いていた。

「あっ、そういうたら一人変わった男がおったとです。絶対に弾に当たらん男、あいつは何ち名前やったかな。彼は五中隊やった。丸顔で体も丸うて。ああ、名前ば思いだせんち。とにかく弾がやつを避けるったい。いや本当よ。他は死んでもあいつだけは生き残る。嘘やと思うたら他の生き残りに聞いてみんしゃい。あ、そうそう、べっさんたい。思い出した。皆からべっさん、べっさんと呼ばれとった。このべっさんが女にもてたとです。一度何かで営倉に入れられたんやが……え、営倉？　営倉いうのは戦場の懲罰房よ。軍規違反を犯した兵隊が入れられる牢屋ったい。なんでかは忘れたとですが、べっさんが営倉に入れられたことがあって、そしたらその夜、女どもが大挙して押し寄せて、『べっさんを出せ』と憲兵に猛抗議したとですよ。将校ならね、あとで得することもあるか分からんばってん、兵でしょ。それを女が助けに来ますか。普通は来んでしょ。女？　慰安婦ったい。ミイトキーナには慰安所があったとです。あれは見かけによらず相当な優男《やさおとこ》やったとですよ。弾にも当たらん、男前やなかばってん女にもてる、べっさんはそげな男やったとです。

もちろん生きて帰ったとです。なにせ弾に当たらんのやけん、あはは。

今？　さぁ、どげんしよーやろかね。生きとるんか、死んどるんか。なんせ昭和二十一年の八月、浦賀に引き揚げて来て以降、やつに会うたもんは一人もおらんとです」

吉沢は銀の灰皿に煙草を押し付け、ビールを一口ぐいと煽ると、お詫びの言葉とともにサイトのＵＲＬを師匠にメールした。

第一章　祖父のノート

一

神戸・長田港からの浜風が枯れ枝を揺らす。

遺品整理を終え茶の間のソファーに身体を投げ出したとき、半透明のポリ袋に無造作に突っ込まれた木箱が水車《みずぐるま》誠太郎《せいたろう》の目に留まった。上蓋がゴムで閉じられた箱は、角が突き出て、その重みでポリ袋を破りそうになっている。捨てたのは母の佐恵子《さえこ》しかいない。妙に気になり何が入っているのか聞こうとしたが、奥の部屋から聞こえる掃除機の音が邪魔して、自分の声は届きそうにない。

誠太郎は腰をあげてポリ袋に近づき、床の上に胡坐をかいて木箱を引っ張り出した。

玉手箱を開けるようにそっと蓋を開けてみると、中には一冊の厚い大学ノート、ボロボロになった黒い小さな手帳、茶封筒、新聞記事や英文の書類が貼られたスクラップブックが入っていた。

大学ノートの表紙には〝イラワジ河の夕陽〟と太いマジックで書かれていた。身内なら誰が書いたかすぐ分かる几帳面な文字だ。その下には昭和十七年十二月十五日〜昭和十九年八月三日と記され、水車《みずぐるま》勘助《かんすけ》と署名があった。誠太郎の祖父の名だ。

戦記か。記された日付を見て彼は思ったが、瞬時に否定した。いや、祖父に限ってそれはない。

近づいて来る足音で、掃除機の音が止んでいることに気づいて顔をあげる。

「目聡いなぁ、あんたは」

茶の間の入口には呆れたような目をした佐恵子が立っていた。

「何これ」

「お父ちゃんがずっと書いてたんよ。倒れる前ぐらいからかな」

「ほな震災後か。見てもええかな」

「やめて。お父ちゃん内緒で書いてたんよ。身内にも知られたくない話かてあるでしょ」

「内緒っていわれたら余計気になるやん。女でもおったんやろか」

「アホなこといいなさんな。早よゴミ袋に戻しなさい」

キッチンで冷ました白湯を飲んだ佐恵子は、掃除機を持って二階へ上がって行く。

悪いとは思ったが、大好きだった祖父が何を書いていたのか無性に気になった誠太郎は、取り出したノートをぱらぱらとめくった。縦書きの細かい文字がボールペンでびっしり書かれている。

いくつかの文字が目に飛び込んで来た。「小隊」「爆撃」「塹壕」――彼は驚いた。祖父の口から戦争の話をほとんど聞いたことがなかったからだ。

こんなものを書き残していたとは。

彼の心の針がピンと振れた。これは使えるんじゃないか、と。

まだ山が赤く染まっていた頃、親しいプロデューサーから来夏の終戦特番の企画を出してみないかと声をかけられていた。過去の戦争企画や書籍を当たって少し調べたのだが、まだヒントになりそうな手掛かりさえも掴めていなかった。彼の仕事は放送作家だった。

新鮮なネタと古いネタの区別がつかない寿司屋では話にならないように、戦争番組の何が定番で何が新ネタなのかさえ、戦争企画など書いたこともない誠太郎にはさっぱり分からなかった。半ば諦めかけていた。自分には明らかに荷が重いと。しかし泣き言を並べる余裕はなかった。

昨秋の改編期に担当番組が一本終わり、持っているレギュラーは、グルメやスズメバチハンターなどのネタを扱う夕方ニュースの特集コーナーだけになっていた。放送作家の収入は、レギュラー番組の本数で決まる。二十三年もやってきたので単価は高くなったが、レギュラーが週一本では生活は苦しい。東尋坊を竹馬で歩くようなギリギリの状態だった。

せめて単発特番の企画を打って日銭を稼がなくては、妻と娘を食わせて行けないと、誠太郎は焦っていた。

家族の為に通るか通らないか分からない企画を練る毎日だ。通らなければ一円にもならない。時間の無駄だ。でも挑戦しなければ始まらない。買わなければ当たらない宝くじのような仕事だ。

そこへ出て来たのが、今手にしているノートだった。

これを元に特番が作れたら、暮らしは大いに助かる。上手く行けば母にも喜んでもらえるだろう。ひょっとするとこれは、祖父からの最大の遺産になるんじゃないか。誠太郎の胸がかすかに膨らんだ。

＊

いつの間にか降り始めていた雨が、Uターンラッシュの新幹線の車窓を叩く。

佐恵子に内緒でこっそり持ち帰った木箱からノートを取り出した誠太郎は、冒頭から目を通した。

しかし一ページ目の最初の一文を見ただけで、慌ててノートを閉じた。優しく真面目だった祖父からは想像もできない事実がそこに横たわっていそうで胸がざわついたからだ。あまりに勢いよく閉じたので、その拍子に隣の人に肘が当たった。じろりと睨まれる。すみませんと小さく頭を下げてから、慌ててノートを箱に戻した。

厚いノートの書き出しにはこう書かれていた。


――私が殺したも同然の慰安婦・夏子の記憶が、あの日突然蘇りました。


聞いた事もない女性の名、しかも慰安婦とあった。

戦時中、日本軍が朝鮮半島の女性を強制的に連行し、性的サービスをさせた人権蹂躙も甚だしい行為だという程度のことは誠太郎も知っている。ソウルの日本大使館前にある慰安婦像の前で韓国人が日の丸を燃やしたり、過激な反日運動をしている映像をテレビで何度か目にしたことがあった。

携わっている夕方のニュース番組でも何度かこの問題を扱っていた。最近になって長年の両国間の懸案にやっと合意が形成され解決したかに思われたが、韓国の大統領が代わって反故にされ、いまだ両国間の火種となっている複雑な問題だ。

そんな負の遺産に祖父が関与していたのか。夏子という慰安婦の死因にどう関係しているのか。祖父が戦争について語らなかったのは、それが理由なのか。勝手な妄想ばかりが、誠太郎の頭の中を駆け巡る。

間もなく品川に着くという車内アナウンスが流れ、徐々に列車が減速して行く。

紙袋に入れた木箱が網棚の上でカタカタと鳴いている。

その音は、「やめろ、開けるな」と叫ぶ祖父の声なのか。

煌々と輝くオフィスビル群の灯りが新幹線の窓に乱反射する。

そこに写る坊主頭の顔が少し疲れているように誠太郎は感じた。

第二章【勘助】ミイトキーナ

一

『私が殺したも同然の慰安婦・夏子の記憶が、あの日突然蘇りました。

夏子と初めて逢ったのはビルマ（現ミャンマー）の北限ミイトキーナ（現ミッチーナ）市街の南端にあった慰安所でした。彼女は主人に殴られて泣いておりました。

夏子の話をする前に、当時のビルマの戦況を簡単にお話ししておきます。

彼の地は日本の真夏にあたる六から九月が雨季、十月から乾季に入り、三、四、五月が盛夏です。

暑い三か月、女たちの頬や額には白いものが光っています。

「あれは何や」

「あれはオイの名前と同じ『タナカ』ったい。にゃははは」

愛嬌たっぷりの九州弁で教えてくれたのは、同じ中隊所属の田中清吉《たなかせいきち》君でした。ぱっちりした目を細め、相撲取りのような大きな身体を揺らして笑う田中は、一番気の合う同年兵でした。

ビルマの女性たちは、タナカというミカン科の木の樹液を顔に塗り、日焼けを予防します。乾くと白くなるため、頬や額に紙を貼り付けたように見えました。

我らが所属した第十八師団（暗号名『菊兵団』）は、北九州の炭鉱出身の向こう気が強い荒くれものが揃った部隊です。久留米編成の部隊に、神戸出身の私が召集されたのは、父が小倉出身で本籍地もまだそこにあったからでした。

昭和十七年十二月十五日早朝、菊兵団隷下第百十四連隊の将兵らを乗せた列車は、朝霧の中、ミイトキーナ駅に滑り込みました。首都ラングーン（現ヤンゴン）の北千二百キロに位置するビルマ鉄道の終着駅です。

駅前には時計台のある教会が建ち、その周囲にビルマ人の食堂、インド人の珈琲店、雑貨を並べた露店や、マンゴー売りなどの果物屋台が軒を連ねています。土埃舞う中、店番をするカチン族の子供たちの笑顔が溢れ活気に満ちています。中国人の店では漢字の看板も目につき思わず里心が出ます。

石造りの建物の庭では、ブーゲンビリアの赤い花がミツバチを誘い、つい半年前まで英国領だった名残を感じさせました。

駅の東三百メートルには、ヒマラヤの雪解け水がイラワジの大河となって悠然と流れています。晴れた日の早朝、たちこめる霧の中で船頭が櫓を挿す川舟が行き交うさまは、まるで水墨画のようでした。

田中と私が所属する第五中隊は、街を東西に横切る線路の北側に建つ兵舎と射撃場の警備担当となりました。

兵舎内で煙草を吸いながら内務をしていた飯塚《いいづか》八郎《はちろう》軍曹に田中が尋ねました。

「班長殿、一つ伺ってもよかですか。自分ら初年兵は早く初陣を張りたくてうずうずしとるとですが、こげん僻地で本当に戦闘ば起こるとですか」

「そうか。初陣もまだか」

二十四才の軍曹は可愛い弟を見るように田中の方へ向き直ると、これを見てみろと情報班が描いた市街地図を広げました。

「イラワジ河は街を南下したところで突如北上しているのが分かるか。つまりミイトキーナはアルファベットの〝U〟の字型に川で囲まれているわけだ」

「自分は横文字が苦手であります。ですが『のどちんこ』には見えるであります」

「ははは。確かに扁桃腺が腫れたようだ」

苦笑した班長は、続けて地図の左端を指差しました。

「ここに西飛行場があるだろ。その南を通る鉄道の線路がU字の口に蓋をするように東へ伸びて来て、その先に終点ミイトキーナ駅がある。二つの中間地点に我々の兵舎があるわけだ」班長はその位置をペンで押さえました。「いいか、飛行場と鉄道は輸送と補給の上で非常に重要だ」

「補給がなけりゃ腹が減って戦ができんですばい」

「その通りだ。だから本来なら、多くの守備要員を充てねばならない。ところがイラワジ河がお堀のように街をぐるりと囲んでいるお陰で、我々は北から来る敵だけに目を光らせておけばいい。つまり、自然が造った難攻不落の要塞都市、それがミイトキーナだ」

「班長、それでは困るのであります」

「なんでだ」

「そげん頑丈な街なら敵は攻めて来んでしょう。肩ば回して準備しちょったオイの初陣はどげんなるとですか」

「まさか安全で不満を言われるとはな」班長は笑顔を浮かべながら煙草をもみ消し、机の引き出しから今度は世界地図を取り出しました。「田中、敵は必ず来る。ここにトランプのダイヤのような形をした国があるだろ」

　班長が指先で叩いた菱形の国土を持つ国は、左上のインドから時計回りに、頂点がヒマラヤ・チベット山系、右上に支那（中国雲南省）、右下がタイ、そして左下がアマンダン海に囲まれています。

「田中。これがどこの国か分かるか」

「さて、どこですか」

「これが、今我々がいるビルマだ」

「オイは今ここにおるとですか」

「そうだ。ここは西側を英米印（イギリス・アメリカ・インド軍）、東を支那（中国軍）に挟まれている。ビルマを日本に取られた連合国軍は、交通を分断されて困っている」

「五目並べで邪魔な石を置かれたようなもんでありますな」

「物分かりがいいじゃないか」

「そげん褒めんで下さい。えへへ」

「ミイトキーナは、英領インドのレドから、支那の昆明にいる蒋介石軍へ物資を送る重要な補給ルート（通称「レド公路」、援蒋ルートともいう）の中間に位置する。腹が減っては戦ができんのは蒋介石も同じだ。ここを日本に支配されたままでは、連合国軍は武器弾薬や糧秣《りょうまつ》を支那に送ることができん。だからなんとしても奪還したい、日本軍は絶対に譲れない、それがミイトキーナだ」

「ということは、そのうち必ずチャーチルが攻めて来ると」

「その名を知っているのか」

「馬鹿にせんで下さい班長。敵の総大将の名前ぐらいは一兵卒の自分でも知っとります。関ヶ原の足軽でも石田三成の名前ぐらいは知っとたんやなかとですか」

田中の斬り返しに飯塚班長は再び笑い声を弾ませました。

聞けば班長は福岡一中のご出身とのこと。ラグビーの全国大会で我が兵庫二中と対戦したこともあるライバル校の卒業生と知り、急に親近感を覚えました。私は第五中隊で一番殴られた駄目な兵でしたが、班長には一度も手をあげられませんでした。

二

昭和十八年一月末。

ミイトキーナに駐留を始めた我々の唯一の楽しみは、週に一度の外出日でした。

「べっさん、一緒について来んね」

その頃、小隊の仲間は私をべっさんと呼ぶようになっていました。細く垂れた目と丸い顔が七福神の恵比寿様にそっくりだという理由です。私が関西の呼び方で「えべっさん?」と聞き返したのがきっかけて、それが略され「べっさん」となったのでした。

「桜井兵長も一緒ったい。どうや三人で」

「どこ行くんや」

「そげんこつ、いわんでも分かっとろうもん」

朝食を食べながら、田中はにやにやしています。

百十四連隊では、外出日は三人一組で行動する連帯制がとられていました。田中は私を引き入れ、桜井睦夫《さくらいむつお》兵長と三人での行動を目論んでいるようでした。

「兵長からのお誘いか」

「そうやなかばってん、英雄色を好むいうやろう。なんでも兵長は支那の漢口（中国河北省）で慰安所を一日三軒はしごした強者《つわもの》ったい。オイら初年兵に遊びを教えて下さいといえば同行して下さるに違いなか」

「そっちの誘いか。だったら僕は遠慮しとくわ」

「なんちゃ。次の作戦でお前もオイも死ぬかも知れんやろう。最後に天国を見に行っても罰は当たらん。死ぬ前にパッと花を咲かさんか。金ならオイが払ろうちゃる」

「金が惜しいんやない」

「内地に好いた女でもおると」

「そんなもんおらへん。格好悪い話やけど、僕はまだ女を知らんのや。だからそんな色っぽい所、恥ずかしいてよう行かん」

「安心せい。オイも女子《おなご》の神秘はいまだに分からん。とりあえず一緒に来い」

半ば強引に三人組に入れられた私は、社会勉強と諦め田中に付いて行きました。

「田中から聞いたばい。女郎屋は初めてなんやて」

た。

「兵長、そんなこと、道端で聞かんといて下さい」

恥ずかしがる私を見てがははと笑った桜井兵長は、久留米の農家の四男坊で、眉間に大きな黒子があり、酒を飲むと黒子まで赤く染めながら大声で歌いたがる陽気な古参兵でした。夜営で私が飯ごうをひっくり返してしまったとき、俺のを食えと白米を分けてくれた優しい方でした。

慰安所があったのは五中隊の兵舎から一・五キロほど離れた街の南端、ミイトキーナ駅前に建つ時計台のある教会の東側にあり、イラワジに面した明媚な場所でした。

慰安所の正面には大木戸門が設けられ、酒酔いや乱暴狼藉を取り締まるため憲兵が目を光らせています。門を潜り抜けると、チークを伐採して拵えた黒いペンキ塗りの簡素な小屋があり、そこで所属を確認されました。

「第二大隊第五中隊の桜井、田中、水車の三名です」

兵長が答えると、監視役の兵に徽章と階級章を確認され、小屋の上部に掲げられた料金や時間、避妊についての規則をしっかり読んでから中に入るようにと指示されました。

見上げて規則を読んでいると、客を奪い合う女たちの声が耳に飛び込んで来ます。

「兵隊さん、朝鮮のキレイな子いるよ」

「気立てがいい広東の姑娘《くーにゃん》はどうだい」

「内地の女と遊んで行きなよ」

久しぶりに聞いた女性の日本語に、思わず郷愁をそそられます。

「写真はないんかのう。漢口じゃ店の入口に女郎の顔写真が貼ってあったと」

「えっ！　それを見て女子を選べるとですか」

「漢口じゃ一番人気の『お職』から順に貼ってあったと。面白かもんよ、お職が必ず器量良しかというと、そうとは限らんっちゃ。やっぱり女子は気立てぞ。わしらのような兵隊相手の女郎は優しゅうなかったらいかん。明日前線に死にに行く者。命からがら生き帰った者。そげん客が女子に器量ば求めるか。求めんちゃ。欲しいのは優しか言葉ったい。慰安所の女子は、こそ」

兵長は自分の胸をとんと二回指先で叩きました。

「修羅場を潜り抜けて来た兵長の言葉は重みが違うったい。涙が出ます。な、べっさん」

田中は私の肩に腕を回し、嬉しそうに身体を揺すって来ます。

ミイトキーナの慰安所は小径を挟んで左右に二軒ずつ、計四軒建っていました。

四軒すべてを冷かした後、日本人酌婦の『東洋楼』か、朝鮮人酌婦の『桃園』のどちらにするか二人は迷っていましたが、客引きの女が綺麗だったからと後者が選ばれました。

受付では、主人の妻と思しき濁音の苦手な女将が、「たれにするか。光子はペッピン、富士子もペッピン」と、木札を指さしながら早く決めろ、金を払えと急かして来ます。

写真はありませんでしたが、その代わり女性の名前が書かれた札がぶら下げられていて、一番上がお職、二番人気の数人が二段目、三番人気の数人が三段目と、ピラミッドのように並んでいました。

「兵長、どげんされますか。光子も富士子も別嬪《べっぴん》やそうです」

「馬鹿か。真に受けてどげんする。向こうは商売ぞ。メス牛でも別嬪いいよろうもん」

兵長の千里眼に私は思わず吹き出しました。

結局、順番待ちを覚悟で田中はお職のたまき、兵長は二番人気の貴美子を指名しました。女将の横に座っていたビルマ人の若い男が二人の希望を帳面につけています。

二人が料金一円五十銭を支払って切符を受け取ると、女将は順番が来たら呼ぶので隣の食堂で珈琲でも飲んで待っているようにと勧めます。聞けばその店も女将夫婦の経営だといいます。待たせる間にも金を稼ぐ商魂の逞しさには恐れ入りました。

「残りはあなたよ。とうするか兵隊さん」

「僕は兵長と田中が上がるときに、空いている人で大丈夫です」

「こんな人ほど、スッポンよ。食いついたら離れない」

聞いた二人は大笑いしています。酸いも甘いも知った女将に私は頭が上がりませんでした。

三

三人で食堂へ行こうと桃園から一歩出た時でした。

突然背後から女の悲鳴が聞こえてきました。土間の右隅に、新選組の池田屋の芝居で観るような大階段が降りて来ているのですが、その階段下で若い女が倒れて泣いていたのです。主人らしき大柄の男が女の腕をつかんで部屋へ戻れといっているようですが朝鮮語なので分かりません。女は男の腕を振り払い金切り声をあげていました。

見てはならないものを見た気になり逃げるように店をあとにした我々は、イラワジ河の堤防道路の下に建つ食堂で珈琲を注文しました。

「〝突撃一番〟よか名前ったい。兵長、思いませんか」

「わしも漢口で初めて見たときは笑うたっちゃ」

受付で渡されたサック（コンドーム）の袋に書かれた商品名に感心しながら、牛乳をたっぷり入れたビルマ珈琲を楽しんでいたのも束の間、案外早く順番が回って来て、二人は半分も飲まないうちに、女郎屋の二階へと消えて行きました。

残った私が一人珈琲を啜っていると受付のビルマ人がやって来ました。

「どうしますか。今、空いてるの夏子だけです」

「じゃ、その方でお願いします」

「いいんですか」

念を押して来るので理由を尋ねると、さっき土間で泣いていた女が夏子だといいます。

「夏子はいつも客を取りたくないとわがままをいいます。不真面目でサーヴィスもよくない。兵隊さんや将校さんにもよく怒られています」

「構いません。行きましょう」

彼は知らないよという表情を見せて、階段下まで私を案内しました。

「部屋の前に名札がかかっています。切符は夏子さんに渡して下さい」

彼に礼をいい軍靴を脱いで、みしみしと鳴く階段を上がると、二階正面に開いた大きな窓からイラワジ河の風が運ばれて来ました。

階段口を囲むように二十近い個室がコの字型に並んでいて、それぞれの部屋からは男女の話し声や笑い声が響き、湿った空気を満たしています。

階下から、「駒子、今日も来たぞ」と呼ぶ大声と、男たちの笑い声が聞こえてきて、なぜか恥ずかしい気持ちになりました。

　ある部屋の入口前では、「次はいつ来てくれるの」「二週間後だ」「私の事忘れないでね」と男女が囁き合っています。二人の顔を見ないよう夏子の名札を探しました。

　表札があったのは、日当たりも風通しも悪い一番手前の個室で、入口にアンペラ（藁で編んだ筵《むしろ》）がかかっただけの簡素な造りでした。

「こんにちは」

　めくったアンペラから顔を突っ込むと、窓の下に横座りして悲し気な表情を浮かべている女がいました。白襦袢は乱れて胸元は開き、さっきまで泣いていたからか髪もボサボサで、とても客商売の身嗜みとは思えません。

「入ってよろしいですか」

「ケートルはそのまま。軍袴下げてサックして下さい」

　女は私に一瞥もくれることなく、鼻にかかった声で事務的に反応しました。

「いえ、大丈夫です。自分は付き添いで来ただけなんで時間が来るまでここに居させて下さい。二十分も置いて頂ければ帰ります」

　そこで初めて夏子は私の目を見ました。

「……何もしなくていいのか」

「時間だけ気にして下されば大丈夫です」

　奥二重の目は深い哀しみを湛えていましたが、黒い瞳の部分がとても大きくて印象的でした。

　部屋の奥まで入る気になれなかった私は、入口近くで胡坐をかきました。

　四畳半ほどの部屋は黒い板張りで、入ってすぐの場所に薄い藁布団が敷かれていました。枕の向こう側に古ぼけた小箪笥があり、その上に白いホーロー製の洗面器と手拭いが置いてありました。好奇心から背筋を伸ばして洗面器の中を覗くと、ピンク色した半透明の液体がなみなみと入っていました。後になって彼女に聞くと、それは過マンガン酸という赤い丸薬を溶かした消毒剤で、接客が終わったらそれで膣内を洗浄するよう軍医から指導されていたそうです。

　窓辺の隅には化粧用の小箱と鏡がありました。

　天井から吊られた軽油灯が微かに揺れています。

　妙齢の美女と二人っきりでいるのが初めてだった私は、少し緊張していました。これも後に分かりましたが、夏子は私より一つ年下で、二十歳になる年でした。

「早く戦争が終わって帰れたらいいですね」

　何か話でもしなければと声を掛けてみました。しかし彼女はまったく反応しません。

　困りました。まだ十五分以上あるのに、このまま居るのは間が持ちません。

　肩から提げていた水筒から水を一口流し込みました。

「いつ終わるか」彼女から遅れて反応が返って来ました。「戦争、いつ終わるか」

「分かりません。少なくとも私に関しては、二年は除隊できません」

「チョタイ？」

「やめて帰れるという意味です」

「ああ」

「夏子さんの除隊はいつですか」

「知らない！　お父さんに聞け」

急に強い口調で返され戸惑いました。何か機嫌を損ねる聞き方をしてしまったのか。夏子は視線の先に朝鮮半島を思い浮かべるように窓の外に視線を戻しました。

女郎屋の女性は貧しい家庭の出身者が大半で、親が借金のカタに娘を売るのも珍しくなかった時代です。彼女の言葉から察するに、借金がいつ終わるのか知っているのは店の主人だけで、本人も知らないという意味だと理解しました。

私は父の店で番頭見習いをしていましたので金勘定や借金には頭が回る方でした。もし彼女の話が本当なら、いつ年季が明けるかは店主の匙加減ひとつです。そんな不条理があるのだろうかと疑問に思いましたが、初対面でそんな立ち入ったことまで聞けません。

無難な話題で逃げることにしました。

「お母さんやお父さんは、元気に暮らしているんですか」

「お父さん働かない。酒ばかり飲む。たからお母さん、苦労ばかり」

夏子の目が突然潤み始めました。

しまった。心の中で頭を抱えました。話題選択に失敗したのです。慣れない場所で時間を持て余し、間を埋めようと気を回してはみたものの、虎の尾を踏んだのです。

なんだか虚しい気持ちになり、もう下に降りて待っていようと、切符を板間の上で滑らせて立ち上がりました。

「これ置いておきますね」

「いらない。私、仕事してない。受け取れない」

「いや、それは困ります」

切符を再び差し戻すと、私は慌てて階段を駆け下りました。

意外にも、階下では既に二人が待っていました。

「べっさん、遅いぞ。女将さんのいう通り、やっぱりこいつはスッポンたい」

田中の軽口に女将も主人も、帳面をつけていたビルマ人も白い歯を見せています。

「さあ、飯でも食いながら、べっさんの武勇伝を聴かせてもらうっちゃ」

田中に背中を押されて三人で店を出かかりましたが、ふと夏子の話を思い出した私は、振り返って尋ねてみました。

「ご主人、立ち入ったことを伺うようですが、ここは酌婦の方と借金の証文は交わしていないんですか」

するとたちまち主人の顔が曇り、笑っていた女将も泥人形のように無表情になったのです。

「おい、べっさん。何ばしよーっと。帰るぞ」

田中が出入口で叫んでいます。

「商売としてまずくないですか。考えてみてあげて下さい」

言い残して踵を返すと、背中に甲高い声が突き刺さりました。

「意味ないよ！　女は誰も字読めないよ」

四

教会近くにあった露店でモヒンガーという現地の麺を楽しみました。田中がビルマうどんと名付けたそれは、白い細麺に黄色い辛味のあるスープでビルマのカレーうどんといった風情でした。

「田中、お職のたまきはどげん女子やった」

「流石によか女でありました。下膨れの丸顔で髪を日本髪に結うて、切れ長の目を細うして『おこしやす』と笑うのであります」

「どこで覚えたとね、そげん京都弁。風流でよか」

「しかも帰りにゲートルば巻いとったら、手伝うてくれたとです」

「優しか女子やね。やっぱりお職は違うったい」

「兵長。泣かせる話がありまして、たまきは朝鮮で高等女学校まで出たいうんです。そげん女子がなんでこんなとこにおるとねち聞いたら、看護婦募集ということで来たのに慰安婦にされたっちゅうんです。騙されたと。不憫に思ったオイは、親に送ってやれと、一円多めに渡して帰って来たとです」

しみじみ語る田中を尻目に、兵長が声をあげて笑い出しました。

「お前は馬鹿か。まんまと騙されよってからに」

「どげん意味でありますか。お言葉ですが、いくら兵長でも事によっちゃ意見させて頂かねばなりません」

「わしは漢口でもラングーンでも同じ台詞を聞いたことがあるったい。そうやって金をせしめよるんや」

「えっ」

田中は食べかけのビルマうどんを口に入れたまま固まっています。

「女学校を出とるんなら英語で名前をいうてみいっちゅうても二人ともいえんやった」

田中は臍を噛んで悔しがり「金返せ」と叫んでいました。

「ところでべっさん、そっちはどげんやった。初めて柔肌に触れた感想は」

「自分は話をしただけであります」

「恥ずかしがらんでよか。ね、兵長。ここは男三人しかおらんのや。正直にいうてみ」

「土産話の一つでも聞かせてやりたい所なんやけど、ほんまに話しただけなんや」

「本当と？」

「ほんまや」

「カーッ。話するだけで一円五十銭も払うたんか」

田中は呆れたとばかりに、持っていた箸を空に放り投げると、小便行ってくるわ、と席を立ちました。

せっかく連れて来てくれた田中に悪いことをしたような気になり、もう慰安所へ行くのはよそうと決心しました。

「べっさんも変わった男ったいね」

兵長は熱いスープを飲み干し、唇についた油をぺろりと舐めました。

「兵長、自分は遊廓の世界をよく知らないのですが、あの世界じゃ借用書を書かないことも、あるんでありますか」

「普通はなかろう。親は泣く泣く我が子を売るんぞ。本人よりも親が証文を欲しがろうもん。身請けされる女もおる。そのためにも必要ったいね」

「なるほど。ありがとうございます」

遊廓といえども、我々商売人と同じだと知りました。

その後、散歩がてらに川のほとりへ行き、土手の草むらに三人で寝っ転がりました。

イラワジからの川風が頬を撫でます。

三百メートル対岸のノンタロウ村には、大きなビルマ椰子の巨木が一本生えていて、その下で農作業に精を出すビルマ人の姿が見えます。

牧歌的な美しい風景と川の水音が子守歌となり、私は微睡んでしまいました。

十分ほどうとうとしたでしょうか。気が付くと二人は水辺まで降りて水面に石を滑らせ、跳ね上がる回数を競い合っています。そのときでした。

「水車?　水車勘助君とちゃうか」

その声に上体を起こして驚きました。

「先輩！」

立っていたのは、兵庫二中ラグビー部の三年上、平尾誠造《ひらおせいぞう》先輩でした。階級章で軍曹になられていることが分かり、私は慌てて立ち上がり敬礼しました。

「平尾軍曹とお呼びすべきでした。失礼いたしました」

「固いこというな。これまで通りで十分や」

出征されたのは知っていましたが、まさかビルマの、しかもミイトキーナでお会いするとは驚きでした。家も近く幼少期から知っている兄貴のような存在で、先輩の父上も福岡ご出身で親同士も親しい間柄でした。二重瞼で彫りの深い端正な顔立ちはまるで西洋人のようで、学生時代にはなかった口髭が貫録を見せていました。

「所属は?」

「五中隊です」

「飯塚のとこやな。オレは情報班、仕事は主にカチン族の懐柔や。彼らは恐ろしいぞ。斬った敵の首を竹籠に入れて部落の入り口に突き立てるんや。人肉や脳みそも食うらしい。水車、世界は広いぞ」

先輩は土手に寝転がって大きく伸びをされました。

「先輩、またラグビーやりたいですね」

「生きて帰れたらな。本部におるから時々顔出せよ。ほな、ひと仕事して来るか」

むくっと立ち上がると、尻に着いた草を払っておられます。

「休養日じゃないんですか」

「俺らは別でな。今からの任務は、ある意味一番大変な任務や。慰安所や。気が重いわ」

「えっ？」

「遊びに行くんとちゃうぞ。調査や。税金徴収のための売り上げ調査や。慰安所の監督も情報班の仕事でな。オレはあそこが苦手や。カチン族より扱いが難しい。またな」

土手を駆け上がり川下に向かって歩き出されます。

私は慌てて後を追いました。

「先輩、慰安所について、ひとつご報告があります」

並んで歩きながら、桃園は借用書を取っていない旨を告げると、先輩は険しい表情で立ち止まりました。

「それがホンマなら忌々しき事態や。経営者の思うがままやないか。監督する情報班の沽券にも関わる。よう教えてくれた。ありがとう」

足早に立ち去るその後ろ姿は、かつてボールを追いかけていた頃にも増して、凛々しく映ったのでした。

第三章　【誠太郎】　家族

一

成田空港は正月を海外で過ごした家族連れやインバウンドの外国人客でごったがえしていた。祖父のノートは実話なのか。車中でも、到着ロビーの出入口を見つめながらも、誠太郎はそのことばかり考えていた。

「う、め、ぼ、し」

妻の麻沙子《まさこ》が一音ずつ置きながらいう。誠太郎は右手で慌てて顎を擦る。それで梅干し跡が早く消えることはないが、それでも擦って消そうとする。

考え事をしているとき誠太郎は下唇を固く結ぶクセがあり、そのとき顎に梅干しのような皺が寄る。娘の汐里《しおり》はその顔が嫌いなのだ。

「はい笑って」

梅干しを作らず、尚且つ娘からの好感度を上げるベストな方法が笑顔だといって、麻沙子が無理やり練習をさせる。

しかし公共の場でそんなことをするのが恥ずかしく、誠太郎はそっぽを向く。

「嫌がられてもいいの」

「来たら笑うがな」

「駄目。早くやって」

嫌々笑って見せる。

「目が笑ってない」

目を細めてみる。

「表情が硬い。もっと自然に」

努力する。

「何それ。泣き顔になってるよ」

「どないせいっちゅーねん」

夫婦や家族でいても常に仕事のことが頭をよぎるのが誠太郎の悪い癖だ。次の企画をどうしよう？　あの原稿で伝わったかな？　食事に行っても、遊園地で家族写真を撮るときも、いつだって仕事のことを考えてしまい、無意識に顎が梅干しになる。

それを見るたび、楽しくないなら来なきゃいいのにと汐里に嫌な顔をされる。

娘が中学生になった頃から誠太郎は彼女との距離感が分からなくなった。自然と共通の話題が減る。話題が減るからさらに距離が開く。父と娘の負のループだ。高校受験前には、おはようと挨拶しても無視される日もあった。高校二年生になる頃には、当時のようなピリピリムードは緩和されたが、それでもスムーズなコミュニケーションには程遠いと感じていた。

ゲートに立って三十分ほど経過した夜七時過ぎ、カートを押す大柄な女子が出て来た。

「汐里」麻沙子が両手を高く振ってから囁く。「ほら、笑顔忘れないで」

練習通り、誠太郎は口角を上げ大きく手を振った。これで成功してるのか。自分では分からない。

改めて見たらでかいなと驚いた。汐里を家の外で見るのは家族で大阪のテーマパークに行った中学二年のとき以来だ。身長は麻沙子をとっくに追い越している。誠太郎と十センチも変わらない。

ロングスカートの足元には赤いスニーカー、黒い髪をツインテールにして、母親譲りの二重まぶたの上には、初めて見る大きな伊達眼鏡がのっていた。

恰好はまだ子供っぽいが、一人でロサンゼルスから堂々と帰国する姿を見て、娘の成長を実感する。

「ただいま。お腹減った〜。なんか食べたい」

「機内食食べなかったの？　どっか入る？」

「いい、車で食べる」

誠太郎には目もくれず母娘の会話が急加速する。アメリカで買った伊達眼鏡が、三ドルで安かったとか、アクセサリーや服は全部サイズが大きかったとか。父親なら、つい他のことを考えたくもなるような話題に花を咲かせている。

娘のカートを黙々と引きながら後を付いて歩く。

汐里は正月休みを利用してアメリカで活動する韓流ダンス・ボーカル・ユニットのカウントダウンライブを見にロスまで行き、現地ファンの家に十日間泊まって帰ってきた。ＳＮＳを通じて親交を深めたジェイミーという名の女子大生だ。元はといえば東京でのファンミーティングで初めて顔を合わせて意気投合したという。

迎えに来る車中で、彼女らは何語で喋っているのか麻沙子に尋ねると、「英語と少しの韓国語らしい。それで通じるんだって」と驚くような顔をしていた。

東京へ向かう高速は順調に流れた。

お目当ての韓流スターがどうしたとか、会場前で撮った写真がこれだとか、後ろではずっとその会話だ。

それに参加できるはずもないが、誠太郎には確認しておきたいことがあった。

汐里は英会話に興味がありアメリカ留学の夢を抱いていた。今回の旅はその下見の意味も含んでいた。

出来れば応援してやりたい。どこへだって留学させてやりたい。ただ今の誠太郎にはそれが苦しかった。アメリカの大学は一年の学費が平均三百万円もかかると聞いた。だったら日本の私大に行ってくれよと本心では思っているが、そんなことは口が裂けてもいえない。これ以上嫌われたら家に居づらくて仕方がない。

資金計画を立てるためにも一日でも早くその意思を再確認しておきたかった。できれば車内で聞いておきたい。自宅へ二人を送り届けたら、事務所へ戻らねばならない。執筆中のナレーション原稿を途中で置いて来たからだ。

千葉との県境をまたぐとき、夢の国から見えた花火に後ろが大騒ぎする。

結局、家に着くまで母娘の会話は果つることのない温泉のように湧き出し、冷水が流れ込む隙は皆無だった。

玄関先までトランクを運び、ほな事務所戻るわ、と声をかける。

そんなことはお構いなしに、二人はお喋りしながらリビングへ続く廊下をずんずん進んでいく。玄関のライトが落とす光の中で、誠太郎の心の声がこぼれ出る。

「オレが聞いてないと怒るくせに、なんやねん」

　下駄箱を蹴っ飛ばしたら、当たり所が悪く想像以上に大きい音がして、足の小指が靴の中で悲鳴を上げた。玄関先で悶絶していると、リビングに通じるガラス扉が開く音がした。

「何やってんの」汐里が顔を出していた。

「ちょっと、ぶつけた」

　娘に本当の事はいえなかった。痛みでかすれた声で大丈夫、気にするなと告げる。

　汐里は少々呆れ気味な表情を浮かべた後、「お迎えありがとね」とドアを閉めようとした。

　慌てて叫ぶ。

「汐里、留学は──」

　閉まりかけたドアがピタリと止まった。

　この好機を逃すと次はいつになるか分からない。本心とは裏腹に、できるだけ優しい口調を意識して、誠太郎は語り掛けた。

「行ってみてどうやった？　気持ちは前向きになったか」

　ドアがゆっくりと開いた。再びのぞかせた顔は明らかに曇っていた。

「やっぱいい。なんか違うかなって、留学は。行ってらっしゃい」

　ばたんと閉じたガラス扉に写る影が淡く消える。

「汐里……」

　夜の風が首元を冷やす。

　襟を立てて事務所へ急ぐ誠太郎の耳の奥で、娘の沈んだ声がリフレインしていた。

二

アスファルトが薄っすらと銀色に染まっている。

企画打ち合わせは翌日だ。草案を持って行かねばならないのに、頼りは祖父のノートしかなかった。

事務所と呼んでいるワンルームマンションに置いた六人掛けの大机で、木箱を前にした誠太郎は母親の顔を想い浮かべた。

＊

「誠太郎、持って帰ったでしょ」

帰京した翌日、すぐにお咎めの電話があった。明らかに怒りを含んだ声だった。

「安心して。事務所に置いてるから。麻沙子にも汐里にも見せへん」

「そういう問題と違うでしょ」

その言葉で少なくとも最初の一文だけは佐恵子も目にしたのだと誠太郎は直観した。彼女は決して慰安婦という単語を発しなかった。あえて避けているのだろうと誠太郎は推察した。

だが彼の勘は外れた。

「祖父ちゃんが戦争のこと書いてるなんて意外やったわ」

「ああ、やっぱり戦争の話やったんやね」

「え？　やっぱりって。ひょっとして読んでないの」

「当たり前やないの」

「一行も」

「読んでません」

「なんでや」

「隠れて書いてたもん、わざわざ図書館まで行く日もあったんよ。帰って来ても私の目盗んでこっそり箪笥の中に仕舞って。狭い仮設で見て見ぬふりすんの大変やったわ」

「地震の後に書いてたんやったっけ」

「倒れる前までかな」

勘助は阪神大震災の翌年、一度目の脳梗塞で倒れ、右半身に麻痺が残った。

「ほな、一九九六年頃か」

「そやね」

佐恵子が中身を知らないと分かり、誠太郎はほっとした。知らずに済むならその方がいいと思ったのだ。だが同時に疑問が浮かんだ。

「中身も知らんのに、なんで捨てたんや」

「内緒で書いてたものを、死んだからって読んでええ筈もないでしょ」

佐恵子の清廉さを見た思いがした。

番組化してお金にしようとしている自分の身汚さが嫌になり、仕事に使ってもいいかとは口が裂けても告げられなかった。

＊

夏子の死に関わる酷い事実が出てきたら番組になど絶対にできない。祖父が甚だしい人権蹂躙を犯していたなら身内としては明るみに出したくない。祖父の為、母の為、そして自分や家族の為にも、闇に葬り去るべきだ、と誠太郎は考えた。

ただ切羽詰まっていた。今の彼にとって背に腹は代えられなかった。

どうすべきか。腕組みする。

ブランコのように、想いが行ったり来たりを繰り返す。

気がつけば、壁に掛けた時計の長針が真逆を指していた。

「あ〜、もう悩んでもしゃーないない」

とにかく明日までに何か企画を持って行かねばならない。アイデアの手掛かりは今これしかないのだ。とりあえず続きに目を通してみよう。銀太朗はノートを開いた。

第四章　【勘助】　初陣

一

『昭和十八年二月。

部隊に戦闘命令が言い渡されました。正式名称「甲号粛清討伐作戦」。周辺のジャングルに出没するゲリラの一掃がその任務です。ついに初陣のときが来たのです。

ミイトキーナに来てからのわずか一か月半の間に、輜重隊《しちょうたい》はトラックや牛車を地雷で何台も失い、物資も度々奪われました。護衛の兵士らにも死傷者が出ています。英軍に懐柔されたカチン人ゲリラの仕業でした。

彼らは浅黒い肌に長く黒い髪を後ろに束ね、藍色に染めたロンジー（腰布）を半ズボンのように巻き上げ、裸足のままジャングルを駆け回ります。背中に山刀を背負い、英軍が渡した自動小銃と、弩《ど》から放つ毒矢を武器に、三人一組で攻撃を加えて来ます。山中での突然の襲撃に慌てた将兵らが窪地に避難すると、そこには先端を鋭く削った数百本の毒槍が植え込まれており、それが刺さって命を落としたものも少なくありませんでした。

これ以上ゲリラを跋扈させては、追い払った英印軍の再侵入を許し兼ねません。

作戦の拠点としてサンプラバムの警備も言い渡されました。

サンプラバムとはミイトキーナの北方百五十マイル（英軍が立てた道標によりミイトキーナからの距離は全てマイル表記）にある小さな部落です。ゲリラたちはビルマ最北の街フォートヘルツ（現プータオ）を拠点にしていましたので、中間地点のサンプラバムを押さえて、ゲリラの活動を食い止めるよう命じられたのです。

「べっさん、いよいよったい。ちゃんと小銃の手入ればしとけ」

「そうやな。ありがとう」

田中にそう返事はしたものの、なんとも重い気分になりました。実は出征するとき、私はひとつの誓いを立てていたからです。

二月四日の日没後、第二大隊本部北西広場には、騎乗の日高大隊長を筆頭に作戦部隊千余人が整列。各中隊には、部隊の先頭を歩かせて地雷を踏ませるための牛車も配布されての夜間行軍となりました。

三日月が夜道を朧げに照らす中、右手にイラワジ河、左手は密林の急斜面が迫る街道をただ黙々と進軍します。

初日の行軍を終え、街道脇で朝食を取っていると、突如、轟音が響きました。音のする方角を見上げると、北の空から英軍機一機が近づいて来ます。

全員、飯を置いて慌てて岩陰や防空壕に身を潜めました。

偵察のため一旦南下した敵機は、再び北上して来ると街道上に機銃掃射を浴びせてきます。

〝ドドドドドドッ〟着弾音を右に左に響かせ、森の木々を薙ぎ払い、岩肌を粉砕し、散々に攻撃を加えると、元来た空へ飛び去って行きました。

幸いにも損害はなく、道端に置きっ放しにしていた私の飯さえ難を逃れたのですが、田中の飯は爆風で泥を被ってしまい、「イギリスめ！　飯を返せ」と悔しがっていました。

二日目の夜にはこんな事がありました。

その夜は我ら五中隊が先駆けの当番でした。牛車の後ろに付いて真っ暗な夜道をただ黙々と歩くのが退屈だったのでしょう。田中が突然、こう小声で耳打ちして来ました。

「べっさん、地雷を踏まずに向こうの岩陰まで走り切れるか一か八かの賭けばせんね」

「お前は面白い男やな」

「やるか、やらんか。どっちね」

「どうせ死ぬ命や」

ラグビーで鍛えて脚には少々自信のあった私は、彼を出し抜きいち早く駆けだしました。

「用意ドン」

「ズルかよ、べっさん！　待て」

先行した私の背後で田中の悔しそうな叫び声と足音が響きます。

前を行く二台の牛車の間をすり抜け、ゴツゴツした岩道を無我夢中で走りました。

途中、私を追い抜いた田中の韋駄天ぶりに驚きましたが、およそ百五十メートルを走り、無事目指す岩陰まで辿り着いた時には、二人して地面に転がり大笑いしました。まだ生きていることが可笑しくて仕方なかったのです。直後、今来たばかりの道で牛車が地雷を踏んで爆発、即死したのには肝を冷やしました。

サンプラバムまでの道中、イラワジに注ぐ六本の川が行く手を阻みます。それら六つの渡河点《とかてん》のうち、ミイトキーナから三十八マイル、二本目の川が横切る地点は第二渡河点と呼ばれ、そこが我ら第五中隊第一小隊の駐屯地となりました。

丹羽小隊長は英軍が残した赤い屋根と白壁のバンガローを警備本部とし、周囲四か所に分哨を置き、兵を配置。ミイトキーナの留守隊と二週間交替で警備すると告げられました。

初年兵の私は、古参伊東梅助《いとううめすけ》伍長と一対になり街道脇の分哨に身を潜めました。谷底のように窪んだ険しい地形で、竜の背骨のように曲がりくねった非常に守りにくい場所でした。

「俺が右手の森百八十度を警備する、お前は左手の岩山百八十度を見張れ」

「はい」

伊東伍長は昭和十三年以降、百十四連隊のすべての戦闘に参加して来た最古参の一人で、産まれは忠臣蔵討ち入りのあった東京の本所吾妻橋でしたが、炭鉱での仕事を求め九州に転居、菊兵団に配属になられた方でした。この体でよく戦って来られたなと不思議に思うほど小柄で細身、糸のように細い目に冷たい光を宿しておられます。出身地のこともあり、吉良上野介はこんな顔だったのではないかと思うほど、どこか厭世的な雰囲気を漂わせておられました。

鉛色の雲が空を覆い隠し、朝だというのに薄暗い日でした。

塹壕の中は冷たく、水分を含んだ赤土が軍衣の背を湿らせ不快で堪りません。

崖の上を見上げて二時間ほど経過した頃でしょうか。

姿勢を変えようと、ほんの数秒目を離し、再び見上げたときでした。さっきまでは無かった黒光りした突起物が目に飛び込んで来ました。

次の瞬間、〝ドドドドッ、ドドドドッ〟と突然銃撃を受けたのです。我々は慌てて壕の中に身を隠しました。

「ちゃんと見んか、馬鹿野郎」

壕内で伍長の鉄拳が飛んできました。

「オレが援護射撃する。お前は向こうの森へ走って正面から敵を撃て」

「えっ」

「敵が手榴弾を持っていたらどうする。投げ込まれたら終わりだ。早く行け」

銃床でドンと脇腹を突かれました。

「走れ！」

生きるか死ぬかの初めての戦闘で急に膝が笑い出しましたが、考える余裕などありません。銃声が静まった隙を見て壕の外に飛び出し、指示通り道路わきの森へ駆け入ると、撃たれたくない一心で茂みを一気に駆け上がります。いち早く敵から見えない場所に身を隠さねばなりません。

〝ドドドドッ、ドドドドドッ〟。自動小銃の連弾が森の葉を散らします。

「蛇行しろ」

伍長に従い、じぐざぐに森を駆け上がると銃声はぴたりと止みました。敵から私の位置が確認できなくなったのでしょう。しかしそれは私も同じことでした。敵のいる崖がまったく見えません。

「水車！　射弾観測だ。一発撃て」

射弾観測とは目標に向かって行う試し撃ちです。着弾点を確認し、銃口の角度を修正するために一発撃てというのです。

しかし私には出征前に立てた誓いがありました。それに自ら背くわけには行きません。

とはいえ、上官の命令は絶対です。どうすべきか。迷いましたが、私は小銃の安全装置を外し、敵はいないが、外しすぎてもいない、ちょうどいい塩梅の方向目がけて一発発射しました。ドーン。銃声が森に木霊し、崖の石がゴロゴロと崩れ落ちる音が響きました。

「二時の方角、銃口を十度上げて撃て」

伍長の指示に従い、再びボルトハンドルを引き素早く引き戻します。〝ガシャ　シャキーン〟という金属摩擦音とともにクレヨンのような黄銅製薬莢《やっきょう》が跳び出します。

その音で察知されたのでしょう。明らかに目標を見極めた銃弾が私の左右三メートルに六発も着弾。〝プスッ、プスッ、プスッ〟と音を立てて土に刺さり煙を上げています。

「水車、早く撃たんか！　二時の方角、銃口を十度上だ」

伊東伍長の怒声が響きますが、万が一でも当たったら大変です。私は命令に反して山を駆け下りました。

十メートルほど降りたあたりで再び声が響きます。

「貴様、撃てというのが聞こえんのか！」

命令を無視し、そのまま南へ三十メートルほど森の中を移動しました。足を滑らさぬよう、敵に見つからぬよう慎重に歩みを進めます。

頬にポツリと雨が当たりました。降り始めました。早く決着をつけねばと焦ります。雨で視界が遮られ泥に足を取られては、カチン族に勝てる見込みはありません。

私の狙いはただ一つ。向こうから見えないが、こっちからは相手が見える場所から、崖の下あたりを狙って威嚇射撃することでした。相手が怯んで退散すれば十分なのです。

眼下にちょうどいい大木を見つけました。

あの幹に身を隠して崖下を撃とう。

私の射撃の腕は初年兵の中でも田中に次ぐものでした。あの大木の根元まで行けばなんとかなる。敵に気配を察知されぬようゆっくりと降り始めました。

しかし数歩進んだ時、湿気で緩み始めた斜面に足を取られ「あっ」とあげた声とともに、三メートルほど滑り落ちてしまったのです。

気が付くと障害物が何もない木と木の間に尻もちをついていました。視界がパッと開け、崖の岩肌が真正面に広がっています。

見上げると褐色の肌をした三人のカチンのうちの一人と目が合いました。自動小銃の銃口が私を捕えています。恐怖で咄嗟に目を瞑り、首をすぼめた次の瞬間、〝ガガガガガッ〟連弾の重低音が鳴り響きました。すると崖の上から銃を提げたカチン人がゆっくりと落ちて来て、どすんと地面に叩きつけられました。

撃ったのは銃声を聞いて駆けつけてくれた機関銃小隊の射手でした。さらに重い音が響くと、残る二人は伏せたまま崖の奥へと姿を消しました。

飯塚班長が街道を駆け寄って来られます。

「どうした。怪我はないか」

安心した私は全身の力が抜け、班長にしがみついてしまいました。

しかし問題はここからです。伊東伍長が顔を真っ赤にして走って来たのです。

「貴様！」有無をいわさぬ鉄拳に左頬を打ち抜かれ、私はぶっ倒れました。「なぜだ！ なぜ撃たねぇ」

私に馬乗りになり襟首を両手で掴むと、再び顔面を殴打してきました。

「伊東さん、待って。落ち着いて」

「なんだテメエ、こんな奴の肩を持つのか！」

飯塚班長の方が階級は上でしたが、軍歴は伍長の方が長かったため、伊東さんの方が常に命令口調でした。

「こいつは俺の命令に反して撃たなかったんだ。こんな奴と一緒に戦えるか！」

私の後頭部を地面に叩きつけると、伍長は私に唾を吐きかけ、元いた歩哨へ戻って行かれました。

起き上がり手の甲で唇を擦ると一筋の赤痕が付着しました。口の中で鉄の味がします。

「水車、今の話は本当か」

「は、はい、手が震えて撃てませんでした」

嘘をついてしまいました。

もしも願いが叶うなら、あの時に戻って、伊東伍長よりも強い力で自分を殴って目覚めさせてやりたい。悔やんでも悔やみきれず、何度謝っても許されるものではないことを告げて、分からせてやりたいです。

本当に申し訳ございません。

二

二度目に夏子と顔を合わせたのは、その初陣の後、留守隊と入れ替わりでミイトキーナに戻ってきていた四月末の水曜日、目が回りそうな蒸し暑い日でした。

丹羽小隊長に命じられ、駅前にある経理室に書類を届けに上がりました。

教会の脇にある木造二階建ての建物に入ると、「噂は聞いてるぞ。俺も拝ませてくれ」と経理室付きの軍曹に茶化されました。

どうやら田中に付けられた、「外れクジのべっさん」という新たな渾名が早くも独り歩きしているようでした。

それはこういうことでした。

＊

サンプラバム警備中、選ばれた兵五人で近くの村へ食料を徴発に行った日のことです。

鶏三羽、ビルマ米、砂糖、ドラゴンフルーツを、軍票二十円、塩二合と交換した帰り道、森の間道で、カチン族ゲリラとバッタリ鉢合わせてしまったのです。

元来た道を大慌てで逃げ返る我々に対し、敵は背後から自動小銃で猛烈な追撃を浴びせて来ました。木の枝に鶏を吊るして一番先頭を歩いていた私は最後尾となってしまい、頭をすぼめて森の一本道を逸《そ》れてじぐざぐに走り、命からがら逃げました。

幸いにも五人全員岩陰に隠れて事なきを得たのですが、私の前を走っていた兵は背嚢の隅を撃ち抜かれ、徴発したばかりの米が穴からサラサラと流れ落ちていました。

食事にありつきながら、同行していた桜井兵長が部隊の仲間にその話をすると、田中が妙な事をいい始めたのです。

「おかしいと思いませんか兵長、自分は前から思っておったのですが、いつだって弾はべっさんをよけていくのであります」

「どういうこったい」

「初陣のゲリラ戦では、敵の真正面に立ったのに、機関銃隊に助けられて撃たれんやった」

「そうだな」

「オイと二人、地雷の上を走っても爆発せんやった」

「そうだ」

「英軍機の空襲に遭うた時も、べっさんの飯は泥ひとつ被らんやった」

「そうだ！」

他の兵たちも身を乗り出し、同意の声を挙げ始めます。

「今日も一番後ろにいながら、弾が一発も当たらんやった」

「そうだ！　そうだ！」

「べっさんだけやなか。こいつと一緒におる兵は、今まで誰も怪我ひとつしとらん。五中隊の中でも無傷なのは我ら第一小隊だけったい」

その一言で皆がどよめきました。

「こいつは何か持っとるとオイは思いよると。べっさん、お前は外れクジったい。外れクジのべっさんったい」

「どういう意味や」

「当たらん」

どっと笑いが起こりました。

「うるさい！　黙って食え」

伊東伍長の怒声で静まり返りましたが、なぜか皆その話に納得しているようでした。

その日以来、兵たちは任務につく前に私の目の前に来て、二回柏手を打ち、「今日も弾に当たりませんように」と、冗談半分で拝んで行くようになったのでした。

＊

経理室の軍曹の参拝願望を丁重にお断りし、用を済ませた私は、ふとイラワジ河を見てみたくなり堤防の方へ向かいました。一人になりたかったのです。この頃の私は、敵と戦わず保身のために嘘をついた罪悪感で気が滅入っていました。

夏のイラワジ河上空にはライオンの鬣《たてがみ》を逆立たせたような太陽がぎらぎらと照りつけています。

首筋を通り過ぎる涼風が一抹の慰めです。

土手に腰かけて汗を拭き、乾いた喉に水筒の水を流し込みました。

そのときでした。

「兵隊さん」

声のする上流方向を見ると、半袖ワンピースに翡翠の腕輪を輝かせた美しい女性がパッと笑顔を輝かせ、手を振りながらこちらへ走って来るのです。

誰だかまったく分かりません。薄暗い慰安所の個室で見たのとは別人のような夏子がそこにいたからです。

「空の下で見ると雰囲気が変わりますね。私のこと覚えて下さっていたんですか」

「忘れないよ」

「嬉しいです。今日はどこかへお出かけでしたか」

「検梅《けんばい》。毎週水曜日、軍医さんに梅毒の検査してもらう。たから水曜日はお店休み」

夏子は私の隣に腰を下ろし笑顔をぐっと近づけてきます。

風が運んできた髪の香りに、なぜだか胸がどきん鳴り、酒にでも酔ったように顔が熱くなりました。

あの時は気づきませんでしたが、口元から覗く八重歯が魅力的でした。

「あなたでしょ」

「何が」

「下士官さんにお父さん怒られた。ありがとう」

「……ああ！」

どうやら下士官とは平尾先輩のことで、先輩が借用書の件で「桃園」の主人を注意指導し、慰安婦たちに借金の証文が配られたというのです。

「女はみんな喜んだ。私も自分の借金初めて知ったよ。千円でした」

「千円！」

驚きました。当時の神戸長田で家が一軒買える金額です。身売りの悲哀を物語るようで言葉に詰まりましたが、本当に驚いたのがその後でした。

「もうすぐ借金終わる」

「もう返したんですか」

私と同時期の昭和十七年八月にビルマに上陸した夏子は、千円もの大金をわずか一年弱で返し終わるというのです。私たち兵隊の給料は九円、戦地手当と合わせても十八円ほどでしたので彼女らの収入に度肝を抜かれました。

「あなたの名前は何てすか」

「水車です。水車勘助です」

「クルマか。私、クルマに乗せてもらうの好きてす」

「気が合いますね。私もです」

「クルマさんのお陰て、私、もうすぐ『お職』てす」

「ホンマですか」

借金の残額が分かり、さらにお職のたまきは月七百五十円も稼いでいると知ったことで、自分も頑張って仕事に励み、笑顔を絶やさず、気を配って客に好かれるようにすれば、千円ぐらいすぐに返せると思ったというのです。実際、最初の一か月ですぐにピラミッドの四段目に上がり、次に三段目、三か月目にはわずか三人しかいない二段目、お職のすぐ下まで駆け上がったとのことでした。

「あなたは借金が終わったら、何か商売をすればいい。きっと上手く行くと思います」

「車屋さんてもやりましょうか」

そのときの眩しい笑顔を私は今でも忘れません。首筋から頬にかけての張りのある白い肌、細くくびれた腰回りから折り曲げた膝まで豊かに流れる曲線、改めて見た夏子は鏑木清方の描く画のような色香を湛えていました。

「自分はそろそろ失礼します」

急に恥ずかしくなった私はおもむろに立ち上がり、急いでその場を後にしました。すると背後から追いかけて来る足音がします。振り返ると、彼女が私の腰のあたりを凝視しながら近づいてきます。

「これ、ラグピーか」

雑嚢にぶらさげていたラグビーボール型の御守りを、夏子は右手で掬い上げました。肩紐の根元に吊るしたそれを普段は内側へ入れていたのですが、経理室で書類を出した際に、外に出て来たのでしょう。

「中学の時にやっていました。全国大会前に母が縫ってくれたものです。女性でラグビーを知っているなんて珍しいですね」

彼女は御守りのボールを優しく触りながら、小さく一つ頷きました。

帰営したときには事前に申告していた予定時刻を三十分も過ぎていました。

三

その夕方、突然、丹羽小隊長と憲兵に呼び出され、私はイラワジ河の堤防沿いにあるコンクリート造りの連隊本部へ連行されました。

連隊長執務室に入ると将校が顔を揃えています。奥には日章旗と連隊旗が掲げられ、風格ある木製の作業机の向こうに四十代後半と思われる細身に丸眼鏡の将校が座っていました。つい一か月前に着任された連隊長・丸山房安《まるやまふさやす》大佐だと直観しました。

　大佐は口髭を触りながら憲兵に尋ねられました。

「どういうことですか」

「本日四月二十八日水曜日、午前十時ごろ、第五中隊所属の一等兵・水車勘助が、慰安所『桃園』に勤務する慰安婦・夏子とイラワジ河畔で逢引をしておったとの通報が、同店の経営者金《かね》田哲彦《だてつひこ》、朝鮮名・金承哲《きんしょうてつ》と、その妻・淑子《よしこ》、朝鮮名・李奉淑《りほうしゆく》よりありました。店主曰く、本日は検梅のため休業であったところを狙っての逢引である。店外で逢引されたのでは商売の邪魔になるだけでなく、店の評判も落とすため厳しく対処して欲しいとの通報であります」

　やられたと、心の中で呟きました。借金の証文を作らせたことによる朝鮮人夫婦の嫌がらせだとすぐに分かりました。しかし事実は事実です。

　憲兵が鋭い眼光で私を睨み付けます。

「水車勘助、以上の通報内容に異議はあるか」

「いえ、ございませ――」

「馬鹿もん」

　いい終わらないうちに錨のような肩幅を持つ憲兵の鉄拳が飛んできて、私は床に吹っ飛ばされました。

「貴様、帝国陸軍の風紀の乱れをなんと心得るか」

　切れた目尻から鮮血がポタポタと落ちて床を赤く染めます。素早く立ち上がり、申し訳ございませんでしたと頭を下げました。

丹羽小隊長がいきり立つ憲兵を抑えて私の目前に立たれました。

「水車、前もって約束をしておったのか」

「いえ。土手に座っておりましたところ、声をかけられたのであります。以前、慰安所に遊びに行ったことがあり、顔見知りでした」

「経理部に行った後、なぜ即時帰営しなかったのか。理由を答えよ」

「イラワジ河を見たくなっただけであります」

「五中隊の規律を乱す気か」

今度は丹羽小隊長の往復ビンタが飛んできて口の中が切れ、ツーンと耳鳴りがしました。

「もういい。わかった」

連隊長の声が虚ろに響きました。

その夜、私は初めて営倉で一夜を明かすことになりました。

営倉とは軍規を犯した将校や兵を懲らしめる留置場です。

独房の筵に寝転がり、切れた腔内の皮を舌先で舐めながら、天井近くに切られた窓を見上げると、神戸で見るより大きい月が低い空に浮かんでいます。

兵士たちの鼾で起こされる兵舎と違って、営倉はとても静かで、たまには悪くないなと不謹慎なことを考えていると、突然、「ケケケケ……トッケイ、トッケイ」と、聴き慣れない鳴き声が夜のしじまを破りました。

神戸六甲山で聴く虫の声に想いを馳せつつ、趣のある夜を楽しんでいました。そのときです。

憲兵所の鉄門扉をガチャガチャと揺らす金属音が響き、「静かにしろ」「やめんか」と叫ぶ衛兵の怒声と、女たちの金切り声が入り交じって闇夜を切り裂きました。一人や二人ではありません。明らかに十数人ほどの女たちが騒いでいるのです。

はっとした私は窓の格子に向かって跳び上がりました。外からはっきりと聞こえたのです。

「水車悪くない、悪いのは主人よ」

「憲兵さん騙されてるよ」

朝鮮の女たちと思われる声が三十メートル以上離れた営門から独房に届きます。

おそらく桃園に遊びに行った将校から私の事を聞いた慰安婦たちが、決起して押しかけて来たのだろうと推察しました。

皆が口々に叫んでいて誰の声だか分かりません。ただ少し鼻に掛かった声だけははっきりと聴き分けることができました。

「クルマさん、聞こえるか。クルマさん」

「夏子さん！」

私は窓に向かって必死で叫びました。

女性の名前を大声で呼んだのは生まれて初めてでしたが、それをかき消すように、土を蹴る軍靴の音が大量に営門へと流れて行きました。

「こら！　何を騒いでおるか」

「帰れ」

男たちの恫喝と女たちの抗声が無秩序に交じり合い、反発し合っています。

「夏子さん、逆らったらあかん。夏子さん」

私の叫びは営倉の壁に虚しく響くだけで、まったく外には届いていないようでした。

その後、男たちの圧倒的な怒号の中で、女たちの叫びが泣き声に変わった後、一台のトラックが走り去る音がして、再び夜に静寂が戻りました。

コンクリートの冷たさを感じる一方、彼女らの行動に胸が熱くなりました』

第五章　【誠太郎】　会議

一

時刻は夜の十時を回っていた。事務所の下を走る青梅街道の通行音もピークを過ぎた。

読み終えたのは、まだ五分の一程度、明日の会議までに読了するのは不可能だと誠太郎は諦めた。それでも手ぶらで会議に参加するわけには行かない。フリーランスの宿命だ。

ノートパソコンを広げた彼は、ダメ元で『ミイトキーナ』と検索した。

出てきたのは、【ビルマ北部カチン州の州都で現在のミッチーナ】という地理情報を除けば、ほとんどすべてが『ミイトキーナの戦い』というものに関するサイトだった。

ミイトキーナの戦いって何や。

いくつかのサイトを開いてみて誠太郎は自らの鼻の穴が徐々にふくらむのが分かった。企画書に書けそうなキーワードがごろごろ転がっていたのだ。

――陸の硫黄島――

――敵将・蒋介石が『菊兵団』を世界最強と絶賛――

――六百人の兵の命を救った英雄・水上源蔵《みなかみげんぞう》少将――

――魑魅魍魎！　地獄のイラワジ渡河――

アバンでそのまま打てそうなキャッチコピーのオンパレードだった。

アバンとは番組冒頭に一分ほど流れるダイジェストのことだ。そこで視聴者の情感に訴える映像とテロップが次々出て来なければ数字は取れない。

が、これなら行けるんじゃないか。彼は微かな手応えを感じた。

誰を主人公にして、誰に取材するか、詳細は追々考えればいい。翌日の企画会議はまだ第一回目だ。叩き台には充分なるだろう。祖父と慰安婦の関係には触れなければいい。敢えて『ミイトキーナの戦い』だけにフォーカスすれば、身内の恥をさらさずに済む。

ワードを立ち上げ『知られざる激戦～ビルマ・ミイトキーナの戦い～』と仮タイトルをつけ、説明を打ち込んでいく。

キーボードを叩くリズミカルな音を響かせ、プレゼンシートを小一時間で完成させた。

帰る準備をしようと、パソコンの電源を落とし、ノートを箱に戻す。そのとき、一緒に入っていた他の書類に目が留まった。会議の前に、誠太郎はそれらを改めて確認しておこうと手に取った。

黒い小さな手帳は、いかにも古ぼけていて表紙の角は取れドブ池にでも落としたようにページは変色して紙が波打っていた。ページを開くと、ひっついた紙がぺりぺりっと剥がれる音がして綴じた部分がちぎれそうになる。注意して中を覗き込むと、漢字カナ混じりの小さい文字が律儀に並んでいる。インクが滲んで読めない文字もあるが日付が書かれているのが分かる。

祖父が戦時中に書いた日記だろうか。これを頼りにノートを書いたのかも知れない。

茶封筒はやや色あせていたが手帳に比べると断然新しかった。

中を覗くと小さな紙片が見えた。ふっと息を吹き込み取り出す。郵便局の振り込み用紙の控えだった。金額を見た誠太郎は息を呑んだ。〇が六個も並んでいたのだ。送り先は『アジア女性基金』、日付は一九九五年八月十六日。震災の年だ。地震で祖父の自宅兼店舗は半壊延焼した。建て替え資金も必要な時、なぜこんな大金を……。そもそも『アジア女性基金』って何だ？

誠太郎は再びパソコンを立ち上げネットで調べた。検索トップには『慰安婦問題アジア女性基金』と出て来た。

ちょっと待って、やめて、と思わず呟く。

サイトをチェックすると、慰安婦だった方への見舞金を支払うために日本側が設けた財団だったと分かった。設立は戦後五十年の節目でもある一九九五年。政府からの拠出金に加えて民間からの寄付も募り、総理の謝罪の手紙とともに元慰安婦に送ったとある。

誠太郎の心に不安とも違う、なんともいえない嫌な風が吹く。ざわざわと産毛が逆立ち筋肉が緊張した。

やはり祖父は夏子の死に少なからず関係していたのか。そうでなければ、地震で家が焼けたにもかかわらず百万円もの大金をポンと寄付などしないだろう。

一切戦争の話をしなかったこと、終戦記念日の戦争特番も一切見なかったこと。優しかった祖父からは想像もできないが、すべてこれで説明がつく。そうだ。祖父は人にいえないやましいことをし、大きな後悔を抱えていたに違いない。

誠太郎は咄嗟にノートも茶封筒も黒い手帳もすべて木箱の中に押し込んだ。

新聞のスクラップ記事は見もしなかったが、箱に戻すとき、そこから剥がれたのか、一葉の写真が舞い落ちた。セピア色をしたその写真には外国兵と女たちが写っていた。慌てて拾い上げそのまま箱に突っ込み蓋をした。

この箱に触れると家族によくないことが降りかかるのは間違いない。母はもちろん、妻や娘にも一切見せられない禁忌が眠っている。寝た子は起こさないほうがいい。

誠太郎は木箱を新聞紙で包み隠し、実家で発見した時のようにポリ袋に押し込んだ。

明日母に電話してこの扱いを相談しよう。母のことだ。そのまま捨ててしまいなさいといってくれるだろう。祖父の想い出を自らの手で葬ることに若干のためらいを感じるが母に従おう。そう決めた。

だが本音は、責任の所在を母親に押し付けたかったのだ。

誠太郎はポリ袋をゴミ箱の横に放置して、事務所を出た。

二

富士山も見えるんじゃないかと思えるほど、冬晴れの青空が広がっている。

雑居ビル九階にある会議室から新橋の街を見下ろしているところに、おはようの声が響く。

振り向くと手帳とノートパソコンを持ったスーツ姿の里山孝一《さとやまこういち》が、見知らぬスタッフとともに部屋に入って来た。誠太郎に企画書を書くチャンスをくれた制作会社のプロデューサーだ。十年ほど前に一緒に特番をやって以降、数本の特番を立ち上げた。上京三十年を経て、いまだに出身地福島のイントネーションが抜けない彼の語り口が誠太郎は好きだった。小柄な体を包むものが最近スーツになったのは、現場から管理職へ出世した証だ。出逢った頃に比べて増えた白髪と目尻の皺もいい味を出していた。

「新年おめでとう。ちょっと紹介。うちのディレクター」

「大河内淳《おおこうちじゅん》です」

　名刺を用意する間に、里山がいつも通り誠太郎のキャラを紹介する。

「作家の水車ちゃん。スタッフには好かれてんだけどね、娘には嫌われてる」

「ちょっと里山さん勘弁して下さいよー」とつっこむと里山がにたにたと笑う。「でも本当なんです。口も聞いてくれなくて。作家の水車です。よろしくお願いします」

　ジーンズにスニーカー、チェックのシャツの上にスカジャンという出で立ちの大河内を見て、ファッションの好みが似ているなと誠太郎は親近感を覚えた。薄くなりかけた髪を茶色に染めているが、実際は自分より少し若いだろうと感じた。

「ヒット番組なしで二十三年ってすごいっすね」

　大河内が誠太郎の名刺を見て反応する。

「何やっても当たらなくて。恐縮です」

　誠太郎は二年前から名刺の右肩に「ヒット番組なしで二十一年　早く売れたい放送作家」と書いて、毎年数字を増やしていた。

「ご謙遜を。普通二十三年もヒットがなかったら仕事なくなりますよ。ね、里山さん」

「人がいいんだよ」

　里山がフォローする。そんなことないですよと誠太郎が否定すると、

「なのに娘には嫌われてる」

「え～ん」

　腕で涙を拭くふりをする。ここまでのくだりが、里山が誠太郎を紹介するときのお決まりの

パターンだった。誠太郎はもうすっかり飽きていたが、彼が気に入っているので、毎回初めてのように全力でやる。大河内の失笑を見て里山は今日もご満悦だった。

八人掛けのテーブルで里山が上座に座ったのを見て、誠太郎はその向かい側に座った。大河内が里山の隣ではなく、誠太郎の横に並んで座ったのは、このあとテレビ関東の局Pも来ると里山から話があったからだ。

局Pとはテレビ局のプロデューサーの事だ。

「島さんって今報道にいる人なんだけど、内示があって今度編成に異動するんだ。終戦特番を手土産に持って行きたいらしい」

編成とは簡単にいうと新聞のテレビ欄を決める部局だ。月曜の○時にはバラエティを、火曜の△時はドラマを、日曜の◎時は裏が主婦向けで視聴率を稼いでいるから、うちはお笑い番組をぶつけて若い視聴者を狙おう、と番組配置を計算するテレビ局の司令塔だ。

里山によると島は誠太郎と同年代で、ここ数年、報道局で戦争特番を何本も担当してきた人だという。三十分ほど遅れて来るというので先に始めることになった。

「なんか目ぼしい企画あるかな」

「一応持って来たんですけど」

事前にコピーしておいたA４の紙を二人に配り、島の分もテーブルに置く。

「知られざる激戦～ビルマ・ミイトキーナの八十日～。どういうこと？」

里山が企画案のタイトルを読んで切り出した。

誠太郎は紙に書いた戦いの概要を説明した。

①昭和十九年五月十七日から始まった、「ミイトキーナの戦い」で米支連合軍四万五千に対し、日本軍は当初四百人。後に増援されたものの三千人しかいなかったが、その兵力で二か月半も戦い抜き、その激戦は後に陸の硫黄島とも呼ばれた。
②敵の蒋介石さえも、その奮闘ぶりを称え、世界最強の日本軍「菊兵団」を見習えと自軍を叱責した。
③ノモンハン事件の失敗で悪魔の参謀とも呼ばれる辻政信大佐が起案したミイトキーナ死守命令に対し、水上源蔵少将は生き残った六百名の将兵に退却を命令。多くの命を救ったが、その後、造反の責任を取りピストル自殺した。
④退却時、イラワジ河を渡って対岸へ逃げる際、溺死者が多数出る地獄のような渡河となった。

時系列に沿って仕上げるだけでも戦争の悲惨さを充分訴えられると丁寧に説明した。

そこに祖父もいたことを想像すると、誠太郎は喋りながら感情が昂った。二十三年の放送作家生活で、プレゼン中にそんな気持ちになったのは初めてだった。

「こんな話があったんだね。大河内、知ってた」

「全然知りません。そもそも俺、ビルマで戦争してたことも知らなかったっす。つーか中国も敵だったんすね。俺、戦争のこと何も知らないんで」

「いんだよ。お前ぐらい何も知らない奴が作った方が」

テレビ界では予備知識のない人間が自分でも分かるように作った方が、痒い所に手が届く懇切丁寧な番組になるという神話がある。里山がいったのはその意味だ。

大河内は恥ずかしそうに、でも少し嬉しそうに頭を掻きながら続けた。

「世界最強の軍団っていうのがいいっすね。アバンで打てそうじゃないですか。でも何なんすか世界最強って。どういう意味っすか」

誠太郎は一夜漬けの知識を披歴した。

「一九三七年から始まった日中戦争で、第十八師団、暗号名『菊兵団』は南京、杭州、上海、広東、深圳、香港と向かうところ敵なしの快進撃を続けたそうです。太平洋戦争勃発後は南方へ移動し、ジョホールバルを皮切りに――」

「ちょっと待って下さい。ジョホールバルってサッカーW杯予選の」

「ええ。日本が初出場を決めた歓喜の地です」

「あそこでも戦争してたんっすか」

「連戦連勝だったそうです。さらにシンガポール、ビルマと、アジアを植民地化していた西洋列強を次々と追い払った菊兵団のあまりの強さに、蔣介石が『敵ながらあっぱれ、第十八師団を見習え』と自軍を窘《たしな》めたことから、世界最強と呼ばれるようになったそうです」

「戦争って日本が負けたイメージしかないから、強かったって聞いたら嬉しいっす」といったところで、大河内は前言を翻すように慌てて付け足した。「あ、でももちろん戦争は反対っすよ、念のため。戦争は絶対反対っす」

その様子を見た二人は同時に吹き出した。

そのとき、誠太郎の背後の扉がノックされ、こちらですという女性の声と同時に、細く背の高い男性が入って来た。局Pの島だ。

誠太郎は慌てて名刺の準備をする。

脱いだダウンを手にした島は里山に誘導され上座の方へ回り込む。

ベージュのジャケットの背中に皺が寄っているのを見て、この人独身かなと誠太郎は推察した。銀縁眼鏡の奥には神経質そうな細い目が光っていて、唇は薄く、手足はつっぱり棒のように細長い。

「飲み物どうされますか。珈琲かお茶か」

里山が尋ねる。

「レモンティーある?」

「レモンティー、あったっけ?」

苦笑いを浮かべながら里山が大河内に尋ねた。無いんだなと分かる。

大河内が会議室を出てレモンティーの準備をするよう誰かに頼みに行った。

その間、すみませんの一言もなく、島は眼鏡のレンズをハンカチで拭いていた。

こういうときに聞かれたもの以外を答える人を誠太郎は好きになれなかった。もちろん相手は局Pなのでそんなことはいえない。

飲み物が来るまでの時間、紅白の視聴率や正月の話、話題のニュースや局内の人事についての愚痴まで、まるで寝台特急カシオペアの話を振られた鉄道オタクのような早口で、島は一方的に喋り続けた。

十分後、ドリンクが揃い本題に入る。島が今回の企画の要綱を喋り出した。

「うちは毎年、終戦特番をやっててね。去年が特攻隊の妻を主人公にした作品、その前が原爆で、その前が沖縄戦。昼間の枠なら目標視聴率は七パーセント、ＧＰ帯だと最低二桁だね」

ＧＰ帯とは、夜七時から十時のゴールデンタイム、十一時までのプライムタイムの頭文字を取った用語で、視聴率がもっとも稼げるドル箱の時間帯を指す。

「数字の傾向ってありますか」

里山が尋ねる。

「やっぱＦ３Ｆ４かな。Ｍ３Ｍ４は結構見てくれるんだよ。戦争もの好きなんだろうな。Ｆ３以上をどうやって取るかだ」

Ｆは女性、Ｍは男性のこと。二十から三十四歳が1、三十五から五十歳が2、五十から六十四歳が3、六十五歳以上が4だ。世間でＦ1といえばカーレースだが、テレビ界では妙齢の女性を指す。

島がいったＦ3以上とは五十歳以上の女性のことだ。男性は戦争特番を好んで見るが、年配の女性をいかに取り込めるかが数字を稼ぐ鍵になるという。

今日持って来た企画に女性客を惹き付ける要素はあるだろうか。そこを意識していなかった誠太郎は、島へのプレゼンを前に少し弱気になった。

里山に促され、小三十分前に二人にした説明を再現する。

「ミイトキーナの戦いってご存知ですか」

「知らない」

さっきから島は、誠太郎に対してずっとタメ口だが、そんなことは気にしていられない。実は若く見えるだけで、本当は十歳以上も年上でヒット連発の大プロデューサーだと自己催眠をかければ腹も立たない。長年のフリーランス生活で身に着けた処世術のひとつだ。

説明の途中、島は視線を紙に落としたまま、うんともすんともいわない。ずっとしかめっ面して聞いている。これがいつもの態度なのか、機嫌が悪いのか、誠太郎には具合がさっぱり分からない。

一通りの説明を終えると、島がやっと重い口を開いた。

「ビルマってどこにあるか知ってる？」

「提案にあたって調べたんで、私は一応知ってます」

「私もインドロケに行ったことがあるんで知ってますけど、まあ普通は知らないですよね。新橋の駅前で世界地図出してさ、サラリーマンに『ビルマはどこですか』って聞いても、八割の人は指差せないだろうね。大河内、お前どこか分かる？」

「分かんないっす」

恥ずかしそうにする大河内に、里山が呆れた笑顔を向ける。その和やかな空気を島が凍らせた。

「大統領の名前知ってる？　スポーツ選手誰かいる？　有名な美味い料理ある？　知らないだろ。そんな国に興味ある？」

「確かにビルマに興味があるかといわれたら、難しいかも知れないですね」

里山が答えた。ポーカーの手札が悪く勝負を降りた。誠太郎の目には彼がモノクロに映った。

島が甲高い声で喋り出す。

「やっぱりさ、特攻隊、原爆、沖縄。あとは東京大空襲。この他のネタは数字ないよ。ビルマで数字取れる？　どこにあるかも分かんない国でさ」

誠太郎は胃がずしっと重くなるのを感じた。数字が取れるかどうかはやってみなけりゃ分からない。だけども急にビルマの激戦といわれても、視聴者はピンと来ないし、よほど興味がある人以外、見てくれないことは想像できた。M3ならいざ知らず、基本的に戦争番組を見てくれないF3F4の目を開かせる魅力に欠けた。

「水車先生は二十三年もやってるんだから、分かるだろ。俺がいってること」

島は放送作家につけられる敬称で彼を呼び、名刺に書かれた年数で皮肉った。

あの一文はツカミにもなるが、嫌味にも使われることを、誠太郎は初めて知った。

「もうちょっといいネタ持って来てよ」

「すみません」

自分の口から、つい詫びの言葉が出てしまったことが、誠太郎は悔しく情けなかった。

まだ仕事になっていない。ギャラも発生していない。島の時間を奪ったのは確かに申し訳ないが、企画が悪いからと説教されたり嫌味をいわれる筋合いはない。

ヒット番組を山ほど出している放送作家なら三顧の礼で迎えられ、島も「ミイトキーナの戦いなんて知らなかったです」と下手に出るのだろうか。そんな卑屈な気持ちになり虚しくなった。いや、売れっ子作家ならビルマの企画を持って来ないいんじゃないか。最初から〝特攻隊、原爆、沖縄〟に数字の匂いを感じて調べて来るんだろう。それが出来ないから自分は売れないんだ。そもそも売れっ子作家なら苦手なジャンルに敢えて手を出す必要もない。ところが自分は減った収入を埋め合わせるため、わずかのギャラ欲しさに、浅智恵な企画を出し、島に嘲笑されている。自業自得とはいえ哀しくなった。戦争のようなヘビーなテーマに食指を伸ばした自分が馬鹿だった。グルメ特集や警察密着などの庶民的な企画の方が性に合う。

ただ百歩譲って自分が冷笑されるのはいい。だが今回のネタは違う。ビルマ・ミイトキーナの激戦を否定されたことで、まるで祖父を小馬鹿にされたように誠太郎は感じた。祖父のことは口外していないので島に悪気がないのは分かっている。だけど、祖父の人生を視聴率のあるなしで計られたくはない。

島が誠太郎に問いかけて来る。

「今日はこれだけ？　他にネタないの」

甲高い声が耳に障る。命令のニュアンスを含んだ口調にもカチンと来た。

「慰安婦ネタならありますけど——」

その言い方が、いいネタがあってもお前には死んでもやらないという反抗的な口調になっていた。

一瞬で場の空気が凍った。それはわずか〇・五秒ほどのことだったが、三人が口をぽかんとあけて制止画のように固まった。

「あ、すみません。何や今の言い方、おかしいな。変なイントネーションで偉そうに聞こえましたよね。申し訳ないです」必死でその場を取り繕い、自信なさげな演技でいい直した。「正解はこれです。慰安婦ネタならありますけど——。この感じでお願いします」

「なんだよ、それ。あはは」

里山のツッコミで場の緊張が一気にほぐれた。大河内も安心したのか俯いて失笑している。しかし島だけは机の上で腕を組んで微動だにしなかった。

怒らせたかなと心配した矢先に、島が口を開いた。

「どこの慰安婦？　場所はどこ」

声のトーンを聴く限り、機嫌は損ねていなさそうで、誠太郎は安心して答えた。

「ミイトキーナです」

「いたんだ、ミイトキーナにも」

島が前のめりになった。

ここで初めて誠太郎は我に返った。あかん、慰安婦のことというてもうてるやん。

「何かネタあんの？　具体的なエピソードとか」

「いや、まだ調べてないんで何とも」

せっかく島が食いついて来たのとは裏腹に、今度は誠太郎の腰が引けた。これは違う。この流れはやばいと心で呟き、ネタを潰しにかかった。

「でもビルマですから駄目ですよね。視聴者興味ないし、遠いし」

ところが島からは、

「中身が良けりゃやってもいいよ。前からやりたいネタではあるんだよね、慰安婦は」

と想定外の返事が来た。

トーンダウンしていた里山も急に色めき立つ。

「いいですよね、慰安婦。去年の特番の数字が良かったのも、きっと特攻隊の『妻』を主役にしたからでしょ。慰安婦の話ならF層の数字も期待できますし」

「そうなんだよ。最近は国民放送テレビの連続歴史ドラマでも大概は主人公が女だろ、武将の妻とかさ。人生の重荷をしょった女の一代記みたいなの、Ｆ３Ｆ４は好きなんだよ」

「慰安婦の恋なんて良くないっすか」

大河内まで乗っかって来た。

「いいね、それなんだよ、俺がやりたいのは。ロミオとジュリエットとはいわないけどさ、兵士と慰安婦との禁断の恋、二人の愛を引き裂いたのが戦争だったみたいな」

さっきまでとは打って変わって島のテンションが上がっている。話は完全に危険な方向へ進み始めた。冷たい一筋の汗がつーっと背中を流れるのを誠太郎は感じた。

三人の意見が一致したという笑いで会議室が包まれたところで、里山が纏めに入った。

「じゃミイトキーナの慰安婦、調べますか」

誠太郎を除く全員が頷いた。誰も異議を唱えるものはいない。

テレビの企画はこうしたノリが一番大事だったりする。それは誠太郎もよく分かっていた。

このまま上手く運べばこのチームで特番が一本作れるだろう。

でも本当にいいのか。大好きな祖父を売ることにならないか。一時のわずかなギャラだけのために、水車家の誇りを奪うようなことをして母は悲しまないか。

いや、だけど、目減りした収入の助けは欲しい。娘の教育費も必要だ。

わずか一秒ほどの間に、頭の中で二つの考えがぐるぐる回る。やるのか、やらないのか。行くべきか、断るべきか。大事なのは祖父か、金か。母を泣かせるのか、説得するのか。

一秒後、誠太郎はきっぱりと答えた。

「今のは忘れてもらえませんか。その代わり、特攻隊か原爆か沖縄で調べますんで」

しかし堰切って流れ出た水の勢いはもう止まらない。名刺や資料を鞄に仕舞いかけていた島が手を止めずに答えた。

「とりあえずミイトキーナの慰安婦調べてみてよ。駄目ならまた考えればいいんだしさ」

誠太郎は二の句が継げなかった。不味いことになってしまった、どうすればいい？

季節外れの腋汗がどっと噴き出した。

三

誠太郎がドアを開けると、玄関に大きな赤いハイヒールが並べてあった。

廊下と部屋を仕切るドアの向こうからダミ声が響く。

「誠さん、お疲れ様」

事務所に所属する唯一の弟子で、オネエ作家の吉沢だ。体はまったくいじっていないが、完全女装で事務所に来る。身長が一八〇センチもあるので、新中野の商店街を歩いていると誰もが振り返る。

仕切り扉を開けると大机でパソコンを広げた彼女と目が合った。金髪のウィッグが眩しい。夕方になると赤い口紅の周りに髭がうっすら青く伸びているのはいつものことだ。室内には加齢臭を打ち消す甘い香水が漂う。

「台本か」

「明日のロケ台本。明日よ。どういうつもりかしら」

吉沢は一応弟子ではあるが誠太郎に対する言葉が常にタメ語なのは、元々がママと常連客という間柄だったからだ。店に通ううちに彼女の作家的センスを見出し、文筆業をやってみないかと誠太郎がスカウトしたのだ。始めてまだ一年だが、独特のキャラと才能で早くも二本のレギュラー番組を持ち、師匠と弟子の仕事量は逆転していた。

しかし彼女は口が裂けてもそんな自慢話はしない。

「発注が急すぎるのよ。書いてくれって電話来たの昨日の夜中よ」

「新人はそうやって試されるんや」頑張れと笑ってみせた誠太郎は、足元に視線を移した。「あれっ」

自分の顔がひきつるのが分かった。

床を見回す誠太郎に吉沢が勘付いた。

「そこにあったゴミなら捨てちゃったけど」

「マジか」

右手を額に当てて天を仰ぐ。前夜、祖父の箱を入れて足元に捨て置いたポリ袋がないのだ。

「駄目だったの？　新聞で包んでるのが見えたから、てっきり可燃ゴミかと思っちゃって。臭いがしたら嫌だわと思ってゴミ置き場に持ってったのよ、朝来た時」

「ゴミ置き場か。良かった。ほなまだあるな。ちょっと見て来るわ」

「もうないわよ。だって今日ゴミの日よ」

「えっ！」

それでも誠太郎は部屋を飛び出した。

前夜まで、それは不用品だった。母がいいといえば、誠太郎は捨てるつもりだった。だが今は番組の手掛かりになる貴重な資料だ。それがゴミに出されるとは。迂闊だった。気を利かせて捨てた吉沢を責められない。

さっきからエレベーターホールで下向きの矢印を押して待っているが、どういうわけか、急いでいるときに限ってエレベーターが来ない。誰かが下で止めているのだろうか。なんで動かないんだ。気持ちばかりが焦る。エレベーターの鉄扉を一発拳で殴った。ゴンと大きい金属音が薄暗い廊下に響く。

誠太郎はエレベーターを諦め、一階までの階段を駆け降りた。

集合ポストの奥にある重い鉄の扉に、「生ゴミは回収日の朝に出しましょう」と書かれた真新しいポスターが貼り出されている。

扉を開けると、六畳ほどの広さがある上下二段になったコンクリート打ちっぱなしのひんやりとした空間に、生ごみの異臭がこびりついている。

ない。案の定、ゴミはすべて持って行かれていて、空き缶や段ボールなどの資源ごみが残っているだけ。ノートを入れたポリ袋は見当たらない。

管理人室を覗く。巡回中の札が出ていた。

「こんな大事な時にどこ行ってんねん」

完全な八つ当たりだ。一分ほど待ってみたが帰って来る気配もない。

中野区のゴミ収集係に聞いてみるしかない。事務所に戻って即刻電話だ。今ならまだ燃やされずにあるかも知れない。間違えてゴミを捨てるのはうちだけじゃないだろう。そんな人のため、燃やすのは一日待ってからという都合のいいルールがあるかも知れないと、誠太郎は身勝手に妄想した。

玄関ホールで上向きの矢印ボタンを押すと、さっきまで一階からまったく動かなかったエレベーターが四階に止まっていた。なんだか今日はついてない。

四階に上がってエレベーターを降りると半開きになった事務所の玄関に作業服姿の男の背中と白い後頭部が見えた。管理人だ。

　吉沢が相手をしているようだ。近づいて声をかける。

「こんにちは。どうかしましたか」

　管理人が振り返ると同時に、吉沢の声が玄関の奥から聞こえた。

「よかった誠さん。管理人さんが持って来て下さったのよ」

　その手には半透明のポリ袋が握られていた。

「えっ」客人を押しのけるようにして身体を入れた誠太郎は、吉沢が握ったポリ袋を両手で抱え、重さを確認した。箱の角張りとノートの重みをしっかり感じる。

「アタシ叱られちゃったわよ。ちゃんとゴミの日を守ってくれなきゃ困りますって」

「？？？」

「今日不燃ごみの日だったの。自分の家と勘違いしちゃってさ」

「ああ、こいつ馬鹿なんで、すみません」

「新年早々私もこんな小言いいたかないんですがね、燃えるゴミは水土、火金は不燃ゴミですから」

　枯れた声とガチャンと閉まる音を背で聞きながら、ポリ袋を抱えて仕事部屋へ戻る。

「耐えた〜」

「アタシもほっとしたわ。誠さんが慌てて飛び出して行っちゃったから、そんなに大事なものだったのかって焦ったわよ。事務所クビになっちゃうかもって。そしたら管理人さんがピンポンって来てポリ袋抱えて立ってるからさ、アタシ思わず返しなさいよって奪い取っちゃったわよ」

「なんでうちのゴミって分かったん」

「開けて中を見たんだって。そしたら水車って書いてあったって。今朝ポスターを貼ったばっかなのに、いきなり違反してるから注意しに来たって。うちともう一軒あったそうよ」

普段だったらゴミを漁って人物を特定するような行為は、個人情報保護法的なものに反しているんじゃないかと文句の一つもつけたくなるが、その日の誠太郎は寛大だった。むしろお礼に菓子折りでも持って行きたい気分になった。

最初は母に、二度目は吉沢に捨てられそうになって命拾いした木箱。まさか祖父の魂が呼んでいるのだろうか。

顎に梅干しを作りながら、誠太郎は小型冷蔵庫から缶ビールを取り出しプルトップを引いた。

「何？　もう飲むの」

プシュっと響いた音に吉沢が反応した。

「ゴミ袋があった祝いや」

大いなる安堵感と、捨てようとした罪悪感、読むのは怖いがやっぱり祖父の声を聴かねばならないという使命感など、様々な感情をアルコールで解放せずにはいられなかった。

ビールの泡が今日一日のいろんな感情を溶かしていく。

「アタシも飲んじゃおうかな」

「台本書いてたんとちゃうの」

「飲んだ方が調子出るのよ」

誠太郎は再び冷蔵庫を開け、缶ビールを投げた。毛深い手でキャッチするや、彼女は一気にごくごく流し込んだ。そして誠太郎を笑わすようにわざと野太い声でげっぷした。

「うるさいな！　苦情来るわ。隣に猛獣がいますって」

「やだ、酷い。失望～」

吉沢は最近何かあると誰彼構わず「シツボウ～」を発する。オネエタレントの二番煎じみたいだからやめろと注意したが、全く意に介していない様子だった。

半分ほど空いた三百五十ミリ缶を机に置いた誠太郎は、吉沢の斜め向かいに座ってパソコンを広げた。祖父のノートを見られるのが嫌で、それで隠そうという腹だ。

静かに続きのページを開いた。

第六章　（夏子）ラグビー

一

「珍しか。べっさんから誘われるとは。すっかり熱あげたとね」

慰安所への道を歩きながら田中が私を揶揄《からか》うと、桜井兵長も調子づきます。

「五中隊だけやなか。今や連隊中の噂ったい。べっさんは色男やいうて」

「兵長、それは誤解であります。自分が借用書の件で……」

「照れるごつなか。弾には当たらんが、女子には大当たりぞ」

兵長は私の背中をばんばん叩いて喜んでいます。

あの夜、桃園の慰安婦が「水車を出せ」と大騒ぎしたことは、もはや部隊内では知らない人はいませんでした。

慰安所の雇用関係が健全化されたことはすべて平尾先輩のお手柄ですが、将兵も慰安婦たちも、私が助けたと誤解しているのです。

兎も角、あの日私を営倉から出そうとしてくれた夏子たちに一言お礼をいいたい。その一心で兵長と田中を慰安所へ誘ったのでした。

受付に顔を出すと女将は私に気づき露骨にそっぽを向きました。

参っている私をよそに、田中が壁を指差して驚いています。

「べっさん、見てみ。夏子がお職のすぐ下に来とるやないか。えらい出世やのう。オイとは大違いじゃや。ははは」

「じゃ僕は、その夏子さんをお願いできますか」

するると女将は目も合わさずいい放ちました。

「夏子、人気。満員よ」

「大丈夫です。待ちますんで夏子さんでお願いします」

「夕方なるよ。門限破りは営倉入りよ」

とんだ逆恨みです。主人も奥から姿を見せました。

「平和館や錦糸にもいい娘いるよ。東洋楼の日本人もサービスいい。そっち行け」

「ご主人、女将さん、夏子さんと河原で話をしたことは謝ります。申し訳ありませんでした。ですが借用書の件で……」

といいかけたとき、階段を駆け下りてくる足音が響きました。

「お父さん、今から一時間、お客さん全部断って。私、自分で自分を買う」

夏子は三円の軍票を受付にばんと叩きつけ女将を見下ろすと、私に向かってにこりと微笑みました。

「行こう」

私の手を取り二階へ強引に引っ張るのです。

慌てて軍靴を脱ぎ、途中階段から見下ろすと、主人と女将は苦虫を噛み潰したような顔で、こっちを睨みつけていました。

夏子の部屋の窓からは水位が上がったイラワジ河が見え、雨季の到来を予感させます。

暑さに参っているのか我々がビルマ犬と呼んだ、柴犬よりも一回り大きい茶毛の野犬が体を丸めて木陰で昼寝をしています。

「水曜日の夜は本当に嬉しかったです。今日はそのお礼に伺いました。夏子さん、ほんまにありがとうございました」

ひんやりとした板敷きの床に正座をして額をつけた後、来るときに露天で買ったバナナひと房を雑嚢から取り出しました。

「よかったら食べて下さい」

「わぁ美味しそう。ありがとう」

彼女は房から一本もいで、私に差し出してくれました。

「いいんですか。おおきに」

「おおきに？　何それ」

「関西弁でありがとうって意味です」

バナナを食べながら関西弁の説明をして、自分は神戸出身だと教えました。

「おおきに。おおきに」

言葉を覚えた子供のように何度も口にしています。

「おおきには僕の方です。夏子さん、ほんまおおきに」

私は再度頭を下げました。

「バナナも食べ終えたんで、僕はそろそろ帰ります」

「とこ行くか。まだ時間たっぷりあるよ」

「感謝の気持ちを伝えられたので、長居は無用です」

私は財布を取り出し、一円の軍票三枚を床に滑らせました。

「いらない。あれは私の感謝の気持ち」

「いや、感謝しに来たのは僕の方です」

そんなやり取りが二、三度続き、もう部屋を出ようと立ち上がったとき、彼女は雑嚢に提げた例のラグビーボールの御守りに手を伸ばし、こう漏らしたのです。

「好きな人いた。ラクピー選手だった」

「そうなんですか」

私は立てた膝を再び折りました。同じラガーマンとして、夏子が好きだった選手のことを知りたくなったのです。

恥ずかしながら、少し嫉妬心が働いたことも事実です。

「十二歳のとき、京城（今のソウル）の海苔問屋に奉公に出された。隣に弁護士の家あった。そのお兄さん、ラクピー選手てした。金在一《キムチェイル》という人、知ってるか」

「いえ、残念ながら」

聞けば夏子は元々、京畿道富川郡、今のソウル近郊の貧しい農家の五人兄弟の三番目で、一番上の姉は光州の商家へ、二番目の兄は十三歳から九州の炭鉱近くの宿屋へ奉公に出されていて、下にはまだ幼い弟と妹がいたそうです。父親は酒ばかり飲んで働かず、母親は畑に出て獲れた野菜を行商し、帰って来ては糸を巻く仕事もしたのですが、家族五人が食べて行くには厳しく、十二歳のとき、夏子は借金のカタに海苔問屋に売られたとのことでした。

「寂しくて辛くて、お母さんに逢いたくて、毎日逃げ出して、漢江見ながら泣いた」

漢江とは京城を潤す大河で、ミイトキーナにおけるイラワジのような母なる流れです。

「ある日、泣きながら、いっそ川に飛び込んで死のうと思っていたら、学校帰りの在一兄さん、声をかけて来た。『隣の可愛い下女さん、とうして泣いてるか』。毎朝、店の前を掃除する私の顔を覚えてくれていた。嬉しかった。その時、在一兄さん持ってたのがラクピーの球。変な形、初めて見た」夏子は今まで見せたことのない優しい目で続けました。「兄さんにいわれた。『ラクピーの球はどっち転ぶか分からない。たから諦めないで一生懸命追う。勝利に近づく方法はそれしかない。貴方も一生懸命頑張りなさい』そして私を抱きしめてくれた。私はその時から死ぬのはやめた。自分も一生懸命頑張るしかないと思った。とっち転ぶか分からないから」

抱きしめられた瞬間、彼女は在一さんに恋をしたんだなと鈍感な私でも分かりました。

「京城でラグビーというと、京城第一と養星中が強豪ですけど、その人はどこでやってたんですか」

「養星中」

「えっ！　僕は養星中と試合をしたことがありますよ」

「いつ？　とこで」

会場は甲子園南運動場。五百メートルトラックの中のグラウンドをラグビー場として使っていました。旧制中学の全国大会は野球もラグビーも甲子園が聖地だったのです。

「四年ぶりに出場した私たち兵庫二中は、全国制覇するぞと意気込んでいたのですが、惜しくも準決勝で養星中に負けてしまいました。強かった。〇対十二です。足の速いウイングがいましてね。彼一人に二本もトライされました。名前は高正勲《こうせいくん》。朝鮮読みでは、コ・ジョンフンっていったかな」

「知ってるよ。スラっとした細身の」

「そう！　なんで知ってるの」

「正勲兄さんは在一兄さんの二年後輩よ。漢江の河原で二人がラクピーの練習をしていた時に会ったことある」

「ホンマですか」

　まさかミイトキーナでラグビー仲間を知る人と会えるなんて、遠くに親戚がいたみたいで、世界は案外狭いと驚いたものです。

　しかし興奮する私をよそに、彼女は目を伏せて静かにこういったのです。

「正勲兄さんに最後に会ったのは、在一兄さんのお通夜でした」

「――」

　憧れの在一兄さんは、中学卒業の翌年、漢江に落ちた盲人女性を助けようと川に飛び込み命を落としたというのです。翌日二人の遺体が川下で見つかり、夏子は泣き崩れたそうです。

「心の支えだった兄さんいなくなって、また寂しい日に戻った」

　数年後、年季があけて家に戻った十八歳のとき、最愛の母親が死去。一番下の弟はまだ十歳で、父親は酒が祟って病気になりその薬代も必要でした。金策に困った父親は、今度は夏子を女衒《ぜげん》に売ったそうです。女衒とは貧民と遊廓をつなぐ人買人です。

「女衒は昭南（シンガポール）の工場に行くといった。なのに着いたら、メイミョーの慰安所だった」

「どういうことですか」

「騙されたよ。私喚いた。聞いてない。こんな仕事やりたくない。ても女衒は怒鳴った。『行き先は慰安所と聞いたら来たか。来ないだろ！』。そういって一枚の紙を見せられた。『お前の親父は慰安所と知って売った。これその証拠』。でも私、字読めない。何書いてあるか分からない。あの女衒は嘘ついて連れて来た。なんで騙すか。同じ朝鮮人でしょ」

昭和十八年八月、金嘉津《キムガジン》は、ビルマのメイミョーで朝鮮人夫婦が経営する慰安所の夏子となり、その後、ミイトキーナへやって来たとのことでした。

「騙して連れて来るやなんて酷すぎるな。そやのにお職になるまでよう頑張りましたね。僕は夏子さんを尊敬します」

彼女を少しでも慰めてあげたい。私にできることはそれぐらいでした。目に一杯の涙をためた彼女の手を私はずっと握っていました。

どれぐらい経過したでしょうか。入り口に吊ったアンペラの向こうに人影が揺れました。

「夏子姉さん、もう時間過ぎています。お客さん入れていいですか」

ビルマ人青年の声でした。時計を見ると十分もオーバーしていました。

「今度いつ来るか」

慌てて立ち上がる私の腕を夏子が引っ張ります。私は答えに窮しました。慰安所は今日で最後にしようと思っていたからです。

「五月十九日は来るか」

「十九日？」

「運動会よ」

聞けば、将兵や軍属、慰安婦たちも一緒になってやるとのこと。

初めて知ったというと、彼女は私を見上げてこういいました。

「来い。待てる」

目の前がぱっと明るくなりました。

夏子にまた会える。

私の心は理性とは逆の方向に動き始めていました。

二

昼間は陽が差していても、夜中は豪雨で目が覚める。そんな日が徐々に増えて来ました。ビルマ北部に雨季が近づいている証でした。

歩哨での豪雨は悲惨です。全身がビショ濡れになるだけでなく壕に溜まった水で足先まで冷えます。体がガタガタ震えて我慢できません。

山ヒルにも悩まされました。人が吐く息に寄って来ては軍衣の僅かな隙間から忍び込み、噛みついて血を吸うのです。叩き潰すと破裂した体から血が滲み軍衣を赤黒く染めました。吸血中に潰してしまうと牙だけが体内に残り、それが破傷風を引き起こす原因にもなるため、その恐怖心で兵は神経を擦り減らしていました。

そんな我々の士気を高めたのが運動会でした。

「オイは久留米の韋駄天と異名を取った男ったい。腕が鳴るわい。あ、鳴るのは足か」

箸を失くしたのか、飯盒の飯を鷲掴みで食べながら田中が嘯《うそぶ》き皆を和ませます。

私はといえば、不寝番で歩哨に立っている時も、炊さんの揺れる炎を眺めている時も、運動会で夏子と逢えることが楽しみで、あと九日、あと八日と指折り数えました。あと五日を切ってからというもの、一日が長く感じて仕方ありませんでした。

夏子が髪を靡かせ楽しそうに走る姿を想像するだけで、雨に濡れる冷たさも、山ヒルに血を吸われる不快感も、嘘をついて保身を計った罪悪感さえも忘れさせてくれるのでした。

そしてついに待ちに待った交替部隊が到着、申し送りを済ませた我々は、翌日の運動会を目指しミイトキーナへ戻るべく出発しました。

ところが未明に降り出した雨は五メートル先も見えない豪雨となり、我ら部隊は足止めを食らいました。

そこへ耳の早い田中が先遣隊の話を聞きつけて、私の携帯天幕に飛び込んで来ました。

「べっさん、インカイン川の橋が落下しとうとよ」

「えっ！」

跳び起きました。

インカイン川とはミイトキーナに通じる一本道を横切り、イラワジ河に注ぐ小川です。増水した流れに橋脚が持っていかれたらしく、雨がやみ次第、工兵隊の架橋作業を手伝うことになるだろうという話でした。

「困った。運動会に間に合わんやったら、オイの韋駄天ぶりを披露できんちゃ」

「普段の行いが悪かったんかな」

私は思わずため息をつきました。

「べっさん、気を落とすな。果報は寝て待てっちゅうから、オイは寝る」

田中は私の天幕で寝息を立て始めました。赤土のぬかるみで背中を冷たく濡らしながらの堂々たる寝姿に、彼の図太さを見習いたくなりました。

雨があがった翌朝、川まで行くと、確かに橋の半分が崩落して流されていました。

運動会は昼の十二時まで。架橋工事終了が昼過ぎになるのは明らかです。私はがっくりと肩を落としました。

ところが我々はギリギリ間に合ったのです。その理由は、工兵隊のトラックの周りに屯していた十頭以上の巨象とカチン人の象遣いでした。

一口にカチン族といっても敵性部族とそうでない部族がいました。カチンの男たちはほぼ全員が阿片吸飲者でしたので、象遣い一人に一個、石鹸ほどの大きさのアヘンを渡して協力を仰いだそうです。

工兵隊が指示すると象遣いたちは象の尻を鞭で叩き見事に操りました。象は材木を長い鼻で軽々と取り回し、両の牙にひょいと乗せて所定の場所まで悠々と運びます。その見事な仕事ぶりのお陰で、午前十時には仮架橋が終わったのです。

しかも資材を積んできたトラックの荷台が空いたため、我々はそこに乗って帰隊できることになったのです。運動会は昼十二時まで。トラックで走れば最後の一時間だけなら間に合います。全員喜んで跳び上がりました。

未舗装の悪路を、水飛沫をあげながらトラックが走ると、荷台の鉄板に尻を叩かれます。

左手を流れるイラワジ河沿いに、兵たちが〝おっぱい〟と呼んだ黄金に輝くパゴダ（仏塔）が見えてきました。玉ねぎをひっくり返したようなその形が女性の乳房のようにも見えるパゴダを過ぎれば本部兵営はすぐそこです。

兵たちは口々に「着いたぞ」と喜びの声をあげています。

私もはやる気持ちを抑えられません。橋が落ちて一度は諦めただけに、逢える嬉しさが倍増しました。夏子さん待っててやと、胸の中で絶叫しました。

広場に大勢の兵や将校の姿が見えると、我々は一斉にトラックを跳び降り一目散で運動場へ走りました。四十キロもある装具に邪魔されましたが、必死に駆け込み、人垣を掻き分けます。

中では男女混合リレーの真っ最中。拳銃をバトン代わりに競争していました。

「走れ！」

「行け行け！」

トラックをぐるりと取り囲む将兵が一緒になって大騒ぎです。

ちょうどトラックの半円部分に観戦する女性の一団がいました。遠くて顔が見えませんでしたが、女たちの衣装が統一されていたため、それは看護婦たちだと推定しました。周りにいる男たちは軍医や薬剤官でしょう。

さらに見回すと将校のテント横にも女性の一団がありました。こっちは各々がバラバラの服を着て、身を乗り出し声を張り上げて応援しています。慰安婦たちだと確信しました。

夏子はどこや。

必死で目を凝らすと、突然、トラック上を猛スピードで移動する眩しい光が私の視界に飛び込んで来ました。その輝きに目を細め改めて見直すと、それは白いワンピースからカモシカのような脚を覗かせ、楽しそうに走るひとりの女でした。

私は思わず声を張り上げました。

「夏子～、行け～」

拳銃片手の彼女は最後尾からぐんぐん追い上げ加速しています。

そして再びその名を叫ぶと、軌道上の彼女がちらっと私を見たように感じたのです。

次の瞬間、鼻に掛かった高い声が聞こえるや否や、鳥のように両手を広げ大空高くジャンプした夏子が
「クルマさ～ん」

人目もはばからず私に抱きついて来たのです。

「生きててよかった。来ないから戦死したと思ったよ。心配した」

私を見上げる夏子の目がみるみる潤み、涙を拭うように私の胸に顔を埋めました。

周りの兵たちが「おいおい」「何してる色男」と囃し立てます。

「夏子さん」

恥ずかしくなった私は彼女の身体を剥がそうとしましたが、回した腕に力をこめ、しがみついて離れようとしません。それどころか、私の軍衣に鼻を擦り付けているのです。

「何してんの夏子さん、早よ走らな」

すると彼女の身体からすーっと力が抜け、あぁとひとつ切ない吐息が漏れ聞こえたのです。

「夏子さん、早よ。憲兵も将校も見てるし。夏子さん」

再度声をかけましたが、二週間風呂にも入らず雨と泥に汚れた私の上衣の腋の部分に鼻を強く押し当てています。

「夏子さん、あかんて。早く」

「均一兄さんと同じ匂い」

その言葉で脳が痺れるような感覚に襲われ、私の時間が止まったように感じました。

一方彼女は再び小さく吐息を漏らすと、私の胸からパッと顔を離し、

「私、走る」

と踵を返してトラックに戻り、直線コースを猛然と駆け出したのです。

再び時間が動き出し、わーっと歓声が響きます。

告白しますが、暫くは頭がぼーっとしてしまい、夢にまで見た夏子の健脚を眺めることさえ忘れてしまったため、彼女が抜いたのか抜かれたのかも、記憶にありません。

気が付くと走り終えた彼女が再び私の前に立っていたのでした。

運動会は十二時に全プログラムを終了。

連隊長の〆の挨拶の後、お知らせとして野戦病院院長の垣渕軍医少佐から、めでたい報告がもたらされました。

「病院長がなんの報告ったい？　死なん薬でもできたとね」

田中が騒ぎ立て笑いをとっています。

軍医少佐は薬剤官の里見少尉と、平和館の朝鮮人慰安婦五月を呼んで並ばせると、二人が晴れて結婚することになったと発表されました。

「うまい事やりやがって」

「今日はなんだ、どうなってる」

将兵たちは祝福の拍手とともに、私と夏子の方にも視線を送って来ます。

私にしがみつく夏子の掌の温もりは、この上腕に今もありありと残っています。

三

曇天ながら、その日のミイトキーナは朝からむせ返るような暑さでした。

桃園の受付にはおかっぱ頭の慰安婦・美鈴が座って入場切符を売っています。夏子とは仲が良いと聞いたことがありました。

「珍しいですね。受付係なんて」

「聞いてよ水車さん。私お客取れない。泣きたいよ」

「どうしたんですか」

「検梅でひっかかった」

梅毒や淋病に罹患した慰安婦は、完治するまで登楼を禁じられています。

「今日は客多いから二十人は取れるのに、お金入らない。哀しいよ。水車さんから軍医さんに文句いって。商売させろって」

仕事熱心さには頭が下がりますが、それでは客も困ります。お大事にと声をかけ外に出ました。

隣の食堂もすし詰め状態で待つ場所にも困ります。今日に限ってなぜこんなに人が多いのか不思議に思っていると、田中が一人の兵の認識章を見て「一四八連隊ぞ」と呟きました。拉孟《らもう》と騰越《とうえつ》の守備に向かう通過部隊が遊びに来ていたのです。そこはビルマと支那の国境の村で、ミイトキーナと同じく、蔣介石軍を分断する重要な拠点でした。

お陰で我々も二、三時間の順番待ちになってしまい、時間を潰そうと桃園裏の堤防を登り、木の根元に座って悠揚と流れるイラワジを見ながら煙草に火を点けました。

乾季には川幅三百メートルほどの茶褐色の奔流は、既にその倍ほど幅を広げ、川岸には水がたぷたぷと揺れて今にも溢れそうになっています。対岸のノンタロウ村も、既に三分の一は水に沈んでいました。

イラワジの川風にタンポポが揺れています。

田中と兵長は、いつもの如く河面に石を投げて遊んでいます。

一人ぽつんと煙草を吸っていると吐き出す紫煙の向こうに家族の顔が浮かびます。数日前に部隊全員で内地に手紙を書いたばかりだったこともあり、神戸に残した父と母、妹のことが無性に恋しくなります。

その手紙を書いているとき、こんなことがありました。

田中がペンを持ってうんうん唸っているのです。

「どうした」

「妹に書きようとばってん、何ば書いたらええか分からん」

十五歳も歳の離れた幸恵という妹に宛てた葉書には書き慣れない文字でこう書かれていました。

「昨日は雨。今日も雨。ビルマはたぶん明日も雨でしょう」

「天気予報みたいやな」

「笑うんやなか」

その時と同じダミ声がして急に現実に引き戻されると、目の前には石投げを終えた田中の顔がありました。

「べっさん、何ば笑うとると？」

思い出し笑いを本人に見られてしまい、慌てて何でもないと誤魔化しました。


三時間後、やっと順番が来て桃園の二階へ上がりました。

川からの湿った風が首筋にまとわりつきます。

扉代わりのアンペラをめくると、鏡にむかって紅を引く彼女の後ろ姿が見えました。

「夏子さん」

振り向くと髪飾りをつけ白粉をはたいた頬がまぶしく映える、いつもとは違った夏子がそこにいました。

「勘助」

私を下の名で呼び、胸に飛び込んで来ました。汗ばんだ私の首に彼女が腕を回したとき、すぐに折れてしまいそうな細い腕と狭い肩幅に女らしさを感じ、どきっとしました。

運動会の時とは違い、誰に恥じらうことなく彼女の存在を全身で受け止めることができます。

むさ苦しい男だらけの世界に咲いた一輪の花が青い蜜蜂を誘惑します。部隊では嗅ぐことのない花の香りが脳を痺れさせます。私は全ての蜜を吸いつくしてしまいたい衝動に駆られました。目の前に赤い花弁が光っています。感じた事のない興奮に胸が高鳴り、やがて隣室の話し声も、階下に響く男たちの笑い声も、全ての音が聞こえなくなりました……

何時間経ったでしょうか。実際には数秒の夢だったのかも知れません。

あの鳴き声が幻想を破りました。

「ケケケ……トッケイ、トッケイ」。

布団の中で首を傾けると照れたように愛くるしい笑顔を浮かべる夏子が私を見つめ返して来ます。私はそっと彼女の頭を抱いて、この幸せな時間が永遠に続けばいいとの願いを込めていました。

「早く戦争が終わったらええな」

「よくない！」予期せぬ答えに驚く私に彼女は続けました。「戦争終わたら、会えないよ」

はっとしました。そうです、戦争が終われば私たちは離ればなれ、逢える保証などどこにもありません。愕然として全身の力が抜けました。

「そうでしょ。勘助と次どこで会えるか」

目の前にあるのは戦場の絵空事なのか。

彼女の目から溢れる涙を見た途端、突然、胸の中に赤い炎が燃え盛りました。

私は居住まいを正し、夏子を座らせて向かい合いました。

「夏子さん、自分は今まで生きて帰られへんと思ってた。でも今は違う。君の為に、何があっても生きて帰る。だから夏子さんも絶対に生き抜いてくれ。生きてさえいれば絶対に逢える」

「戦争終わっても逢えるか」

「絶対に逢える」

両手を握りしめると彼女は私に身を委ねて来ました。彼女が胸の中で小さく頷いたのが分かりました。

帰り際、別れを惜しむ夏子の指先がラグビーボールの御守りを探っています。

「また二週間後ね」

「夏子、次は一か月後なんや」

「えっ、とうして」

南方の島々における戦況悪化に起因して、昭和十八年四月末、大隊が中隊四個編成から三個編成に削減、それを受けこれまで二週間交替だった渡河点警備は、一か月交替に延ばされることになったのです。敗戦の足音は確実に忍び寄っていました。

「一か月は長いよ」

寂しがる彼女が愛おしくて堪りません。

そのときです。私から目を離した彼女が雑嚢を凝視しました。

「あれ、ラクピーポールないよ。とこ行ったか」

「え！？」

雑嚢の中をひっくり返してもみましたが、御守りはどこにもありません。連日の雨や架橋作業などで紐が切れてしまったのかも知れません。

幸せな気分が一転台無しになり、参ったなと呟くと、なぜか夏子が微笑みました。

「来月、待てるよ」

四

雨季のビルマには絶望的な豪雨が一週間も十日も降り続きます。蚊を媒介としたマラリアが蔓延し、四十度を超える高熱が一週間続いた後、命を落とす兵も出始めました。野戦病院に担がれたところで薬もなく、ただ熱が下がるのを寝て待つしかない状態でした。

一方で雨季に入って以降、ゲリラの襲撃が減っていたのは我ら兵にとって安心材料でした。カチン人は二キロ先の人の顔を見分けると聞いていましたが、豪雨の中ではそんな視力も宝の持ち腐れです。

久しぶりに雨が弱まったその日も、ゲリラは来ないだろうと高を括って、煙草に火を点けたときでした。

〝パン、パン〟

雨を劈《つんざ》く銃声が遠くで聴こえました。隙をついて敵が攻めて来たのです。驚いて声をあげた拍子に咥えたばかりの煙草を水溜りに落してしまいました。

銃声を報告すべく、私は五十メートル離れた分哨に身を潜める伊東伍長の元へ走りました。バシャバシャと水音を立てて中腰で走りつつ、「伍長、水車であります！」と叫び、携帯天幕へ近づいたとき、濡れた岩に足を取られバランスを崩してしまいました。

その時、〝パン〟と天幕の中から発砲されたのです。

濡れた地面に尻もちをつきながら、驚いた私は大声で叫びました。

「伍長、水車です！　伍長！」

「卑怯者！　俺に近寄るんじゃねえ。戻れ」

天幕から顔を出して大声で私を罵倒すると、伍長は再び中に頭を引っ込めました。

規則通り名乗って近づいたにもかかわらず、伍長は誰何《すいか》もなく発砲したのです。自分がバランスを崩さなかったら被弾していたのではないか。命令に反した私をまだ恨んでいるのか。それとも誤射に過ぎないのか。

水溜りの冷たい水が尻に染み広がるように、猜疑心が増幅します。

しかし本当に恐ろしくなったのはその夜、交替兵が私の壕に顔を出したときでした。

「べっさん、こっちもゲリラが出たんやろ。伍長が発砲したら逃げたち聞いたばい」

「……誰に聞いた」

「伍長本人たい」

唖然としました。私への発砲を隠蔽するつもりです。背筋に冷たいものが走りました。

本部バンガローに戻ると、入口横の有刺鉄線で作られた檻の中に、精悍な顔つきのカチン人が両手を後ろで縛られて立っていました。橋の分哨に出没したゲリラを捕虜として生け捕りにしたとのことでした。銃声の主は彼だったのです。

隆々とした筋肉に、彼らの手強さが垣間見えます。

軽く微笑んでみましたが、男は野獣のような目で私を睨み返すだけでした。

夕飯後、バンガローの外で煙草を吸っていると捕虜のカチン人が私をじっと見つめて来ます。煙草が欲しいんだろうと思い、一本取り出して、有刺鉄線の間から腕を突っ込んで差し出しました。両腕を縛られた彼は咥えようと口を出して来ます。

しかし次の瞬間、煙草を持った私の指に噛みついたのです。

「痛っ！放せ」

力づくで振り解くと人差し指と親指の付根から血が流れ、少し肉がえぐれていました。騒ぎを聞きつけた数人の将兵が飛び出して来ます。痛みに悶絶していると、桜井兵長が、貴様何ばしよっとか、と怒り出し、石を拾って彼にぶつけました。

「兵長、大丈夫です。やめて下さい」

「べっさん、こいつはさっきも飯ば持って行った兵に頭突き食らわしたんよ。気を許したらいかんち」

男は檻の中で血で染まった歯をむき出して、狂犬のように敵意を燃やしていました。バンガローの中で衛生兵にアルコールをつけてもらうと、噛まれたとき以上の激痛が走り、私はもんどり打って倒れてしまいました。

破傷風止めの薬を湿布し包帯を巻いてもらっている所へ、田中がやって来ました。

「銃創なら名誉の負傷やが、カチン人に噛まれるとは、べっさんも焼きが回ったな」

「うるさい」

失笑する田中の腹を無傷の拳で軽く殴ってやりました。

治療後、田中に呼ばれ裏の森の中へ入ると、彼は珍しく深刻な表情で声を潜めました。

「べっさん。小耳に挟んだんやが、伊東伍長がお前を撃ったち。本当ね」

「ああ。ほんまや」

「やっぱりか。初陣のこと、恨んどると」

「そうやと思う」

「オイはあん伍長はどうも好かんやったが、部下に発砲したとなると、好く好かんの話やなか」

「田中、お前の気持ちは有難いがな、この件はそっとしといてくれへんか」

「なんばいいよっとね。命令に従わんかったっちゅうても、初陣で足が震えるごつ、誰にでもあろうもん。そげん理由で部下を撃つなぞ許されるか。軍法会議もんったい」

「田中、伍長の立場に立ったら、怒る気持ちも分かる」

「お前は優しすぎるったい。今回は無事やったが、次は殺されっとよ。あ〜、だんだん腹が立って来たばい。べっさん、ここはオイに任せとけ」

田中はすくと立ち上がるとバンガローの方へ走り出しました。

このとき、私の頭の中に二つの想いが駆け巡りました。私の誓いについて、田中には伝えておくべきか、それとも秘匿しておくべきか。

一瞬迷いましたが、結論は即座に出ました。

田中が知っていたにも関らず上官に報告しなかったとなれば、彼も同罪。抗命罪に問われることは確実、スパイ容疑をかけられる可能性もあります。

絶対に言えない。彼に迷惑はかけられない。

しかし未熟だった私はどこか心細かったのでしょう。

「田中、悪いんは僕なんや。誰も撃たへんって決めた僕が悪いんや」

心とは裏腹に、思わず本心を吐露してしまったのです。

私の叫びに、田中は立ち止まりゆっくりと振り返りました。

「べっさん、お前が撃たんのなら、オイが撃ってやるばい」

にっと笑って自らの左胸を叩くと、彼はバンガローの中へ消えて行きました。

確かめたことはありませんが、このとき彼は私の本意を理解したと直観しました。

五

「小隊長に報告しといてやったち」夜十時ごろ、不寝番でバンガロー裏口の警備に立っている私の元へやって来た田中がそう告げました。「小隊長、目の色変えて驚かれたとよ。即座に伍長呼び出しよ。今頃、事情徴収で絞られとるばい。上手く行けば軍法会議ぞ」

「田中ありがとう。でもあの人はそんなことでボロは出さんやろ。カチン人と思って発砲したとか、逃げ道はなんぼでもある」

「かーっ！　ずるか男ったい。それでも小隊長からお灸ば据えられたら、べっさんにも下手に手出しば出来んやろ」

「そやな。おおきに」

田中に礼をいったものの、私の胸中では、清水にポタリと落とした一滴のインクが広がるように、ある心配が大きくなって行きました。

不安は的中しました。

翌日の昼過ぎ、車座になって飯を食っていると、濁った眼をした鮫島上等兵が私の耳元で「ちょっと顔を貸せ」と囁くのです。伊東伍長が可愛がっている兵でした。

座を離れた私は、黙って彼について行きました。

連れて来られたのは、昨夕、田中と密談した森の獣道をさらに奥へ入った河原でした。

「伍長、連れて参りました」

案の定、そこには他の二名の兵とともに伊東伍長がいました。

驚いたのは、私を噛んだカチン人の捕虜もいて、木に縛られていたことでした。

河原の石に座って煙草を吸っていた伍長は、鋭い眼差しで私を睨むと、ぬっと立ち上がり、突然自身の拳銃を私に向かって放り投げて来ました。

「撃て」

「は？」

「聞こえねえのか。撃てっつってんだよ」

「どういう意味でありますか」

「なぜ俺の命令が聞けねえ。貴様は共産主義者か」

「何の話ですか」

「こいつを撃てといってるんだ」

伍長は顎でカチンの男を指しました。

「伍長、捕虜を撃つことはできません。軍規に違反します」

「お前はとっくに違反してるだろうが。俺の命令を聞かなかったんだからな」口の端に不気味な笑いを浮かべています。「お前は何が怖い？　軍法会議か。だったら安心しろ。お前はこいつに噛まれた。正当防衛だ」

「ですが噛まれたのは昨夜の話で――」

「逃げた捕虜を追いかけて森の中へ入ってきたら、また噛まれたんだよ」

伍長が目で合図した次の瞬間、鮫島が包帯の上から噛みついて来ました。

「あぐっ」

言葉にならない声が腹の底から漏れました。二名の兵に羽交い絞めにされ身動きできない状態で、鮫島の糸切り歯が傷ついた肉をさらにえぐります。足をばたつかせ必死に藻掻いて抵抗しました。

「よし、やめろ」

伍長の合図で鮫島が口を離すと、破れた包帯が真っ赤に染まっていました。

「これで正当防衛だ。撃て」

私の足元に転がった銃を拾い上げた伍長は、その黒い塊を私に押し付けて来ます。

痛みで傷口が痺れ、脂汗が滲む中、私は彼を睨み返しました。

「嫌です」

「あがっ」

伍長が再び合図すると、鮫島がまた噛みついてきました。

「撃つか」

首を振ると、鮫島はさらに顎に力を入れて来ます。

痛みで涙と汗が噴き出します。

「撃つか」

もはや答えるどころではありません。

再び伍長が合図したのでしょう。やっと鮫島が口を離しました。

どくどくと脈打つ傷口を押さえて伍長を見上げて反発しました。

「絶対撃たへんからな」

「ふっ。こいつは檻を破って逃走した上、誇り高き日本兵に噛みついた。もはや保護されるべき対象じゃねえ。水車、撃て」

「嫌じゃ」

「おい、お前には家族はいねえのか」

「何がいいたいねん」

「息子が抗命罪で銃殺刑にされたと聴いたら、帰りを待つお袋はどう思う」伊東伍長がいやらしい笑みを浮かべます。「それだけじゃねえ。水車家は赤だ、非国民だと家族全員が罵られて村八分だ。配給も回してもらえねえ」

　腹を空かし、石をぶつけられる両親と妹の顔が浮かびました。

「いいか水車。これが最後だ。どうしても撃たねえなら、俺はお前を小隊長に突き出す」

伍長が合図すると、二人の兵がカチン人捕虜の縄を解き始めました。

私の両膝の間に落ちた拳銃を再び伍長が拾い上げ、私の目の前に突き出しました。

「逃亡した捕虜はもう捕虜じゃねえ。再び敵に戻るんだ。証明しろ。誇り高き菊兵団の一員であることを」

　縄を解かれたカチン人は意味も分からず立ち尽くしています。

　鮫島が手ぶりで向こうへ行けと合図すると、最初おどおどしていましたが、意を決したのか、川の上流の方へゆっくりと駆けだしました。

「水車、やれ」

　彼は不安そうに振り返って私を見ながら徐々に加速して行きます。

「捕虜が逃げるぞ。早く撃て」

彼の背中が小さくなる中、私は伍長の手から銃を取り、両膝立ちして狙いを定めました。私の答えは初陣と同じ。撃ったふりをして外す。それしかありません。

しかし、別の想像が瞬時に頭をもたげます。

やっぱりこいつはスパイだ、一度ならず二度までもわざと外したと告げ口される映像が浮かんだのです。

軍法会議は絶対に嫌だ。父や母、妹を守るためにもそれだけは避けたい。

そうや。捕虜の彼には悪いが死んでもらうしかない。

目をぎゅっと瞑りました。

「どうした水車、引金を引け」

その声で目を開くと、走っていた男が振り返り、目がばっちり合ったのです。

やっぱりあかん。人殺しは嫌や。敢えて外そう。そう思って指先に力を込めた瞬間、患部に激痛が走り反射的に引金を握ってしまったのです。

〝パンッ！〟

一発の銃声が森に木霊し、鳥の羽音が響きました。

男の背中から血飛沫が舞い、スローモーションのように前のめりになって倒れると、伸びた草木の陰で見えなくなってしまいました。

どれぐらいの時間が経ったでしょうか。気が付くと私は誰もいなくなった森の河原で、一人茫然とへたり込んでいました。

我に返った私は、川の上流へ走りました。叢の陰には白目を剥いたカチン人が横たわっていました。

「うぉぉ〜」

褐色の背中から未だ噴き出す血潮に絶叫した私は、改めて天に誓いました。

もう金輪際人は撃たないと。

六

カチン人を撃ち殺してしまった件は、捕虜逃走事案として不問に付されました。しかし絶命した彼の表情が脳裏から離れず、歩哨に立っていても、胸が苦しくて堪りません。すべてを打ち明けたい。そんな衝動にも駆り立てられましたが、内地で待つ両親に迷惑がかからぬよう、その想いはグッと胸にしまい込むしかありません。

早くミイトキーナに帰って夏子に逢いたい、彼女にだけは本当の話を聞いてもらいたい。私の願いはただそれでけでした。

一か月ぶりにミイトキーナに帰還すると、イラワジ河が増水して水が堤防を越えて来そうな勢いでした。エベレストの南東部は年間最多降水量の記録があるほどの多雨地域です。あまりの豪雨に田中は、「河の中にいた方が濡れんばい」と冗談を飛ばすほどでした。

その頃、たまにのぞく晴れ間には、まず偵察機が、続いて爆撃機や軽攻撃機が飛来して鉄道、駅、連隊本部周辺への爆撃を加えて飛び去って行くようになっていました。

その日も敵機の飛来音が響き防空壕に退避しました。

するとたまたま隣り合わせた騎兵隊の下士官二人の話が聴こえて来たのです。

「慰安所が二つに減ったの知っとうと」

「知らん。どげんしたとね」

「借金ば返し終えた慰安婦は内地へ帰せと南方軍が楼主に勧告ば出したとよ」

ガダルカナル陥落から四か月、商社員や軍属、慰安婦ら軍人以外の日本人は極力帰国させるよう通達が出たというのです。

私は不安になりました。夏子は間もなく借金が終わるはずです。彼女も帰国勧奨されているかも知れません。命の危険を考えれば当然帰るべきですが、率直にいうと、彼女には残っていて欲しかった、私には心の支えが必要でした。夏子がいないミイトキーナなど考えられません。

「すみません、ちょっと質問していいですか」暗がりで私は二人に声をかけました。「聞く気はなかったんですが、話が聞こえてしまいました。残った二軒の慰安所というのは、どことどこかご存知ですか」

「錦糸と――」

「錦糸と」

「桃園やち」

「ありがとうございます」

安堵の溜息を漏らした瞬間、至近距離で爆撃音が響き、天井の赤土がパラパラと頭上に落ちてきました。


六月の最終日曜日、強雨の中、一か月ぶりに慰安所へ行くと、確かに東洋楼はもぬけの空、どうやら拉孟に新設された慰安所に日本人慰安婦とともに移転したとのことでした。右奥にあった平和館は、慰安婦と楼主ともども全員半島へ帰国したらしく、静まり返っていました。

店が減った分、桃園の前はいつもの五割増しで客が押しかけています。

受付に入ると、女将が私に気づいた途端、慌てて目を逸らします。

一方主人は口角を上げて、見下すように半笑いを浮かべました。

「なんやあの態度は。憎らしか」

田中が同情してくれる中、私は自分の目を疑いました。夏子の名札が消えているのです。三段目も四段目も確認しましたがありません。嫌な予感がしました。

「今日、夏子は出てないんですか」

女将が無視して答えません。主人に尋ねました。

「すみません、なんで夏子の名札がないんですか」

彼も不気味な笑みを浮かべるだけです。

「ご主人、無視せんと答えて下さいよ」

「うるさいな。夏子、朝鮮帰った」

「えっ……」

「借金終わた女、国へ帰せと軍の命令よ。借用書なければ、いつ借金終わるかも分からないのに。あなた自分のせいね」

茫然と立ち尽くす私に代わって田中が援軍を出してくれました。

「ご主人、それは変やなかとね。お職のたまきはおるやろう。たまきも借金終わっとろうが、なんで夏子だけ帰るとね」

「帰るか、帰らないか、女の自由よ。夏子、自分で希望して帰った」

「嘘や」

いても立ってもいられなくなった私は、二階への階段を一気に駆け上がりました。

「あ、靴脱いて」

主人の叫び声も聞かず泥だらけの軍靴のまま駆け上がり、夏子の部屋のアンペラをめくりました。

閉めた窓からの隙間風でカーテンが小さく揺れています。部屋はじめっと暗く静まり返っており、藁布団は二つに畳まれ、ホーローの洗面器は空っぽ、小机の鏡は写す人もなくただ輝いているだけで、生活感がまったく消えていました。

なんでや。なんで帰ったんや。せめて帰る前に一言いってくれよ。嘘やったんか。あの日ここで感じた温もりは商売女の芝居やったんか。騙されたんか。僕はなんちゅう阿呆なんや……。

その場でがくっと膝を折ると、背後で美鈴の声がしました。

「水車さん、お父さんの話は嘘よ。夏子姉さん、無理矢理帰らされた。中国人の苦力《クーリー》（人夫）二人に腕引っ張られて連れて行かれたよ」

「どこへ」

「ラングーン」

「えっ！」

「国に帰る人たちを見送りに、夏子姉さん駅のホームに行った。なのにお父さんに頼まれた苦力、姉さんを列車に引っ張り込んだ」

「なんでそんなこと」

「姉さん暴れた。絶対、帰らない、離せと喚いた。水車さん助けてと泣いた」

握り締めた拳がぶるぶると震えていました。夫婦の勝ち誇ったような嘲笑を思い出し、私は人生で初めて人を憎いと感じました。

「これ、部屋にあった」

美鈴の掌の上には、小さなラグビーボールの根付が二つ乗っかっていました。

元のと比べて二回りほど太ったボールはお世辞にも上手な出来とはいえません。縫い目もがたがたでしたが、それが却って彼女の優しさを感じさせました。

身体がかっと熱くなりました。別れ際に、「来月待ってる」と微笑んだ彼女の声が耳の奥で蘇りました。

「夏子」

震える手で太ったラグビーボールを顔に押し当てると彼女の残り香が感じられました。

その瞬間、何かが私の中で弾けました。血が沸き返るほどの衝動を抑えきれず、階段を一気に駆け下り降りました。

冷笑する夫婦と目が合いました。

気が付けば主人の顔面を右の拳で打ち抜いていました。男の体が宙に浮き、土間に叩きつけられます。

「おい、べっさん、どうした落ち着け」

田中が私の両肩を抱えます。

女将が鬼の形相で何か大声で叫びましたが朝鮮語なので分かりません。

土間で順番待ちをしていた兵たちが立ち上がってざわつきます。

私は店を飛び出しました。

「うぉぉ～」

叫ばずにはいられません。

水飛沫を跳ね返し、全力で駅へ疾走しました。

途中、笊《ざる》を抱えた女を避け切れず、二人して地面に転げました。果物が路上に転がりましたが、謝る余裕すらありません。手にしたラグビーボールの根付が汚れてないか、それしか気が廻りませんでした。

再び駆けだすと駅舎へ一気に走りました。豪雨で前も見えません。

理性では分かっています。そんなことをしても何の解決にもならないことは。でも抑えられなかったのです。大声を挙げて走る以外、私は方法を知りませんでした。

終着駅のプラットホームには打ち付ける雨音が響くだけ。列車も人もおらず、晴れた日には西側正面に見えるアラカン山脈も見えません。

「夏子！」

ホームから飛び降りラングーンへと続く線路をわき目もふらず走りました。

今すぐ夏子に逢いたい。逢って強く抱きしめたい。

私をあざ笑う朝鮮人夫婦に水でもぶっかけられたように、天から大粒の雨が落ちてきて顔面を濡らします。

何百メートル、何キロ走ったでしょうか。枕木に躓いて足がもつれ、体ごと線路上に投げ出されてしまいました。

びしょ濡れになって倒れたままラグビーボールを再び鼻に押し当てると、言葉にならない喪失感と絶望がない混ぜになって溢れて来ました。

レールに弾けた雨粒が耳元でバチバチと音を立てています。

私はもう立ち上がることさえできませんでした。

第七章　（逆下）式典

一

灰色の雲が頭上にのしかかり、田園風景と赤い三角屋根の美しいコントラストを台無しにする。

終わるまでもってくれればいいな。逆下逸見《さかしたいつみ》は空を見上げた。

ドイツ・バイエルンの州都ミュンヘン郊外にあるB市。小高い丘の上に立つ石造りの市庁舎前には既に大勢の来賓と参列客が集まっていた。

朝九時を数分過ぎたとき、市長がやってきて一本のロープを握る。

記念すべき瞬間。

「フェアティヒ　ロス」

ドイツ語の掛け声とともに除かれた幕の下から出て来たのは、真新しい慰安婦像だ。

参加者から一斉に拍手が沸き起こり、白鳩が飛び立つ。ヨーロッパ初となる記念すべき少女像を前に集まったマスコミが一斉にカメラのフラッシュを焚く。

市長に続いて市会議員らが短い挨拶を述べる。

それにしても冷える。ドイツ語をまったく解さない逆下は要人らの挨拶の間、首元から入る冷気に耐えきれず、礼儀として外していたマフラーをこっそり巻き直した。

縁あって政治の世界に入った。一年たった今も、なかなかこうした公の場に慣れない。しかし弱音を吐いてはいられない。初めての海外出張という大役を恙《つつが》なくやり遂げるため、参列者にまじって逆下は必死で笑顔を振りまいた。

　一段と大きな拍手が沸き起こったのは、韓国の慰安婦問題連絡協議会の李愛京《いえぎょん》会長の挨拶が終わったときだった。ドイツの三色旗とともに小さい太極旗があちこちではためく。日本の総理大臣の顔写真に赤いペンキで×印がつけられたポスターも大きく揺れている。聴衆の喜びを見た瞬間、さっきまで冷えていたのが嘘のように逆下は自らの身体が熱くなるのを感じた。役に立てている気がした。

　参列者の中には、非公式ながら中華社会党国際部副部長の王克民《おうかつみん》の顔も見える。小柄だが恰幅のいい身体と、貼り付けたような笑顔に、逆下は不気味さを感じた。

大澤瑞希《おおさわみずき》からはしたたかな男だと聞いていた。感情が読めない形相に触れ、その意味が初めて分かった。

　除幕式を終えて市庁舎控え室に戻ろうとしたときだった。

「逆下さん」

　外国人訛りの発音で名を呼ばれて振り向くと、李が笑顔で近づいて来た。

　ぴんと伸びた背筋と肌のはりは七十歳を超えているようにはとても見えない。

「アニョンハセヨ」

　逆下は知っている数少ない韓国語で返礼した。彼女は式が始まる直前にやって来たため、これが初めての挨拶となった。身を屈めて老女と抱き合う。

「今回はお招き頂きありがとうございます。素敵な式になりましたね」

　李の側近女性が耳元で通訳する。

「大澤先生にお越し頂きたかったですが、国会会期中ということでやむを得ないですね」

「これを預かっています」

逆下はバッグから白い封筒を取り出した。大澤からの礼状だ。

「ありがとう。後でゆっくり読ませて頂きます」

受け取った手紙を、李が側近に渡そうとした時だった。その目が急に大きく見開かれ、息を呑むのが分かった。

彼女の視線の先を確認すると、ネクタイを緩めながら近づいて来る小太りのアジア人男性が見えた。「早く控室に戻りなさい」

「どうされましたか」

逆下には事態が呑み込めなかった。

李は市庁舎の方角を視線で差しながら、通訳に呟いた。

「面倒に巻き込まれたくなければ、早く戻りなさい」

腰をぐっと押された。二人は逆下から離れ、市庁舎入口ではなく、駐車場方面へ向かって行く。

その直後だった。

「あのぉ、すみません」

振り向くと蛇のような目をした四十代前半と思し男が半笑いで立っていた。さっきの男だ。日本人だった。

「大澤瑞希さんの秘書の方ですね。つい半年前まで本社の政治部にいた者です」

語尾の母音を伸ばすねちっこい喋り方をする男が差し出した名刺には経産新聞ベルリン支局

とあった。

「ちょっと話を聞かせて頂けませんか」

「急いでいますのでまたにして下さい」

足早に市庁舎に駆け込み、エレベーターホールへ向かう。

「日韓関係が最悪なのに、こんなところに顔を出すなんて、おたくの親分はどういう了見なんでしょうか」

記者が肩を並べて歩きながら質問して来る。しかも代議士を親分などと呼び捨てる。失礼極まりない。逆下は不快な気分になった。

出発前、大澤に釘を刺された。もし日本のマスコミが来ていても相手をしなくてよいと。特に経産は大澤の敵だ。

「なぜ今回、除幕式に参加されたんですか。あれ。ひょっとして大澤さんの選挙区はＢ市と姉妹都市かな」

「――」

「国会議員なのに日本の国益に反することをするなんて酷い議員だなぁ。あはは」

市庁舎ロビーの高い天井に男の小憎たらしい笑い声が反響する。

やって来たエレベーターに乗り込もうとしたとき、今度は日本語で叫ぶ女の声が背後から響いた。

「もし村椿修一《むらつばきしゅういち》の息子が慰安婦像を破壊したら、大澤さんはどうされると思いますか」

振り返ると自分より少し年上に見えるスーツ姿の女が、髪を振り乱しながらＩＣレコーダーを突き出してこっちへ走って来るのが見えた。

知らんふりして乗り込むと、肩で息をする女と、余裕の笑みを浮かべる経産記者を遮断するように、エレベーターの扉がゆっくりと閉まった。

昇りエレベーターの片隅で、逆下は怒涛のように押し寄せる疑問を整理した。

村椿修一って誰？　慰安婦像を壊すってどういうこと？　そしてあの女は誰？

二

「逸美、おかえり。ちょっといいかしら」

ドイツから帰国した翌日、いつもより一時間早い六時半に議員会館に着くと、既に事務所に来ていた大澤から溌溂とした声で呼ばれた。

執務室のドアを開けると、小柄な彼女は立ったまま朝刊各紙に目を通しているところだった。早朝にもかかわらずショートカットの髪は一糸乱れずセットされ、スーツ姿で決めている。弁護士である夫や息子らの朝食の準備も済ませてから出勤して来るというのに、既にメイクも完了しているのには感心してしまう。スタッフの間でバカ息子と揶揄されていた等《ひとし》はまだ出勤していないのに、母は既に臨戦態勢なのだ。

「おはようございます。お早いですね」

「あなたこそ、出張で疲れているのに悪いわね。経産と、あと一つは分からないのね」

記者たちに追いかけられたことは、既にドイツからSNSで伝えてあった。

「エレベーターに乗る直前だったもので聞けずじまいです」

「逸美。そういうときは一旦降りて、どちら様ですかと尋ねなきゃ駄目。もう一年になるわよね」

「申し訳ありませんでした。逃げなきゃいけないという頭があったので」

「あなたは逃げちゃ駄目。冷静に状況を把握して私に報告するのが仕事よ。逃げるか逃げないかは、私が決める。分かった？」

「はい」

大澤は決して声を荒らげたりしない。常に物腰は柔らかい。娘ほど年が離れている逆下からすると、母親に優しく諭されているような気になる。

「なんか手掛かりはないのかしら。腕章をしていたとか」

「村椿修一が慰安婦像を壊したら、先生はどうするかと、そんなことを叫んでいました」

「村椿修一？　そういったの？」

「はい」

逆下は〝息子〟という言葉を聞き逃していた。

「オカルト雑誌かしら」

「オカルト、ですか」

「村椿修一は既にこの世の人じゃない」大澤は怪訝な色を顔に浮かべ逆下に命じた。「今から一か月間、週刊誌の記事をチェックできる？」

「分かりました。村椿修一という人物の記事を調べればいいのでしょうか」

「いいえ、違うわ。何だと思う」

「……すみません。分からないので教えて下さい」

「謝ることはないのよ逸美。教えてあげる。新聞は取材したらすぐ記事にするのに、除幕式をニュースとして報じたのは経産だけ。他紙には何も載っていなかった。ということは、もう一社は雑誌の可能性が高い。しかも除幕式への出席の是非については問わず、突然村椿に関する質問を投げかけて来た。つまり、その記者は独自の調査記事を書いている蓋然性が高いと考えられる」

「では慰安婦問題に関する記事を広く調べるという意味で宜しいですか」

「その通りよ。漏れのないようにね」

弁護士でもある大澤は頭の回転も早い。でも出来の悪い人間に対して、決して上から目線で怒鳴ったり、偉ぶったりしない。その大らかな人間性に逆下は魅かれていた。自分も先生のような女性になりたいと。

「それから」大澤がデスクの前に回って来て、右手を差し出した。「逸美、ありがとう。出張お疲れ様」

「ありがとうございます」

自分のような若手にでも労いの言葉を掛けてくれる、お釈迦様のような穏やかさを湛えた女性。褒められるたび、先生のお役に立てたと強く実感できる。充実感で胸が一杯になり、ときに涙が零れそうになる。もっとこの人のために働きたいと思える。大澤にはそんな不思議な魔力があった。

「先生、これからはマスコミ対応も、しっかりできるよう努力します」

大澤の小さな手を握りながら、自らの身体が熱くなるのを、逆下は感じていた。

夫婦の寝室は別だ。五年前にマンションを買ってから誠太郎はリビングのソファーで寝るようになった。

三

原稿を書き終えて帰宅するのが深夜二時三時になるのもざらだった。音に敏感な麻沙子は誠太郎が寝室のドアを開けるだけで目を覚ます。それが申し訳なくてソファーで眠るのが習慣となった。最初、麻沙子も汐里も、部屋で寝てよと嫌がったが、今ではもう諦めている。

この日も深夜に戻った誠太郎は、暖房タイマーをセットし、ケーブルＴＶをつけて横になった。普段なら十分もすれば心地よい夢の世界へと誘われるのだが、その夜はラグビーチャンネルの映像が祖父を想い出すきっかけとなってしまった。

神戸市長田区の鷹山商店街に祖父の店「米正」はあった。小倉から出て来て大阪の米問屋の奉公人となった曾祖父が、米騒動の二年後に出した店だ。店の奥が自宅の台所と食卓、土間の横に二階へ上がる急な階段があった。映画「男はつらいよ」の寅さんの実家のような造りだった。

誠太郎が中学校に入るまで、父母妹とともにその自宅兼店舗に同居していた。

信用金庫に勤めていた誠太郎の父・信之は、米正がお得意さんだった。その縁で母の佐恵子と出会い結婚。佐恵子は二人姉妹の長女、信之は三男坊の末っ子だったこともあり、婿養子となって水車姓を継いだ。

誠太郎が物心ついた頃には、祖父は週に一度、一升の米を炊いて握り飯を作り子供たちに無料で配っていた。夕方五時が近づくと近所の子供たちや部活帰りの中高生が店の前に列をなした。旨いかと聞いて、美味しいと子供たちが答えた瞬間、祖父は満足そうな笑みを浮かべた。右手の人差し指と親指の間の肉がえぐれていたため、形を整えるのに少々苦労していたが、塩加減が絶妙で、誠太郎も大好きだった。

小学三年生の頃、尋ねたことがある。

「お祖父ちゃん、なんでおにぎりただで配るん」

祖父は熱々の握り飯を子供たちに配りながら答えた。

「お世話になった人への恩返しや。はい、どうぞ～。お祖父ちゃんも昔な、こうして握り飯を食わしてもろたことがあった。どや、旨いか。あははは。そうか、よかった。腹ペコの時に頂く握り飯がほんまに旨かった。お陰でお祖父ちゃんは今も元気や。どや、もう一個食べるか。子供が遠慮することとあらへん、ほら食べ。その時の感謝の気持ちを忘れんように、こうして街の人に恩返ししてるんや」

街の子供に世話になった訳でもないのに、なぜ恩返しするのか、幼い誠太郎には理解できなかったが、皆が喜ぶ顔だけは記憶の底に残っている。

阪神大震災直後、大阪に住んでいた誠太郎は祖父と母の安否が心配で、瓦礫の中を歩いて必死で二人を探した。祖母の重乃はその四年前に乳がんで、父の信之もその前年に若くして膵臓がんで他界していたため、祖父と母は二人暮らしだった。電話も通じず生きているかも分からなかったが、避難所の中学校で二人を発見したときには抱き合って泣いた。あの安堵感を誠太郎は今も忘れない。

幸いにも命は助かったが鷲山商店街にはみるみる火の手が回った。延焼する前に半壊した店に飛び込んだ祖父は、米を運び出し、燃え盛る炎の中、被災者の方に米を配ったという。その話を母の佐恵子が避難所で切々と語った。

「悔しいと泣きながら配るんよ。ごめんな、堪忍やでと」

「なんで謝るん」

「こんな時こそ握り飯にしてやりたいのに、水も電気も飯盒もない。米だけで辛抱してくれ。すまんなって」

困った人を助けながらも、すまんと泣く。それが祖父だった。

小学校高学年になった頃、商店街入口の弁天公園に一台の軽トラがやって来て昼に焼肉弁当を売り始めた。在日韓国人の金井さんだった。彼の作る弁当は安くて美味いと評判になり、近所の靴工場の職人や事務員、病院の看護婦らがこぞって買いに来た。

ところが商店街の飲食店は面白くない。中でも気の短い寿司屋の片山さんは金井さんの軽トラを蹴っ飛ばしたらしい。

「わしらの邪魔すな、アホ」

「商売したいんなら、朝鮮帰ってやれ」

口汚い言葉でののしり罵倒する声が街中に響くようになった。

「隅っこの方でやるので、お願いします」

泣きつく金井さんを、商売敵の店主らは許さなかった。

そこで三十年以上も商店会長を務めた祖父の出番となった。

閉店後の店先で話し合いが行われた。誠太郎はその夜のことをよく覚えていた。飛び交う怒号が二階にまで響き恐ろしくて眠れなかったからだ。

「出て行け」

「他に行く場所もないんです」

「わしらの客を奪う気か、この泥棒猫が」

「毎日とはいいません。週に三日だけやったらあきませんか」

やり取りをじっと聞いていた祖父は、最後ににこっと笑ってこういったという。

「双方の主張は分かった。ここは一つどや。明日から金井さんにも商店会員になってもらうっちゅうことで。もちろん商店会費はきっちり払ってもらう。会員として商売してもらうんや。ほな誰も文句はないやろ」

「待って下さい会長さん。そら殺生や」片山さんは引き下がらない。「急に来て金さえ払ろたら明日から組合員って。寿司屋のわしやうどん屋の中崎さんからしたら死活問題です。ポッと出の朝鮮人に来られても迷惑や」

そやそや、と組合員全員が反対した。

「あっち行け。出て行け。帰れ。そんな風にいわれる金井さんの身にもなってみ。小さい子が二人おるいうやないか。この人かて生きて行かんならんのや。皆で助け合いや。仲間に入れてやろうやないか」

後日、金井さんは商店会員となった。

祖父の店先で涙ながらに感謝している彼の姿が、誠太郎の瞼に焼きついている。

在日韓国朝鮮人への差別がまだ色濃く残っていた時代、大勢に流されることなく、ただ一人正しい道を貫いた祖父を誠太郎は格好いいと思った。

　そんな祖父を追って兵庫二高ラグビー部に入ったのは誠太郎にとって自然な流れだった。祖父はその高校が戦前、二中と呼ばれた時代のラグビー部のキャプテンでポジションは一番しんどいのに地味で目立たないプロップ。スクラムの最前列で敵とぶつかり合うのが仕事で、試合中ボールに一度も触らないことも多い。祖父はラグビー人生で一度もトライをせず引退したという。縁の下の力持ちと書いてプロップ、いや水車勘助と読んでもいいとさえ誠太郎は思っていた。

　高校三年生の秋、祖父の家を久しぶりに訪ねて驚いた。奥の倉庫が改築されて、壁に白いタイルが張られた内風呂ができていたのだ。ステンレスの浴槽が眩しく光っていた。

「どうしたんこれ」

「帰ってきたら、お祖母ちゃんびっくりするで」

　嬉しそうに笑った。

　祖母は乳がんの手術で入院中だった。乳房を切除した祖母はきっと銭湯に行くのを嫌がるだろうと風呂を造ったのだ。始末屋の祖母に相談したら、無駄遣いせんでええと意地を張るのは分かっているので、内緒で工事したらしい。

　心が温かくなった。祖父のような人になりたいと改めて思った。

　寝返りを打つ。いつの間にかケーブルＴＶのラグビーは終わっていた。

　チューナーに表示されたデジタル時計は、夏なら幽霊が出る時間を示している。

　明日は十時起きなのでまだ充分眠れる。放送作家という仕事でよかったと、誠太郎は尽々思う。

底冷えするキッチンの冷蔵庫からペットボトルを取り出しコップ一杯の水を注ぐ。ミネラルウォーターの水面に写る顔が祖父に似て来たことが誇らしく思える。

布団に入って再び目を閉じたとき、ある光景が記憶の淵から蘇った。

それは大学受験に失敗して落ち込んでいると相談したときだった。初めて祖父の口から戦争という言葉を聞いたことを思い出したのだ。

「わしが誠太郎の年の頃は戦争に行っとった。もうあかんと何度も絶望しかけたけど、なんで生き残れたか分かるか」

誠太郎は首を振った。

「不撓不屈《ふとうふくつ》や」

「部訓」

それは兵庫二中、兵庫二高ラグビー部に受け継がれる伝統の言葉で、どんな困難にもくじけず立ち向かうという意味だ。

「絶対に死なへん、生きて帰る。不撓不屈の精神で我が命に食らいついた」

その瞬間、祖父は急にそれまで見たこともない悲しい目をして、茫然と押し黙ってしまった。

「……お祖父ちゃん」

「あ、すまん、何の話やったかいな」我に返って、話を続けた。「不撓不屈で頑張った者の手の中にしかラグビーボールは転がって来えへん。しっかり頑張り」

どっちに転がるか分からない楕円球は受験であり、運であり、人生だ。勝利を手にするには不撓不屈に頑張るしかないという意味だと分かった。大学受験なんて戦争を生き抜いた祖父に比べたら楽勝だと思えた。結果、翌春には志望校に合格することができた。

以来、毎年手帳を新調するたび、最初のページに「不撓不屈」と書き込んでいる。

あのときの祖父の異変、焦点を失くした目、あれは一体何だったのだろう。あんな祖父を見たのは後にも先にもあの一回きりだ。きっと戦争の悲惨さが蘇ったのだろうと思っていたが、実はあの瞬間、ひょっとすると慰安婦夏子の顔を想い出し、思わず言葉を失くしたのではないのか。波風が胸をざわつかせる。

裏表など一切ない公明正大で清廉潔白な人。決して何かを裏で企てたり、人を騙したり、嘘をついたりはしない人。

その祖父が、上官の命令に背き、捕虜を撃ち殺し、嘘をついた。自分が知らない祖父がそこにいた。夏子の死とはどう関係したのか。

銃を持って殺し合う極限状態が祖父を狂わせたのか。いや、本当の祖父は身勝手で卑怯な嘘つき者だったのか。

そんな筈はないと信じたかった。

思い返してみれば、就職のときもそうだった。

「水車、お前どこ受けるん」

大学三年時、友人から当然のように聞かれた。就活をするという前提の質問だった。

誠太郎は放送作家という仕事に憧れていた。

大企業に就職できれば安定した暮しが待っている。毎月一定の給料とボーナスを貰えて週に二日の休みがある。満員電車さえ我慢すれば、そのまま六十歳まで安泰だ。

だけど放送作家はどうだ？　どれぐらいの下積みがあるのか。本当に食って行けるのか。目の前にぶら下がった四十年の安定と比べて、リスクが大きすぎやしないか。鮫がうようよ泳ぐ海に裸でダイブするようなものじゃないのか。

　自分だけいつまでも夢見るわけにはいかないが、他に就きたい職業もなかった。食品、電気メーカー、証券会社、銀行など、友人たちが受ける業界を、誠太郎は目的もなく受けた。志望動機を聞かれたときは困ったが、他の学生のコメントをその場で自分流にアレンジして、いかにも、「ずっとあなたが好きでした」的なプロポーズの言葉を紡いだ。

　面接も回を重ねるごとに、嘘をついているのか、本心を語っているのか自分でも分からなくなった。同じリクルートスーツを着た大学四年生の流れに振り落とされないように、必死で波に乗り周囲と同調し、あれよあれよと銀行の内定を得た。

　そんな半端な気持ちで就職して長続きするはずもない。お札をぺらぺらと勘定する札勘《さつかん》は楽しかったが、貸借対照表の読み方を教わっても文学部出身の誠太郎にはチンプンカンプンだった。優秀なエリートに囲まれて自分だけが落ちこぼれているような劣等感に苛まれた。四角四面を地で行く上司に心を開けず、いつまでも距離が縮まらなかった。寝る前は明日も仕事かと憂鬱になり、朝起きたら行きたくないストレスで胃がキリキリ痛んだ。

　秋を迎える頃、祖母の法事で久々に祖父と会った。なにか異変に気がついたのか、お寺さんが帰った後、誠太郎は部屋に呼ばれた。

「仕事はどないや」

「ちょっと悩んでる」

「やっぱりか」

「やっぱりかって？」

「そんなもん、顔見たら分かるがな。ははは」

長年、客の変化を見逃さず商いを続けて来た祖父の洞察力に舌を巻いた。

「不撓不屈。ええ言葉や。でもな、その精神は、そうなれる場所でしか発揮できひんぞ。ラグビーやりたいのにテニス部に入ったんじゃ、そんな気にならんやろ」

祖父の言葉にはっとした。今、自分は好きでもない部活をやっているのか。

「ほなどうするか。答えは二つ。一つはラグビーを綺麗さっぱり諦めてテニスを大好きになること。もう一つはちゃんとラグビー部に入り直す。このどっちかや。中途半端な覚悟で立ってる場所では不撓不屈になれん。ええか誠太郎、自分の気持ちにだけは絶対に嘘をつくなよ」

祖父が部屋を出て行ったあと、古くなった畳の目に爪を這わせながら、最後の言葉を反芻した。『自分の気持ちにだけは絶対に嘘をつくな』

就職しなければ大学まで出してくれた母に申し訳ないと自分に逃げ道を作った。が本当は違う。自分に嘘をついて周囲に迎合した。放送作家という仕事に人生を賭ける勇気も、自信もなかったのだ。

流された自分が馬鹿だった。本当にやりたいのはテレビの仕事だ。はっきりと自覚した時、熱に魘《うな》された身体から毒がすーっと抜けていくのを感じた。

翌春、会社を辞めて関西のベテラン放送作家に弟子入りした。入門後は師匠の鞄持ちとしてテレビ局に出入りし、顔を覚えてもらった。家に帰ってからは録画したテレビを見て台本を書き写した。月二万五千円の風呂なし共同トイレのボロアパートに住み、師匠の仕事のない日にバイトをして得た月七万円で一か月をやり繰りした。銀行員時代に比べ、手取りは半分以下になったが、気持ちの充実ぶりは倍以上だった。

初めてのギャラはラジオの仕事で頂いた月五千円だった。かけた時間で割ったら時給六十二円。それを出演者がトークのネタにしてくれた。

不撓不屈で頑張れる居場所をやっと見つけた。

若手芸人との親交を深め、漫才やコントのネタを書いて小さな劇場で一緒にライブをした。五人もいない客前で一緒にやっていたライブが徐々に人気となり、三年後には百人になった。テレビの仕事を貰えるようになったのは、ちょうどその頃、入門から三年目を迎えた秋の改編期だった。自分に嘘をつかずにやって正解だったと思えた。

祖父はいつも誠太郎の進むべき道を示してくれた。そんな祖父が戦場でついた一つの嘘をずっと後悔し、七十年近くも一人で抱え込んで秘密にし続けて来たのだろうか。ノートはその告白なのか。本当の祖父はいったいどんな人だったのか。

誠太郎の顎にいつもより深く梅干しが刻まれていた。

第八章　【勘助】　失意

一

「べっさん、そう落ち込むな」

兵の輪から外れ、膝を抱える私の元へ田中がやって来て励ましてくれます。

「慰安婦に入れあげた自分が悪かったと思って、諦めろべっさん」

そっと煙草を差し出してくれますが、吸う気にもなれず、ありがとうの言葉も返せず、ただただ項垂れるばかりでした。

私がいけなかったのです。楼主夫婦ときちんと和解しておけば、こんな事態は防げたはずです。恨みを買ったまま放置し、夏子を恐ろしい目に遭わせたのは私です。

「夏子～」

居ても立ってもいられず、ラングーンの方角へ向かって彼女の名を叫ぶと、折り悪く朝の巡回に来ていた憲兵に聞かれてしまいました。貧すりゃ鈍です。

「馬鹿野郎！　敵に見つかりたいのか」

戦場では自らの位置を知らせるような行為はご法度です。頭を拳骨でしこたま殴られました。

「憲兵殿、ここはオイらに任せて下さい。水車も謝っていますけん。すみませんでした」

騒ぎを聞きつけた田中ら数人の兵が驚いて駆けつけ、私の後頭部を押さえつけ無理やり頭を下げさせると、腕をつかんで兵舎の奥へ引っ張り込もうとします。

「べっさん、こっち来い」

「離してくれ」

私は彼の腕を振りほどき、目的もなく兵舎の裏へ向かいました。

「べっさん……」

寂し気な声が背後から聴こえます。申し訳ない気持ちでいっぱいでしたが、心と態度が裏腹で、どうすればいいのか自分でも分かりませんでした。

壁に凭れかけ煙草に火を点けると、紫煙の向こうに泣き叫ぶ夏子の姿が浮かびます。ラングーンまでの道中で、列車が空爆されていないだろうか。不吉な想像ばかり浮かびます。敵といえども人は殺さないと高邁な理想を掲げながら、私は愛する女性一人さえ守ることができなかったのです。お笑い草です。戦地では自分の意思や自由など何一つないことを痛感しました。

そのとき、蠅の羽音を重くしたような音が遠い空から近づいて来るのが分かりました。敵機の飛来音です。

将兵らが次々と防空壕へ飛び込む声と音が聞こえてきます。

でも私は逃げる気力も湧きません。撃つなら撃て。いっそここで殺してくれ。

そんな気分で二本目に火を点けました。

飛来した敵機は兵舎や連隊本部、官庁役場の上空をぐるぐる回りながら、爆撃地点を見定めています。一旦南下し、駅や市街地の上空を旋回したかと思うと、再びこちらへ戻って来ました。どうやらその日の爆撃は我々のいる兵舎周辺に決めたようでした。

獲物を狙う鷹のように敵機が兵舎目がけて急降下して来るや否や、機銃の口がパッと赤い火を噴きました。

〝ズズズズズッ〟

〝プスッ、プスッ、プスッ〟

〝パリン、ガシャン〟

轟音が響いたかと思うと、ガラスやコンクリートの破片が私の頭上に降りかかって来ました。肩口を見ると粉を降ったように軍衣が白く染まっています。

銀翼の機体は腹を見せて頭上を飛び去ると、周囲の兵舎を爆撃した後、再びこちらへ戻って来ました。

撃てるもんなら撃ってみろ。

兵舎の裏にしゃがみ込み、ふてぶてしく煙草を吸っていると乗組員と目が合ったような気がしました。

次の瞬間、明らかに私に狙いを定めたように、機体が急接近して来たのです。

〝ズズズズズッ〟

〝プスッ、プスッ、プスッ〟

機銃掃射は壁や地面に突き刺さり、一面に土煙が上がりました。

砂ぼこりで視界が失われる中、敵機は、そのまま西の空へ消えて行きました。

「裏がやられたぞ」

防空壕から飛び出して来た将兵たちの声と足音が近づいてきました。

「おい、べっさん」

「何してる？　ここにおったと」

「逃げんかったんか」

ぞろぞろとやってきた古参や同年兵らは、私が避難しなかったことに一様に驚き取り囲んで立ち尽くしています。

「迫撃砲でもありゃ撃ち落としてやったばい……ん？　なんばしよっと」

大きな声を張り上げて最後に田中が近づいて来ると、私を囲む輪の中に首を突っ込んで来ました。同時に班長が私の目の前にしゃがまれました。

「べっさん。話は聞いた。気持ちは分かるが自暴自棄になるな」

「放っといて下さい。死にたいんです。ここで死なせて下さい。自分にはもう夢も希望もありません。死んでも構いません」

「貴様！　死にたいならオイが殺してやるばい」

怒声が響いたかと思うと、割って入って来た田中に突然左頬を殴打されました。

班長と周囲の兵が一斉に田中を後ろから抱え込みます。

「やめろ田中」

「放せ！　こん意気地なしば殴らんと分からんたい。べっさん、お前は自分の命は自分だけのものやと思うとるんやないとね。違うったい。お前の命はね――」

見上げた田中の目がみるみる潤み始めました。

「お前の命は……部隊全員の希望ったい。偶然やと分かっとる。オイらも馬鹿やなかけんね。でもね、お前がおったら弾が当たらんと信じることで、勇気を持って戦えるんったい。そげんこつ、分からんか」

絶叫した田中に、もう一発お見舞いされました。

「やめろ田中」

「落ち着け」

数人の兵が田中を引き剥がし、兵舎へ引きずって行きます。

「放せ！　あん馬鹿もんの性根をオイが叩き直してやる」

遠ざかって行く田中の叫び声を聞きながら、倒れた体を起こし左目尻を触ると、指先に鮮血が付着しました。吐いた唾にも赤いものが混じっています。

班長は衛生兵を呼び、手当てをするよう命じて下さいました。

「痛かったろ。すまん。殴ったことは俺が代わりに謝る。許してやってくれ。ただ田中の気持ちは俺たち部隊全員の本心だ。分かってくれるだろ」

私の肩をぽんと叩くと、兵舎の中へ入って行かれました。

班長の優しい言葉に、胸が詰まりました。

仲間たちがそんな風に思ってくれていたとは想像もしていませんでした。

衛生兵が施してくれるアルコール消毒もそこここに、私は兵舎へ駆け込みました。

「田中！」

入り口に立つ私を認めた田中はむくっと立ち上がり、兵の人垣をかき分けものすごい勢いで突進してきました。また殴られる。そう思い歯を食いしばり、目を瞑った瞬間、彼は力強く私に抱きついて来たのです。

「べっさん、すまん。痛かったやろ。許してくれ。オイは、お前が死んだら寂しか……」

語尾は聞き取れませんでした。

「ごめん。もう無駄死にするような真似は絶対にせえへん。田中、ありがとうな」

周りの兵たちは呆れながらも少し嬉しそうに私たちを遠くから眺めていました。

二

日本の中秋を過ぎる頃、四か月続いたミイトキーナの雨季は最後の猛威を振るいます。土砂降りが一週間続き、やっと雨脚が弱まったので、特別外出許可証を手に、私はミイトキーナ北端のシタプール村にある野戦病院へ向かいました。平尾先輩がマラリアに感染し入院しておられたのです。

学校の教室ほどの広さの部屋に三～四十人が寿司詰め状態で寝かされている中、床に座り込んで将棋を指している見慣れた顔を見つけました。

「先輩」

「おお水車。どうした今日は。誰かの見舞いか」

「先輩ですよ。マラリアに罹患されたと伺ったんですが、違いましたか」

「そうか俺か。俺やったらこの通りもう元気や」

両手足を曲げ伸ばしして復活を強調しています。

「良かった、キニーネが効いたんですね」

すると周りの兵隊たちから笑いが零れました。

「そんなもん、あらへん。毛布にくるまって寝ただけや」

当時アメリカには、現代でも使われているクロロキンという新薬が既にあったそうですが、日本軍には効き目の薄いキニーネさえ、もはや届いていなかったのです。

「いや～負けた負けた」廊下で待っていた私の元に近づいて来られた先輩は、「酒保《しゅほ》（売店）でも行こか。薬はないけど珈琲はあるぞ」といたずらっ子のような笑顔を浮かべておられます。見舞いに行った私がご馳走になる羽目になってしまいました。

「四十度の熱が一週間続いてな。暑いビルマでこないに震えるとは思わなんだ。キツかった。今朝は三十七度まで下がった」

「まだ微熱じゃないですか。すぐ引き上げます」

「ええんや。オレも久々に健常者と喋れて嬉しい」

それではと先輩の言葉に甘えて、もう少しだけと留まることにしました。

「聞いたか水車。俺らの死に場所が決まったぞ。いよいよインパール作戦が始まるらしい」

「ビルマの花と散るんですね」

英領インドのインパールを攻め落とし起死回生を狙う。南方方面第十五軍の司令官になられた牟田口廉也《むたぐちれんや》中将肝いりの作戦です。それが無謀な戦いであることは私のような一兵卒でさえ察しがつく戦況でした。

「もし万一、勝機があるとしたら――」

「勝機なんかあるんですか」

「あるとしたら、水車が外れクジの本領発揮するこっちゃ。あはははは」

「先輩」

死ぬことになんの躊躇いも感じられません。心の準備ができているようでした。

「あれから上手い事やってんのか」

先輩がにやりと笑いながら小指を立てました。

「いえ、あの娘は朝鮮に帰ってしもたんです」

「振られたんか」

「店を追い出されたんです。自分が桃園の経営者夫婦に嫌われていまして」

借用書が理由だとは口が裂けてもいえません。

夏子が帰らされた顚末を手短に先輩に話しました。

「酷い話やな。二人の恋路を邪魔されたわけやな」

「自分はあの日まで絶対に生きて帰りたいと思ってました。夏子のために生き延びようと。でも吹っ切れました。やっと覚悟が決まったんです。ええ夢見せてもらいました」

「生半可な気持ちでは死んでも浮かばれへんもんな」

「先輩はどうですか。確かご結婚されたばかりでしたよね」

先輩は手帳に挟んだ一葉の写真を取り出されました。

「かわいいやろ。須磨や」

乳飲み子を抱いた女性が海岸の松の木に凭れて、こちらに微笑みかけています。

「お子様いたんですね」

「三か月の跡取りや」

「どれぐらい一緒に暮らされました」

「一年半」

切なくなりました。奥様の気持ちを想うとやり切れません。甘い新婚生活から子供を授かった直後、夫の出征を見送ることになった心細さはいかほどだったでしょう。

それに比べると、私と夏子など取るに足りないものに思えて恥ずかしくなりました。

「ありがとうございます」

そっと写真をお返ししたとき、裏に書かれた文字がちらりと見えました。


―ご無事で。帰りを待っています―


「先輩……死なんといて下さいね」

「アホ。それは入院したての患者にいう台詞や」

笑い飛ばす先輩は、やせ我慢しているように見えました。

折良く雨が上がったので、お暇しようとしたときです。

「ケケケケケケ……トッケイ。トッケイ」

病院背後の森から、またあの声が響きました。

「ときどき耳にするんですけど、あれ何の鳴声かご存知ですか」

「初めて聞いたわ。今度、軍医中佐に聞いとくわ。あの人、鳥好きなんや」

別れを告げ病院を出ると、少し晴れ間も覗きそうなほど雲が軽くなっていました。

兵舎に戻ると、私を見るなり衛兵がにやにやしながら塀の角を指差します。

そっちを見ると、緑のワンピースに赤い靴、翡翠のネックレス、黒いサングラスをかけた女が一人しゃがみ込んでいました。

　女は私に気が付くや咄嗟に立ち上がり、前髪をかき上げるようにサングラスを頭上へすっと持ち上げ、両手を挙げて満面の笑みを浮かべました。

「勘助」

「――　夏子」

第九章　【誠太郎】逡巡

一

店は古びた雑居ビルの五階にあった。大きなガラス窓から新宿二丁目のネオン光が入ってきて店内を怪しく彩っている。まるで今日が誰かの誕生日でもあるかのように、七色のレイが天井に吊られていて、プロジェクターから漏れる青い光線に反射して眩しく光っている。

二つの生ビールサーバーのうち、誠太郎が好きなベルギー製ホワイトビアのタップを引いた吉沢は、麦酒と泡を絶妙なバランスでグラスに注いでカウンター席に置いた。

「ごめんなさい、お待たせしちゃって」

「見事に終電前に消えたな」

「今日まだ月曜だから」

店内はさっきまでの喧騒が嘘のように、客は誠太郎だけになった。

「で、アタシなんかに聞きたい事って何」

「実はな」

ノートを読みながら、誠太郎は自らの胸中に芽生えた違和感を拭えなかった。慰安婦について知っていた知識と、書かれている内容が大きくかけ離れていたからだ。

次の企画会議までもう日がない。それまでに早急に確認せねばならないが、世間の人はどの程度の認識を持っているのか、誰かに聞いて確かめてみたかったのだ。

「今、ちょっと調べものしてんねんけど――」

そこまで話しただけで、ストローみたいに細い煙草の煙をふーっと一気に吐き出した吉沢がカットインしてきた。

「ちょっと待って。何、仕事の話?」

「うん、まあ仕事というか」

「てっきり不倫がバレたとか、笑える話かと思ってたのに。シッボウ〜」

「やかましいわ」

吉沢の冗談で作家の師弟関係が一気にゲイバーの店主と客に戻り、吉沢への呼称も自然と昔のそれになる。

「いきなりやけど、ママにクイズです」

「何よ急に」

「三秒以内でお答え下さい。問題! 太平洋戦争中、戦場で慰安婦と遊ぶとき兵士は金を払った。〇か×か」

「どっちだろ。〇。払った」

「第二問。慰安婦と兵士、月給が多いのはどっち」

「兵士!」

「最後の問題。慰安婦は日本軍に強制連行された。〇か×か」

「〇」

「ボカ〜ン、残念! 二丁目からお越しの吉沢さん、予選敗退」

「ヤダ〜そうなの。でも一問ぐらいは合ってたでしょ」

「一勝二敗」

「シツボウ～」

最初の問題だけ正解で、残りは不正解だと説明してから、コリアンダーの効いたビールをぐいと流し込んだ。

誠太郎は安心した。自分と吉沢の認識に差がなかったからだ。視聴者の認識もおそらくこの程度だろうと確信を持てた。

「二問目のさ、慰安婦の方が兵隊より稼いでたって、ちょっとびっくりせえへん？」

「でもよく考えたら当然よね。今でも風俗嬢の方が自衛隊員より稼いでるでしょ」

「鋭いなママは」

「春を鬻《ひさ》ぐんだもの。お金ぐらいたんまり貰わなきゃやってらんないわよ」

「ほな、強制連行はどう思った」

「問題はそれよ。本当になかったの」

「今読んでる資料には、そう書いてあったんや」

「そうなの」

千円で父親に売られたこと、女衒に騙されて連れて来られたこと。その女衒も慰安所の経営者も朝鮮半島出身者だったことなど、掻い摘んで説明した。

「あら意外。泣き叫んで嫌がる女性を力づくで連行して慰安婦にしたイメージだったわ」

「軍人らと一緒に運動会を楽しんだり、借金の返済が終わったら帰国もできたみたい」

「案外自由だったのね」目を丸くしてから吉沢が続ける。「でも変ね。じゃ慰安婦問題って一体何なの？　なんで日本と韓国はもめてるの？　奴隷狩りのように無理やり引っ張って金も渡さず働かせたからもめてるんじゃないの」吉沢は急に何かを想い出したような表情を浮かべた。

「ねえ。今読んでる資料って、この前アタシが捨てちゃったやつ？」

「そう」

「確か、水車って名前が書いてあったって管理人さんがいってたわよね。ひょっとして、書いたのは誠さんのご親戚？」

「いや、えっと、それは全然関係ない」しどろもどろになる。本当のことはいえなかった。

「ま、誰が書いたっていいんだけど、駄目よ誠さん、ちゃんと裏取んなきゃ。これだけ国際問題になってんだからさ、今になって適当な嘘書く人いくらでもいるわよ」

吉沢に悪意がないのはもちろん分かっていたが、祖父が嘘つき呼ばわりされているようで、誠太郎は少し悲しくなった。

だが彼女のいうことはもっともだったし、話してみて正解だと思った。少なくとも慰安婦に関する自らの認識が彼女とズレていなかったと分かっただけで大きな収穫だった。

二

泥棒のように自宅マンションの扉をこっそり開けると、深夜二時過ぎだというのにリビングに電気が灯いていた。

パジャマ姿で石油ストーブの前に座る麻沙子がフットネイルを塗っている最中だった。

「あ〜お酒臭い」

「起きて待っててくれたとか」

「赤い顔して何いってんの。眠れなくて時間潰しに塗ってたのよ。乾かなくて余計眠れないの」

「息かけてみたら」

「嫌味？　身体硬いの知ってるでしょ」

舌を出した誠太郎は、鞄を床に置いてから汐里の寝室を指差す。

「その後、何か聞いていないか」

「留学の事」

「そう」

「やめよかなとは聞いたけど、その後は知らない」

がっくり来て、ソファーに崩れ落ちた。ずっと顔を合わせているくせに、こんな重要な話をせずに毎日何の話をしてるんだと呆れたが、そんな本音は死んでも口に出せない。

「気が変わっただけじゃないの」

「そんな軽い感じ」

「あの年頃はコロコロ変わるじゃない。また行きたいっていわれてもいいように準備だけはしておいてあげようと思ってるけどさ」

「そっか」

あの夜の汐里の沈んだ表情がフラッシュバックする。本当に気が変わっただけなのか。腑に落ちないものがあったが、麻沙子がいうなら納得するしかなかった。

とはいえ四年間の学費千二百万円は急に行きたいといわれて、ポンと出せる金額ではない。

マンションのローンもまだたっぷり残っている。

戦争特番は必須やな。天井を眺めた誠太郎は小さく嘆息する。

「じゃ私寝るから。シャワー浴びるなら、スイッチ切り忘れないでね。昨日も点けっぱなしだったよ」

麻沙子が寝室へと向かう。

酔った体をソファーに横たえ、ひとつ伸びをしてから吉沢との会話を反芻する。

国や軍が朝鮮半島の女性を強制連行して無報酬で性的サービスを強要し、奴隷のように扱った、それが慰安婦問題だと誠太郎は思い込んでいた。

祖父のノートに書かれたことがどれも本当ならば、慰安婦問題とは何なのか。

吉沢が指摘したように、祖父が嘘を書いている可能性も考えた。慰安婦問題で責められている日本を守るため、事実を矮小化する──だが祖父はそんなことをする人では絶対にない。戦場で嘘をつき、保身を図ったと身を切って告白している祖父が、新たな嘘を書くとは到底思えない。

慰安婦が強制連行され奴隷のように扱われたのなら、むしろ祖父はその姿を克明に描き、日本は謝り賠償すべきだと主張するはずだ。

でも仮にその部分だけ意図的に捻じ曲げたとすれば、理由は何なのか。

考えれば考えるほど、もやもやとした気分が収まらなくなる。

答えを出す方法は一つ。吉沢の忠告通り裏を取るしかない。慰安婦問題を語るのに、祖父のノートだけでは不十分だ。

朝起きたら、一番手っ取り早い方法で探ってみよう。

三

「つかぬこと聞くけどな、おかんは子供の頃、祖父ちゃんから戦争の話聞いた事ある」

「またノートの話かいな」

「ごめん。で、どうなん」

「ほとんど聞いたことない」

「少しはあんの」

「お母ちゃんからの伝聞よ。ビルマに行ってたのもお父ちゃんの口からは直接聞いたこともない」

　失望した。そんな佐恵子にノートの真偽が分かるはずもない。

「でもね、これは誠太郎にいうてなかったけども……」

「なに」

　佐恵子は暫くの沈黙に続いて声を発した。

「実はお母ちゃんが亡くなった後から、お父ちゃん人が変わったように戦友会に参加するようになってね」

「えっ、初耳や」

「独り身になって寂しかったんと違うかな。お母ちゃんの代わりに心を許せたのが、戦友の方やったんやと思うんよ」

祖父の胸中を慮る母親をよそに、誠太郎の胸は枯れ井戸から泉が湧き出したように希望が溢れ出た。

「ってことは、ひょっとして戦友会の人で、連絡先分かる人おんの」

「いるよ。ちょうど密葬終了の挨拶状出そうと思って、連絡先整理したとこ」

道が開けた。何か話を聞けるかも知れない。戦友ならノートの信憑性について証言が得られるはずだ。

「それらしき人の連絡先、教えてもらわれへんかな」

「ちょっと待ち誠太郎」

「なに」

「あんたひょっとして戦友の方にノートのことで何か聞くつもりか」

あっさり見透かされ、誠太郎は返答に窮した。

「あほな事しなや」佐恵子の口調が急に強まった。「私の話聞いてたか。ノート読んだらあかんよって頼んだでしょ。それを読んだ上に、他人に口外するなんてもってのほかや」

誠太郎は天井を仰いだ。母の協力は得られそうにない。

何か方法はないかと考えた。瞬時に彼の脳裏に閃光が走った。

「おかん、その連絡先の中に平尾さんって方おらへんかな。ラグビー部の大先輩でな。その方への連絡は俺からしたいなと思って」

「そういうことかいな。平尾さんやな。ちょっと待ってよ」

母はあっさりと納得し、電話を置いて調べに行った。

騙すつもりはなかったが、咄嗟に出た悪智恵に彼自身が驚いた。

なんとか生きて帰っていてくれと心の中で祈る。

年齢的に元気である可能性はゼロに近いが、連絡が取れたなら有力な裏付けが得られるはずだ。

「お待たせ。あったよ、平尾さん」

「まじか」佐恵子に悟られないよう、ノートの人物が実在した興奮を必死で抑える。「うちの近所やんな、確か」

「いや、福岡になってるね」

「あっ、そうなんや」

そこは平尾の父親の出身地だ。戦後に家族で帰郷したのかも知れないと誠太郎は推察した。

「名前は、テツヤさん。金属の鉄に弓矢の矢ね」

「えっ？　誠造さんじゃないの」

「もらった年賀状を見てるから、こっちは間違いないけどね。他に平尾さんはいないし」

佐恵子の声が遠のいていく。鉄矢という人物は息子だろうか……。誠太郎は失望した。息子が戦争の詳しい話を知っているとは思えないからだ。

膨らんだ鼻孔が一気に萎む。

だが縋れる藁はこれ一本しかなかった。

四

父　水車勘助儀　かねてより病気療養中でございましたが　昨年末の十二月十五日午前四時十九分　享年九十六歳にて永眠いたしました。
葬儀は近親者のみにて相済ませました。年をまたいでの通知となり、ご連絡が遅れましたことを深くお詫び申しあげるとともに、生前のご厚誼について深く御礼申しあげます。
平成三十一年一月　喪主（長女）佐恵子

佐恵子から取り寄せた葉書に、ワードで作った文書を同封し郵送した。

この方が誠造さんの身内である確証はなかったが、失礼を承知で書き記した。

拝啓　平尾鉄矢　様
祖父・勘助へのひとかたならぬご厚誼、私、孫の誠太郎より、僭越ながら心より御礼を申し上げます。誠にありがとうございました。

この度、平尾様にお伺いしたい事があり一筆啓上致しました。

平尾誠造様とともに戦ったビルマ・ミイトキーナでの出来事です。祖父は生前、戦記のようなものを残しておりまして、それについて是非お話を伺いたく存じます。

急に勝手なことをお願いして恐縮ですが、ご一報頂ければ幸甚です。

敬具

第十章　【勘助】　イラワジ河の夕陽

一

雨季の終わりを予感させる一週間ぶりの晴れ間に、市街は賑わい大勢の人々が行き交っていました。

露店の珈琲店に腰かけた私は、夏子を前に座らせ手を握りました。

「おかえり。よう帰って来たな」

「私に逢いたかったか」

「逢いとうて逢いとうて堪らんかった。何回も夏子の夢見た」

「私も」

「ワンピースよう似合てるわ。回って見せて」

夏子は少し照れながら両手を小さく広げてバレリーナのようにくるりと回りました。風で広がるスカートから夏子の香りが運ばれてきて、脳が痺れるような感覚に陥りました。

四か月ぶりに逢った夏子は見違えるようです。その訳は鮮やかな洋装と髪でした。肩に掛かるほど伸びた髪にはパーマがかけられ軽やかに靡いています。

「ラングーンにパーマネント屋があるんか」

「違うよ。サイゴンだよ」

「サイゴン！？　なんでそんな遠くまで」

聞けば、慰安婦らは首都ラングーン到着後、タイとビルマを結ぶ泰緬鉄道でバンコクへ向かい、さらに南下してサイゴン（現ベトナム・ホーチミン）からの船で帰国するよう指示されたといいます。

「途中、何度も逃げ出そうと思ったけど、中国人苦力に睨まれて逃げられなかった。逃げても女ひとりでミイトキーナへ帰れないといわれた。通行証もない。泣く泣く列車に揺られた」

「それでサイゴンまで行ったんか」

夏子の心細さが伝わって来て胸が痛くなりました。

「サイゴン暑い暑い。汗止まらないよ。みんなバナナの葉でパタパタ扇いだよ」

「赤道直下やからな」

ラングーンから千五百キロ南のサイゴン港には、南方からの帰国希望者たちが一斉に集まって来て、日本語、朝鮮語、中国語の女たちが喧嘩を始めるほどごった返していたといいます。

「サイゴンは東洋のパリでしょ。フランス領だったから、お洒落な洋服屋さんいっぱいあった」

華やかな街の様子や、思う存分楽しんだショッピングの話を嬉々として語ってくれます。鏡の前でこっちがいいか、それともこっちかと洋服を合わせる夏子の姿が思い浮かび、私まで嬉しくなりました。

「でもサイゴンまで行ったのに、なんで帰らんかったんや」

「勘助に逢いたかったから」

「嘘でも嬉しいわ」

「嘘じゃないよ、本当だよ」

「おおきに」

「でも、本当の理由はもうひとつある」

「何」

「日本の船沈むと聞いた。アメリカの爆弾当たって全部沈む。乗っても死ぬだけ」

「噂には聞いてたけど、そんな酷いんか」

ガダルカナル陥落で太平洋の制海権と制空権を握られた日本は、艦船も次々と撃沈され物資輸送もままならない状態でした。

実際、夏子らが待機した一か月の間にサイゴンに着岸した輸送船はただの一隻だけで、それを見た彼女らは、沈む船から逃げ出す鼠のように乗船を回避したといいます。

「サイゴンまで来た二十五人のうち十三人ミイトキーナに戻った。港で知り合いになった海軍の水兵さんに頼んで、司令官に通行証を書いてもらった」

「それで戻って来れたんか」

「帰りの列車は楽しかった。通行証見せたらお弁当も無料でくれた。ちょっと太りました」

「うん、確かにちょっと太ったな」

「本当のことというか。太ってないよといえないか」

「ごめん、冗談や冗談」

頬を膨らませる夏子が愛おしく、私は久しぶりに幸せな気分になりました。

「そや！　これ見てみ」

雑嚢の蓋を開け、左右の肩紐にぶら下げたラグビーボールの根付を見せました。

「あっ」

「美鈴さんが保管してくれてたんや。夏子がおらん間、寂しいときはこのボールを握ったら、すーっと気持ちが落ち着いた。生きる力になったんや。おおきに」

夏子が優しい目で私を見つめて頷きます。

「これ、一個ずつ持っとこ」

「両方勘助のために縫った。また千切れたら困るから、二個とも持っておいて」

「そっか。分かった」

一個外そうとした手を止め、夏子に礼をいいました。

心地よい川風が彼女の髪を伸びやかに吹き流します。

私はさっきからずっと気になっていたことを確認しました。

「夏子はこれからどうするんや。また慰安所で働くんか」

「私にはあそこしかないよ」

諦めを帯びた伏し目がちな表情に、私は感情を抑えられなくなり、椅子から立ち上がって彼女の両肩を揺すりました。

「夏子、僕は夏子にはもう慰安婦をやって欲しくないねん。夏子が他の男に抱かれるのは耐えられへん。想像しただけで頭がおかしくなりそうや。慰安所で働くのだけは、絶対に辞めてくれ」

「ありがとう勘助。でも私には他の仕事も家もない。慰安所しかないよ」

私だって分かっていました。それが正論です。でも受け入れられなかったのです。

好きな女が毎日毎日何人もの知らぬ兵に抱かれ柔肌に触れられる。仕事だと分かってはいましたが、想像するだけで嫉妬の炎が燃え上がり、吐き気がしました。

かといって一兵卒にすぎない私が仕事や家を準備してやれるはずもありません。

ましてや将校のように身請けして結婚するなど夢のまた夢。

自分の無力さが情けなくなり力が抜けました。

が、その直後、脳裏に一筋の閃光が走りました。

「そや！　行けるかも」

「とうした勘助」

「夏子はもう借金ないんやろ」

「ないよ」

答えを聞くが早いか、私は走り出しました。

「とこ行くか」

「ええこと思いついた。ちょっと待っといて」

つま先は野戦病院を向いていました。

二

雲一つない晴天の日曜日、慰安所はいつもに増して将兵たちであふれかえっています。

〝ミイトキーナ一番のサーヴィス〟

〝聖戦勇士を大和撫子が大歓迎〟

真新しい白生地に墨書された大きな幟がイラワジ河からの風を受けて門前に靡いています。

ミイトキーナに新しい慰安所が誕生したのです。

鼻にかかった色っぽい声が響いています。

「来て来て。兵隊さん遊んでって」

「夏子」

手を振ると、彼女はぱっと笑みを咲かせて大きく手を振り返してくれました。

夏子が楼主を務める慰安所『光栄』が誕生したのです。

サイゴンから帰って来た女と、他店から鞍替えして来た女たちが切り盛りする、借金のない自由な女たちによる慰安所です。

一週間前のあの日、私は平尾先輩を再訪し、頼んでみたのです。夏子を楼主とする新たな慰安所に営業許可を出して欲しいと。平尾先輩は即座に、それは妙案かも知れんとお答えになりました。

ミイトキーナの慰安所は二軒に減っていた上、八月半ばから第十八師団司令部がメイミョーからミイトキーナへ転進して来ていましたし、九月上旬に始まった雲南掃討作戦に投入される通過部隊で、慰安所の利用者が増加していました。戦況の悪化で輸送船もないため、ビルマ北部まで新たな女を連れて来る女衒もいません。そこへ夏子を含む十三人の女たちが帰って来たのです。

平尾先輩が情報班の上官にかけあってくれたお陰で、東洋楼が使っていた建物をそのまま譲り受けた新店舗が、めでたく開業となったのでした。

ただし読み書きも満足にできない夏子に営業許可を出すことは厳しかったらしく、サイゴンから一緒に帰って来た和江が後見人となって二人で店を取り仕切ることとなりました。

和江は元東洋楼の日本人慰安婦で、年齢は三十を過ぎていましたが、気立ても良く、日本髪を結った着物姿が内地を思い出させ将校らに人気がありました。和江は経営の傍ら、毎日数人ずつ客を受けていました。

後に田中はこの和江にすっかり熱を上げます。姉さん女房のような優しさに絆《ほだ》されると照れくさそうに語っていたのが思い出されます。

一方で夏子は楼主に徹したため、将兵たちから、和江を見習えと揶揄われていました。

受付を覗き見て私は驚きました。一番上に意外な名札が下がっていたのです。

「たまきさんって」

「うちに来てくれたの。みんな喜んだ」

数えてみると、合計十八枚の札が下がっています。サイゴンから帰って来た十三人のうち夏子を除く十二人と、桃園のお職だったたまきを含め六人の転籍組が加わったようでした。仲の良かった美鈴の名前もありました。

「勘助、ありがとう。私、頑張る」

夏子の笑顔にひと安心して店を出ると、隣の桃園の女将が恨めしそうにこっちを睨んでいて、ぞっとしました。

三

そこからの半年間は、夏子と私にとって夢のような時間でした。

彼女が店を開いた昭和十八年十月、かねてからカチン族に手を焼いていた我ら第二大隊はついにサンプラバムのゲリラ対策本部を放棄。一部の兵を残してミイトキーナに帰還、常駐することになったのです。

ゲリラ戦で将兵は相当疲弊しており、ここに力を注ぐ代わりに反転攻勢を賭けたインパール作戦に兵力を集める方向へと司令部は舵を切ったのでした。

お陰でというと不謹慎ですが、夏子と私は日曜日ごとに逢えるようになったのです。イラワジのほとりを散歩したり、ビルマの山桜の枝を折ってプレゼントしたり、兵舎西側の射撃場で銃の構えを教えてあげたり、華僑の店で茶を飲んで語り合ったり、内地にいる恋人のような時間を謳歌することができました。

ちょうどこの時期、外出日の三人連座制が撤廃されたことも手伝い、夏子と私は蝶のように自由に街を飛び回ったのです。

中でも印象深いのは、昭和十八年十二月十九日。一年でビルマが最も寒くなる時期、おっぱいパゴダまで脚を伸ばしたことです。

イラワジ河を右手に見降ろしながら、地べたに座った女たちが果物や魚を売る露店を冷かしつつ、河岸を北へ向かいます。

ちょうど半分、一時間ほど歩いた頃でした。

「寒くなってきたよ勘助」

夏子が私の腕に身を寄せてしがみついて来ます。時刻は三時過ぎでした。川風が強く身体も冷えて来ました。

夏子は紺色のロンジーを誂え直した外套をすっぽり被るように羽織っていたのですが、下から風が入るのでしょう。私はその上から自分の外套をかけてあげました。

暫くすると今度は私の体が冷えて来て思わずくしゃみを放ってしまいました。

「しょうがないな。私のコート着せてやる」

夏子は私の外套を恩着せがましく私に被せて来ます。

「夏子先輩、おおきにです」

恐縮ぶって答えると、彼女は吹きだしていました。

私の外套に二人で包まり、身を寄せて走りました。

徐々に近づいて来た黄金のパゴダは、日本の寺院とは違って門も塀もなく、白い大理石の台座の上にただ置かれただけでしたが、簡素であるがゆえに孤高の存在感と威厳を湛え、すーっと引き込まれてしまいそうな神秘的な輝きを放っていました。

高さ三メートルはある大きなパゴダの下で私たちはビルマ人がやるように並んで跪《ひざまず》き、額を地面につけて祈りました。

静かに目を開けると、彼女はまだ大理石に頭をつけています。私より十秒以上も遅れて彼女が顔を上げました。

「何をお願いしたん」

「内緒だよ」

ぽっと頬を赤く染めて照れたように笑うと、夏子は急に立ち上がり川の土手の方へ走り出しました。颯爽と土手を駆け上がる夏子の髪が大きく靡いています。

川の向こう岸を見つめている夏子の背中に近づいてそっと外套をかけてやると、彼女がうっとりとした表情で川面を指差しました。

「見て」

「うわぁ」

見るとイラワジの河面に光の橋が架かっていたのです。背後から照らす夕陽が水に滲み、淡いオレンジ色の帯が向こう岸に真っ直ぐ伸びて架かっています。

あまりの神々しさに私は目を奪われました。この光の橋を夏子と渡ったら向こうに何があるのだろう。

彼女の腰に手を回し強く引き寄せると、彼女も私の胸に頭を擡《もた》げて来ました。

何分そうしていたでしょうか。息が合って彼女と微笑みを交わした後、ふと太陽の沈む方を振り返ったとき、その光景に息を呑み、今度は私が指差しました。

「夏子」

「わぁ～」

反転した夏子は感嘆の声とともに両手で口をふさぎ、一瞬にして涙を浮かべました。

我々を背後から照らしていた夕陽が黄金のパゴダに反射して、お釈迦様の後光のような輝きを四方八方に放っていたのです。

もしも天国が本当にあるなら、それはこの場所に違いない。太陽のように光り輝く黄金のパゴダと、イラワジを染める橙色の光の橋。

冬至の日没に起こった奇跡の光景を前に、帰営時間が近づいていることも忘れ、私は夏子を抱きしめていました。

第十一章 （逆下）記事

一

大澤が行う国会質問について、朝から国会内で官僚にレクしている最中、逆下の携帯が鳴った。事務所からだ。通話口を抑えながら慌てて席を立ち、廊下に出た。

「逆下です」

「等だけど」

聞こえたのは大澤の息子の声だった。三十歳にもなるのに定職にもつかずぶらぶらしているため、三か月前から見習いとして事務所の仕事を大澤が手伝わせていた。

「それっぽい記事出てるよ。『週刊世相』って雑誌だけど」

等には〝B市〟〝慰安婦像〟〝村椿修一〟〝女性記者〟この四つのキーワードに引っかかる記事を見つけたら連絡が欲しいと伝えてあった。

「タイトルどうなってます？」

「世界中の慰安婦像をこの手で破壊したい～慰安婦問題の元凶・村椿修一の息子が涙の決意表明～だって」

「だぶんそれだ。記者の名前は出てますか」

「篠崎由美《しのざきゆみ》」

あの日、白い息を吐きながら猛ダッシュで迫ってきた女性記者の顔が浮かぶ。

「何なのこの記事」

「説明は後で。先生の名前は、どんな風に出てますか」

「中身まで読めとは聞いてねえけど」

「じゃ今から読んでもらえませんか。どんな風に書かれているのかすぐ知らせて下さい。雑誌は私のデスクに置いといて下さい」

電話を切り、この馬鹿息子、と吐き捨ててから会議室へ戻ると、レクがちょうど終わったところだった。

素早く書類をまとめて鞄に入れ、次の会合へ向かう大澤を追う。国会内の廊下を歩きながら手短に要旨を伝えた。

「先生、除幕式の記事が出たようです。『週刊世相』でした」

有力誌の名前に、目の色を変えた大澤が立ち止まった。

「私の名前は出ているのかしら」

「恐らく出ているものと」

「逸美、恐らくじゃ駄目。それが一番重要なのよ」

「すみません、一報を受けただけなので」

「ならすぐに調べて報告してくれる」

逆下を一瞥すると大澤は廊下を進んでいく。

後を追う逆下が耳元で囁く。

「今、等さんが調べてくれていますので、分かり次第、報告します」

「なんで等にやらせるの」大澤が立ち止まる。「重要な問題でしょ。逸美、あなたが見て来なさい」

決して語気は荒くないが、迫力のある物言いに、逆下は言葉を詰まらせた。

「……実はこれから憲法審査会の事前勉強会なんですが」

「そんなの出なくていい。今すぐ事務所に戻って記事を読んで来て。読んだらすぐに報告よ。分かった？　分かったら早く行きなさい」

大澤は国会内の階段をさっさと上がって行く。

息子にやらせたのがいけなかったのだろうか。廊下にぽつんと取り残された逆下は、反省しつつ議員会館へ走った。

事務所のドアを開けると、等の席に雑誌が放置されたまま、本人不在となっていた。

読んだら連絡してとお願いしたのに何してんのよ。心の中で舌打ちした逆下は等のデスクへ取りに行く。そのタイミングで背後のドアが開き、本人が戻って来た。

「等さん、読んでくれました？　どんな風に出てましたか」

「まだ読んでねえけど」

「なんで？　何してたんですか」

「煙草だよ。いいだろ一本ぐらいゆっくり吸わせてくれても」

「えらくゆっくりですね。十分以上経ってますけど」

「そんな風にカリカリしてると男もできないよ。ははは」

付け足された冷笑で頭に血が昇ったが、それを必死で鎮めて自らのデスクに座り、一度深呼吸してから記事に目を通した。

トップページは見覚えのある光景だった。ドイツB市慰安婦像除幕式の写真だ。

――世界中の慰安婦像をこの手で破壊したい～慰安婦問題の元凶・村椿修一の息子が涙の決意表明～編集部記者　篠崎由美

青天の霹靂。まさにそんな出来事だった。

二〇XX年一月二十日、ドイツB市でとある彫像の除幕式が行われた。中から出て来たのは、ヨーロッパで初めてとなる慰安婦像だった。

ソウルの日本大使館前と、釜山の日本総領事館前の慰安婦像についてはご存知の方も多いだろう。しかし我ら日本人が知らぬ間に、韓国内には実に八十か所以上、更にはアメリカ・オーストラリアなど世界中に慰安婦像が設置されているのだ。日韓合意が反故にされた今や、いくら像を立てようが関係ないとでもいうのだろうか。

開いた口がふさがらなかったのは、その除幕式に誰もが知る野党の大物女性議員の秘書まで出席していたことだ――

〝野党の大物女性議員〟の部分に赤線を引く。鼻の頭から噴き出した汗を拭う。票になるか、ならないか。政治家にとって判断基準はそれしかない。逆下にとって重要なのは、大澤の名前がどう出ているのか。ポジティブな評価か、ネガティブな評価か。それに尽きた。

――週刊世相取材班は、慰安婦問題の元凶である村椿修一に実子がいたことを突き止め、メディアとして初めて接触に成功した。世界中に慰安婦像が建てられ国益を損ねている現実を、息子はどう感じているのか。二度のインタビューを通じ、息子がその本心を激白。村椿の嘘が生まれる瞬間を目撃したという重要証言に加え、できることなら世界中の慰安婦像をこの手で破壊したい、と涙ながらに訴えたのだ――

記事の大半は、慰安婦問題の元凶といわれる村椿修一の息子へのインタビューで構成されていた。村椿はどんな父親だったのか。慰安婦強制連行という嘘がどのようにねつ造されていったのか。その一部始終を初告白し、さらに父親の愚行を恥じ、慰安婦像を破壊したいと願う反省の弁が滔々とつづられていた。

しかし逆下にはそんなことは無関係だ。全部斜め読みし、砂の中に金を探すように、ただ大澤の名だけを文中に探索した。

そして最後の五ページ目に、見つけた。

――ヨーロッパ初となる慰安婦像の完成式典に、なぜか社会平和党の大澤瑞希代議士の秘書が参列していたのである。取材班は女性秘書に直撃したが、無言でかわされエレベーターの中へ姿を消された。国会議員でありながら国益を損ない他国を利するようなセレモニーに出席した真意は、また別の機会にでも糺さねばなるまい――

幸いにも自分の名前が載っていなかったことに逆下は安堵した。田舎の両親に心配はかけられない。しかし自分が関わった一件で大澤に迷惑がかかりそうで怖くなった。

閉まるエレベーターの扉から見た記者の顔が再び浮かぶ。

「あの女性か」

眉根を寄せながら心の中で呟くと、スマホを取り出し、共通連絡用のＳＮＳグループチャットに、記事の概要を書き込み、この後の対応について指示を仰いだ。

二

大卒後、広告代理店に勤務していたとき、社会平和党の広報を手伝ったのがきっかけで、大澤の政策秘書である西から、仕事を手伝ってみないかとハンティングされた。

代理店も忙しかったが、政治家秘書の比ではない。睡眠時間は三時間取れれば御の字。働き方改革は大澤のテーマの一つだが、その秘書が過労死するほど働かされているのは皮肉としかいいようがない。

ＯＬ時代のように今日はどこでランチを食べようかと考える楽しみも余裕もない。

大澤からの指示を待つ間、議員会館の一階に降り、正直食べ飽きた感は否めない国会弁当という名のランチ御膳をかき込む。まだ昼食には早かったがチャンスを逃すと食べられなくなる。

店を出るとバッグの中のスマホが震えるのが分かった。ＳＮＳアプリの右肩に⑤と表示されていた。慌ててアプリを開く。

―　篠崎由美という記者について、すぐ調べて下さい　―

―追加取材を申し込んで来ても断るように―
―記事について他社からの問い合わせに備え、回答を準備―
―村椿に息子がいたのは意外だったわ。党本部を通じてどんな人物か調べて下さい―
―記事のコピーに翻訳をつけて、慰連協の李愛京会長に送信―

店の前でふぅとひとつ溜息をつく。毎度のことだが、大澤の要求が多すぎて何から手をつけていいのか分からなくなる。ただ一つはっきりしているのは、記事に名前が出たことで大澤がピリピリしていることだ。それだけは間違いない。気分がずっしり重くなる。四階にある事務所に戻る途中、スマホで改めて指示内容を吟味する。移動しながらでもできることを片付けておかねば、今夜もまた終電だ。

エレベーターに乗り込み、知り合いの女性記者にメールした。

「逸美、調査結果を教えてもらえる」夕方六時過ぎ、事務所に戻って来た大澤の声が響く。背中にひっつくようにして執務室に入った逆下は急いで手帳を広げた。

「篠崎由美について報告します。知人の記者から聞いた話では、篠崎は現在三十二歳。世相社の社員です」

「社員記者？」

「入社後数年は別の雑誌を担当していたようですが、数年前から、本人の希望もあり週刊世相編集部に異動。慰安婦問題をテーマにしているらしく、過去には日韓合意に関する記事も書いているようです」

「あの記事を書いた女だったのね」

「前にも何か」

「私と慰連協の李愛京会長が、日韓合意に反対する声明を出したことを記事で非難した女よ」

大澤の頬が赤みを帯びる。「その記事で、反日運動にうちが党員を派遣しているというデマまで書かれたの」

「デマ！？」

「ええ、デマよ。参加者には我が党が日当を渡しているなんて嘘をね」

「酷い」逆下はスマホを取り出し、検索しておいた写真を見せた。「この女ですよね」

「服のセンスも最悪ね」

写っていたブラウスを見て大澤は冷笑した。その眼光を見て逆下は血の気が引いた。初めて見る恐ろしい目だった。

ドアをノックする音に振り向くと、西が入って来た。

「篠崎とかいうジャーナリストの話ですか」半笑いで大澤に書類を手渡した右手には、高級腕時計が光っている。「外まで丸聞こえですよ」

大澤はふんと鼻を鳴らした。

「先生、余計なことを口走らないで下さいよ。選挙も近いんですから」

「確かに、その通りね」

二十年来の右腕からの忠告に大澤は冷静さを取り戻す。

「短時間でよく調べてくれたわね。逸美、ご苦労様」

「ありがとうございます」

「逆下君、村椿修一の息子の件は、党本部に私から調査を依頼しておいた。君は触れなくていい」

「分かりました」

「ちょっと外してくれるかい」

西に促され執務室を出た逆下は、ガラス越しに密談する二人を見ながら思った。早く私も西さんのように信頼を勝ち取らねば。先生に火の粉が降りかかろうとしている今が、その絶好のチャンスだ。小さなことでも褒めてくれる先生の、何かお力になりたい。

第十二章　【勘助】　開戦

一

昭和十九年三月。インパール作戦がついに開始されました。

ミイトキーナも無関係ではいられません。側面から支援すべくフーコン救援部隊が組織され、桜井兵長ほか歴戦の歩兵八十五名が抽出され、出陣することになりました。

ビルマ語で『死の谷』を意味するフーコンは、インドとの国境南北二百キロに聳えるアラカン山脈の足元を這う危険な密林渓谷で、死姿を見せない野生の象が最期に向かう場所だといわれていました。

出征前夜、吉岡浩一中隊長の計らいで簡単な別れの宴が催されました。

誰も口には出しませんが、これが今生の別れとなることは必至でした。

しかし死の淵を何度も生き延びた勇士らしく、桜井兵長は誰よりも元気な声をあげて最期の杯を傾け、陽気に唄い、しみったれた表情一つ見せません。

私にはかける言葉も見つかりませんでした。

宴も酣《たけなわ》となったところで、出陣する仲間に向かって兵長が呼びかけました。

「おい、皆で例のあれ、やらんか」

「おう」

「やろう、やろう」

兵たちが一斉に立ち上がります。

「べっさん、頼んでよかとね」

私は無言で頷き正対しました。

全員が一列に並び、二礼二柏の音が響きます。

「我らフーコン救援隊にご武運を」

「ご武運を！」

〆の一礼の後、顔を上げられた兵長の透き通った清々しい目を見て、私は魂込めて最敬礼を捧げたのでした。

二

週に一回だった空爆も、五月に入る頃にはその頻度をあげていました。

しかしそれももう少しの辛抱です。雨季がそこまで来ていたからです。敵は北方二百五十マイルのフォートヘルツ飛行場から飛んで来ます。豪雨雷雨の中での離着陸はもちろん、長距離飛行は事故の元、雨季に入りさえすれば、敵機の来襲も減ると誰もがタカをくっていたのです。

誤算でした。

昭和十九年五月十七日。

我ら五中隊は通過部隊用に空けていたコンクリート兵舎へ移動することになり、曇が空を厚く覆う中、全員で新たな防空壕を掘っていました。

分隊ごとに掘り進め、時計の針が朝十時を指す頃でした。

遠く西南西の方角から〝ズン、ズン、ズン〟と乾いた砲撃音が連続して響きました。

壕から頭を出した田中が、地上に立つ私を見上げました。

「べっさん、今の音は何や」

兵が次々と穴から顔を出し、まるでモグラの家族のように全員同じ方角を眺めています。

「西飛行場と違うか」古参兵の一人が叫びました。「お前らはまだ聞いた事なかろう。今のは高射機関砲の砲声ったい」

「勇ましか。敵機を撃ったんかいの」

高射機関砲とは地上から飛行機を撃ち落とす火砲です。聞きなれぬ火器の名を聞き田中は鼻の穴をふくらませています。

ですが私には疑問でした。それまで敵は市街地上空を飛び回ることはあっても、西飛行場に近づいたことはなかったのです。滑走路にはドラム缶や有刺鉄線が転がしてあり、敵機の着陸を未然に防いでいたはずです。

何か変化がおきている不吉な予感がしました。

我々には何の情報もありませんでしたが、実はこの時、米スチルウェル中将を指揮官とするミイトキーナ制圧団の空挺部隊第一陣と地上部隊三千人が雪崩のように侵入、わずか数十分で西飛行場をあっけなく占拠していたのです。

インパールでは英軍が反転攻勢に転じていたので、スチルウェル中将はそっちを気にすることなく、雨季に入る六月までの二週間での決着を目指し「ミイトキーナ制圧作戦」を開始したのでした。米支連合国軍の兵力は総勢四万五千人。

一方、ミイトキーナの日本軍は七百人、うち三百人は鉄道隊や通信隊など非戦闘部隊でしたので、戦闘員はわずか四百人に過ぎません。

西飛行場への距離はわずかに三・五キロ。徒歩四十分の距離に敵の大部隊が来襲しているにもかかわらず、その後一切の砲声が聞こえなかったため、我々は気にすることなく、暢気に壕を掘り続けていたのです。

昼休憩を挟んで再び防空壕掘りに勤しんでいると、中隊長が遣わした斥候団が帰ってきました。目敏く見つけた田中が壕から首を出して声を掛けます。

「おーい、何やった」

斥候の一人が首を振り「米支軍や」と答えて兵舎へ駆け込んで行きました。

穴を掘っていた兵たちが一気に色めき立ちます。

すると他の兵が空を指差し、声をあげました。

「おい、なんだありゃ」

空を見上げると、西南西の方角に、金魚の糞のような細長い紐を引いた輸送機が飛んでいます。その紐には黒点が連なり、切り離されると飛行場に降下し、暫くするとまた別の輸送機が飛んできては降下を繰り返しています。その黒点は明らかに物資を積んだグライダーでした。

「べっさん、壕なんか掘っとる場合やなか」

田中は地面に手をつくと、グッと体を持ち上げて地上へ上がるや駆け出しました。

「どこ行くんや」

「出撃命令が出る前に、小便してくるわ」

後ろから見てもすぐに田中と分かるガニ股で、厠へと走って行きます。豪傑の彼でさえ緊張しているようでした。

シタプール村にある北飛行場へ派遣されていた斥候団も帰って来ました。北の空からは砲声も聞こえなかったため、異変はないだろうと誰もが安心していました。

「そっちはどうやった」

「やられた。支那だ」

「えっ！」

私が驚きの声をあげると、壕を掘っていた兵士全員が顔面蒼白で静まり返りました。

北と西の飛行場を占拠されたら、我らには逃げ場がありません。東と南はイラワジの大河で、まさに背水の陣。東西二キロ、南北四キロのミイトキーナ市街が、知らぬ間に完全に包囲されていたのです。

壕内で作業を続けていた兵士たちが次々と穴から飛び出てきます。居ても立ってもいられません。

そこへ青白い顔をした一人の初年兵とともに田中が戻ってきました。北飛行場のことを教えてやると、ひるむどころか鼻息を荒らげています。

「敵は多い方が倒しがいもあるったい。な、花子」

花子と呼ばれたその初年兵は、内地から送られてきたばかりでまだ初陣も経験していません。百四十センチにも満たない小柄で、線も細く色白、本来なら徴兵されない丙種合格だといいます。口調が優しく仕草も女性っぽいため、田中が花子と名付けたのです。

一方、私は夏子の事が心配で堪りませんでした。ミイトキーナが最前線になれば互いに死は免れません。最後に一目逢っておきたい。

しかし敵が目の前に迫っている今、自由行動など許されません。

夕闇が迫り、照明塔の仄かな灯りが遠くに浮かぶ中、敵はグライダーを次々と降下させています。砲門、弾薬、糧秣、薬品の圧倒的補給量にただただ驚かずにはおれませんでした。

二か月半に及ぶ悪夢の初日は、こうして静かに幕を開けたのでした。

三

飛行場を占拠された我々は、敵兵の突撃に備えてタコツボ（一人壕）を掘り、二十四時間態勢で銃口を西に向けて見張ることとなりました。

ときおり撃ち込まれる迫撃砲や野砲の爆音が聞こえるたび身を竦めました。その恐怖はこれまでの空爆とは比べ物になりません。敵はすぐ目の前にいるのです。

夏子はどうしているのか、無事避難しているのか。心配で堪りません。

そんな緊張状態が三日ほど続いた後、准尉に昇進された飯塚小隊長に同伴して連隊本部へ向かうことになりました。班長の当番兵がマラリアに罹患したため代理を命じられたのです。敵兵と向かい合う最前線のタコツボは神経をすり減らされます。そこから出て二本の足で歩けるだけで、緊迫した気分から少し解放されました。

連隊長以下、参謀や副官ら作戦会議の行われている部屋の前で待機していると、駅方面から突如、〝パンパン〟と激しい銃声が聞こえ始めました。

「始まったな」

一緒にいた兵の一人がぼそっと呟きました。ついに地上戦が始まったのです。

大通りに出て音のする南の方角を見通そうとしましたが、雨で視界が悪いため、炎も敵影も見えません。時折響く銃声を、ただ聴いているばかりです。

暫くするとこちら側へ逃げてくる市民の姿が見えるようになりました。それに混じって、またま駅方面にいた本部付きの上等兵が血相を変えて飛んで来ました。

「大変です！　支那兵に駅を占拠されました」

「えっ！」

全員が呆気にとられるより早く、上等兵は本部に駆け込んで行きました。

制空権に加えて鉄道も押さえられたら、まさに袋の鼠。補給を断たれての籠城戦では勝ち目もありません。鉄道は命の道でした。

上等兵の報告を聞いた飯塚班長が、血相を変えて飛び出して来られました。

「私は五中隊の飯塚だ。全員、私について来てくれ。心配するな。君らの上官の許可は得ている」

カカチン人との戦いで鹵獲《ろかく》した自動小銃と手榴弾を、その場にいた数人の兵に手渡すと、二十人余りで一斉に駅方面へ駆け出しました。

路上には子供を抱いた母親から年寄りまで数百人の市民が波のように押し寄せ、強くなった雨に濡れながら逃げ惑っています。悲鳴が響き、群衆は混乱状態でした。

我々は駅北側五百メートルの交差点に身を隠しました。そこはアスファルト舗装のため、一メートルほど土盛りされて高くなっていたため、塹壕の代わりになるのです。

道路を挟んで右手には駅へ真っすぐ延びる線路、左手は民家や商家が並ぶ街区です。雨が鉄兜を叩きます。

　舗装路の影から頭を出すと、走りくる市民たちの足の間から支那兵の影が見えました。ざっと三〜四百人。全員が半袖半ズボンに草履履きという軽装で自動小銃を提げ、空き家になった民家に押し入っています。

　瞬時に身の毛がよだちました。慰安所は大丈夫か。もしも夏子らが逃げ遅れていたら、強姦され殺されるんじゃないか。嫌な妄想が脳裏を過ります。打ち消そうと目をぎゅっと瞑って頭を振りましたが、想像すまいと思うほどに、支那兵から逃げ惑う夏子の姿が目に浮かぶのです。その場から飛び出して慰安所へ走って行きたい気分でした。

　ついに不戦の誓いを破るときが来たのではないか。覚悟した私は三八銃をぎゅっと握りしめました。

「作戦を伝える」飯塚班長が全員の目を見回されます。「奴らが掠奪に必死になっている隙に私が線路裏から敵の背後に回り込み、発砲して攪乱する」

「同士討ちを誘うのでありますか」

「その通りだ。私の銃声を合図に、一気に攻撃を仕掛けてくれ。後の指揮は君に託す」

　本部付きの伍長を分隊長に指名すると、班長が道路陰から飛び出そうと様子を窺っています。

「待って下さい班長、一人では危険すぎます。我々兵も数名同行させて下さい」

「いや。大勢で行くと却って敵に見つかりやすくなる。ここは私一人で行くから俺の銃声を待て。いいな、べっさん」

「分かりました」

　班長は一人舗装路から抜け出し、腰をかがめて線路の方へ駆けだしました。支那兵らはその様子にまったく気づいていません。レールの周囲には夏の日差しを浴びた雑草が一メートルの高さを越えて生い茂っており、班長はあっという間に草陰に隠れて見えなくなりました。

　敵状を窺うべく、私は再びそっと頭を出しました。掠奪を続ける支那兵らが、どんどんこちらへ近づいて来ます。

　その時、目に飛び込んで来た映像にはっとしました。半袖のワンピースを着た三人の慰安婦たちが身体を濡らしながらこっちへ駆けて来るのです。支那兵らは彼女らを捕えることも無く、へらへらと笑いながら見送っていました。女たちは我らの頭上の舗装路を、水飛沫を上げて北へ逃げて行きました。

　その後ろ姿を見送り、道路の斜面に凭れながら祈りました。夏子、無事でいてくれよ。

　緊張で体温が上がっていたのか、濡れた軍服から白い湯気が立ち昇ります。そのせいで敵に見つかるんじゃないかと不安になり、必死に手で煽ぎ散らしました。

　次の瞬間、

〝ズズズズズッ、ズズズズズッ〟

　自動小銃の掃射音が駅裏方面から響きました。

　支那兵の驚く声が間近で聴こえます。

「准尉からの合図だ」

　伍長が叫び、我ら急造部隊の緊張が頂点に達します。ここからは、やるかやられるか。私は銃の安全装置を外しました。

「撃ち方始め」

伍長の号令とともに一斉に頭を出すと、班長の銃声に振り返っていた敵の背中めがけて発砲
〝ズン、ズンズン！〟

慌てふためいた敵は、頭を隠して元来た方へ我先にと逃げ出します。反撃する様子など一切ありません。ばたばたと屍を重ね大混乱を起こしています。怪我をした味方に手を貸すでもなく逃げ惑いながら仲間の死体につまづく不束者までいる有様でした。

そのとき、部隊の倉庫から日本の軍装をした十数人の一団が走り出て来ました。

「撃ち方止め」

伍長の号令が響きましたが、私は瞬時に気づきました。

「伍長殿、足元が草履です。支那兵です」

「あいつら、天皇陛下から賜った軍服を盗んだな。見逃すな。撃て」

〝ズン、ズンズン！〟

〝ズズズズズッ、ズズズズズッ〟

弾が次々命中して日本軍の恰好をした支那兵がよろめき、足をもつれさせ、倒れ込みます。まるで仲間が斃れて行くような不思議な光景でした。

私は覚悟を決めていました。敵が反撃してきたら、この至近距離で戦わないわけには行きません。しかし支那兵は訓練を受けていないのか、ただ慌てふためいて逃げるばかりです。地面に狙いを定め威嚇射撃を繰り返すだけで十分でした。

「今から二班に分ける。このまま駅前まで突撃する部隊と、飯塚准尉をお助けする部隊だ。私

が本部付きの兵を連れて駅前へ向かう。残りは君が連れて准尉を援護してくれ。到着次第、駅の前と裏から挟み撃ちだ」

伍長の命により、私は数名の当番兵らを率いて線路を越え、雑草の中を南下しました。

線路上には貨車が数台放置されており、その陰に隠れるように駅の裏側へ近づくと、爆撃で開いた大きな穴の中で飯塚班長が敵を攻撃中でした。

「班長！」

「べっさん。全員無事か」

「はい。班長の作戦は大成功です。支那兵は逃げ惑うばかりです」

「油断するな。敵は弾薬だけは一杯持ってるぞ」

そういうと班長は何点かの草むらや、貨車の影を指差し、配兵されました。

私は別の兵一人を連れ、引き込み線に放置された有蓋貨車の陰へと進み、そこからそっと顔を出してみて驚きました。これほど緊迫した状況にもかかわらず、支那兵ら数十人が煙草を吸いながら談笑していたのです。我らが鹵獲した自動小銃の音ばかりが響くので、敵は自軍が攻撃していると勘違いしているようでした。

そのときでした。

「自分だけ攻撃して、ずるかよ、べっさん」

振り返ると、田中が立っていました。

「なんや。なんでおるんや」

「銃声を聞いて五中隊も出撃したったい。見ろ」

線路西側の一帯には、叢に隠れるように、見慣れた勇敢な顔が横一線にズラッと並んでいます。一瞬にして緊張が解けた私は、もう勝った気になりました。

「べっさん、撃ってみるか。弾もこげんあるとよ」

　田中は肩から自動小銃を三丁もぶらさげて、嬉しそうに笑っています。斃れた支那兵の武器を片っ端から奪って来たのです。

「僕は三八銃の方が慣れとうから、こっちで十分や」

「そういわんと撃ってみい」

「いらんて」

「撃てって」

「いらんって」

　押し問答をしていると、同伴した当番兵が貨車の陰から自動小銃で敵を薙ぎ払い始めました。談笑していた支那兵は慌てふためき、蜘蛛の子を散らすように後方に広がるチーク林に逃げ隠れます。

「オイも負けとれんばい」

　田中は何を思ったか自動小銃を有蓋貨車の上に放り投げました。ガシャンと金属音が響くや否や、屋根へとよじ登り始めます。

「やめろ田中、目立ちすぎる。危ない」

　下から足を引っ張りますが、いうことを聞きません。

「離せべっさん。こっちにはお前がついとる。撃たれるごつなか」

　悪戯っ子のようににたっと笑うと、両腕でぐいと上体を引き上げ、天蓋の上に仁王立ちしました。

「五中隊、田中清吉様のお通りったい！　支那め、覚悟せい」

〝ズズズズズッ、ズズズズズッ〟

小銃をぶっ放すその姿は、戦後に見た映画「夕陽のガンマン」さながらです。荒れ狂う嵐のような銃撃に、敵は反撃もせず、ただただ逃げ回っています。

硝煙の匂いが鼻孔を刺す中、立て直す術なく駅を放棄した連合軍は、夥しい数の死体を残し雲散霧消したのでした。

戦後の米軍の記録によると米支軍の戦死者数六百七十一人。日本軍ゼロという奇跡のような大勝利でした。

この戦いで自動小銃や手榴弾など無数の武器弾薬を鹵獲し、後の戦闘に大いに役立ったのでした。

しかし私は勝ったことより、夏子の安否が気になって仕方ありません。早く顔が見たい。とにかく無事でいてくれ。ただそれだけでした。

静かになった自宅の方へ市民たちがぞろぞろと戻って来ます。すれ違うビルマ人やインド人は、皆一様に憔悴しきっています。

その波に逆らって歩いていると、視線の先に一筋の光が見えました。女たちの一団がこっちに歩いて来たのです。抱えた武器を放り投げ、彼女らの元へ大急ぎで駆け寄りました。

「お〜い夏子、夏子はおるか」

「水車さん、怖かったよ」

和江でした。

「怪我ないか」

「はい」

「夏子も無事か」

直後、大空を舞う鳥のように両手を広げた女が私に抱きついて来ました。

「勘助！」

「夏子、怪我なかったか。良かった。もう大丈夫や。安心しい」彼女を強く抱きしめた後、その瞳をじっと見つめました。「夏子、よう聞きや。ここが最前線になった。もう慰安所に行く兵も将校もおらん。情報班から指示があると思うから、それに従って避難するんや。ええか」

「勘助は？　勘助も避難するか」

「いや、僕らは戦わんならん。しばらくは逢われへん」私は雑嚢から根付の一つを外しました。

「お互い一個ずつ持っとこ。僕はこれを握って夏子を思い出す」

「なら私は勘助の武運を祈る」

「これがあったら、また逢える」

私は確信していました。夏子とはこれが最後になると。

四

五月二十四日。

頬に当たる雨の冷たさで目が覚めました。

三日に二日は雨、昭和十九年のビルマに雨季が来ました。

我ら五中隊の守備位置は射撃場で、そこには高さ三メートルほど着弾壁がありました。上に登れば敵の動きを一望できる絶好の場所です。同時に日本軍の陣地内をも見渡せる危険な場所だけに、絶対に譲れない分水嶺でした。

タコツボの中、我々はその小高い丘を背に、飛行場がある西へ銃口を向けていました。日が沈むと後方から連絡兵がやって来て、一日分の握り飯三個と水を置いて行きます。交替要員もいないため、三度の飯も穴の中で一人で食べます。

食べ終えた飯盒と水筒を連絡兵が回収し、夜には再び握り飯を入れて配ってくれます。たった一度梅干しが加給されたのを除いて、副食は一切ありませんでした。

炊き立ての温かみがまだ少し残る握り飯を食い終わると、食欲が抑えられなくなり、翌日の朝昼分も一気に食ってしまいたい衝動に駆られます。その葛藤を必死で制して二個を残しておく戦いは戦闘以上に過酷でした。

夜が更け握り飯はまだかと腹をさすって待っていると、その日は花子が運んできてくれました。何やら沈んでいたので、握り飯を頬張りながら尋ねました。

「どうした暗い顔して。飯がまずなるがな。何かあったか」

「フーコンに派遣されていた桜井兵長が戦死されたそうです」

「えっ……」

「フーコンから原隊復帰した第三大隊からの情報です。私は桜井兵長をあまり存じ上げませんが、後方にいる将兵の多くが死を悼んでおられたのでお伝えしました」

突然の報告に全身の力が抜け、手にした握り飯をタコツボの底の水たまりに落としてしまいました。あんなに腹ペコだったのに、惜しいとも思えません。

田中に知らせねば。壕から這い出し、三つ隣のタコツボに走りました。

穴へ飛び込むと田中が体を震わせています。

「……残念や」

奴の肩を抱きました。

夜空の向こうに兵長のひげ面が浮かび、笑い声が聞こえて来そうでした。慰安所帰りにビルマうどんを旨そうに食っていた横顔、アイエ（ヤシ酒）で赤く染まった頰。二十五歳でした。結婚して子供を持つという人並みの幸せも知らぬまま、北ビルマの露と消えたのです。

イラワジ河の湿った夜風がタコツボを通り過ぎます。

「オイらもここで死ぬとやろか」

「お前でも弱気になることがあるんやな」

「いつもは虚勢ば張って強がっとるばってん、本当は怖がりの意気地なしったい」

彼から視線を外し、あえて正面の土壁を見て私は呟きました。

「夏子がおらんようになったとき、僕はもういつ死んでもええと思った。死ぬのはいっこも怖くなかった。でもお前に殴られて、僕には仲間がおる、みんなのために生きようと思ったら、死ぬのが怖くなったんや。怖がるのは悪いことやないんと違うかな」

視線を落とした田中が、二度三度頷いたように思えました。

雲の切れ間から覗く下弦の月が、彼の横顔をぼんやりと照らしていました。

五

五月二十五日。三日ぶりに太陽が顔を覗かせた蒸し暑い朝でした。

握り飯を食い終え、空襲に備えて破壊された兵舎の木製扉でタコツボに蓋をしてじっと待機していると、案の定、敵機の轟音が近づいてきました。

しかし二機三機の音ではありません。天蓋を開けて見ると、陽の光を銀翼に反射させた数十機の大編隊が頭上に接近して来るのです。

慌てて天蓋を閉め、鉄兜の緒を締め直し、昨晩に拾ってきた木の枝を握りしめました。壕が崩れて生き埋めになった時に土を掻きだすためです。

耳の穴に指を突っ込んでも頭痛がするほどの轟音が響いています。敵の総攻撃が始まったのです。

蜷局《とぐろ》を巻いた毒蛇が威嚇するときのような、シャーという音が空を切り裂くと、凄まじい爆裂音が官庁街から響き、逃げ惑う市民の悲鳴が不協和音となって耳を劈《つんざ》きます。

日本軍の施設だろうが市民の住宅だろうがお構いなしの完全無差別な絨毯爆撃でした。

空爆が終わると今度は、〝ポーン、ポン、ポン、ポーン〟と四連砲の発射音がが響き、それを皮切りに、迫撃砲や榴弾砲《りゅうだんぼう》が雨霰の如く降って来ます。

敵の狙いはやはり射撃場で、二～三十を優に超える砲門で集中砲火を浴びせられました。地面に穴が開き、木々がなぎ倒され、ビルマの大地が焦土と化していきます。

我が軍も連隊砲一門と、大隊砲二門で応戦していますが、焼け石に水でした。

硝煙が器官に入り、ごほごほと咽せ返ります。蓋をした扉と土嚢の隙間から煙が舞い込んで来るのです。扉を跳ねのけたい気分でしたが、直撃弾の恐怖でそんなことができるはずもありません。

自分の声さえ聞こえない砲撃が静まった隙をみて、地上に顔を出すと、爆発熱による水蒸気で辺り一面が霧のように煙っていました。

「みんな大丈夫か。隣のタコツボの様子見てやってくれ」

まるで隊長のように田中が仲間を気遣うと、全員が口々に「おう」「まだ生きとうとよ」と応じています。

そのときでした。

「敵だ」

誰かの叫び声で前方を見ると、晴れて来た蒸気の向こうに圧倒的な数の支那兵が地面に伏せていたのです。距離四百メートル。立錐の余地もないほどに南北一列にずらりと兵が並んでいます。砲撃に乗じて突撃体制を取っていたのです。

背筋が凍るような恐怖に、私は慌てて首をすぼめて、タコツボに身を隠しました。改めて頭を出し、小銃のボルトを引き、こちらからも銃口をのぞかせます。

〝ズズズズッ、ズズズズズッ〟重機関銃の射撃音が敵最前線から一斉に響きました。

薙ぎ払うように右へ左へ、連弾を撃ち込んで来て、ブスブスと地面に突き刺さります。

いつの間にか敵は彼我の距離を計測しており、狙いすましたようにタコツボを撃って来たのでした。

空爆に続く砲撃、地面すれすれの重機掃射。敵の立体的な攻撃に、我々は成す術なく、タコツボの中で息を潜めて、ただ終わるのをじっと待つばかりでした。

突如イラワジ河に向かって赤や白の曳光弾《えいこうだん》が尾を曳くように数発撃ち込まれたので、また砲撃かと身構えましたが、その後、すっかり静まり返りました。

暫く経ったところで再び田中の声が聞こえます。

「お～い、敵はもうおらんっちゃ。みな顔上げ。隣のタコツボに仲間はおるか」

田中のいう通り、前方で重機を構えていた敵兵は一人残らず姿を消していました。

さっきまで震えていた兵たちが、「いや～すごか攻撃ったい」「ようけ弾薬もっとるね」などと軽口を叩いています。

「今の曳光弾が終わりの合図やなかとね。花火大会の最後の大玉と一緒ったい」

田中の見立て通り、どうやら言葉が通じない支那兵に対し、米軍が攻撃終了を知らせる合図にしているようでした。

不思議な事に、その日の午後も、次の日の朝も、同じ映画を見るように、まったく同じ順番で猛攻撃が繰り返されました。

何故か敵はまったく突撃して来ません。

我ら菊兵団に恐れをなしているのだろうと、部隊の誰もが舐めていました。

しかし総攻撃二日目の午後、変化が起きました。

空爆、砲撃、重機掃射までは同じだったのですが、最後の曳光弾がたなびく代わりに、すぐ北側から自動小銃の乱射音が響いたのです。

タコツボから顔を出すと、陣地を割ってどんどん中へ入って来る半ズボンの足が遠くに見えます。我が五中隊と、北隣を守る第二機関銃小隊との間を抜かれたのでした。

総攻撃開始以来、突撃をせず我々を油断させたところで、敵は二つの部隊の接点突破を企ててきたのです。これを許せばあっという間に雌雄を決する危険性がありました。

守備陣形の強さ脆さは、いわば金魚すくいのポイと同じです。上手くすれば何匹でも金魚をすくうことができますが、一度小さな綻びができると一気に破れてしまいます。戦場の陣地も一か所でも穴が開けば、敵が一気に雪崩れ込んで来ます。

花子が後方から、私のタコツボへ飛んで来ました。

「中隊長から受領した命令をお伝えします。敵は支那兵一個小隊の後方に一個大隊が控えている模様。隊を二つに分け、一つは田中さんを分隊長として第二機関銃小隊の救援に回ることになりました。水車さんはここに残って陣地を守れとのことです」

タコツボから首を伸ばすと、交通壕を移動する兵士の鉄兜が見え隠れしています。

「わかった。この位置やと正面が遠いから、田中のタコツボに移動する」瞬時にタコツボを飛び出してから、ちょっと気になって振り返りました。「花子、怖いか」

「怖いです。怖くてたまりません」

涙声で弱音を吐いています。

「ほな大丈夫や。伝令ありがとう。後方に戻れ」

「どういう意味ですか」

「まだ生きられる」

私は田中のタコツボへと腰を屈めて走りました。

私のタコツボからは僅か数十メートルしか離れていませんが、そこからは敵の配置が一目で見渡せました。正面に並ぶ支那兵はじっと待機しているのみで、突撃して来る気配さえありません。恐らく北側の攻撃が成功すれば、第二、第三の攻撃を仕掛けるべく様子を窺っていたのでしょう。

北側から激しい銃撃音が響いてきました。田中ら救援部隊の迎撃が始まったようです。呼応して連隊砲や大隊砲も砲音を轟かせ、後方第二陣の敵に打撃を加えています。

守り切ってくれと祈りながら視線を落とすと、壕の土壁に小さな溝が削られていて、そこに〝桜井兵長〟と書かれた板切れの墓標が設《しつら》えてありました。線香代わりの煙草を燻らせたような跡も残っています。

手を合わせて祈りました。兵長、田中を守ってやって下さい。

歩兵同士の戦いでは百戦錬磨の菊兵団に一日どころか千日の長がありました。

射撃場北側の兵力百人に対し、敵は千人にも届かん数でしたが、ものの十分もしない内に、敗走する半ズボンの足が見え始めたのです。その数がどんどん増え、さらに日本軍の砲弾が追い打ちをかけると、またも支那兵は規律をなくして逃げ惑うのでした。

西に峰を連ねるアラカン山脈が真っ赤に染まる頃、兵たちの笑い声が聞こえて来ました。

タコツボから首を伸ばして振り返ると、交通壕も通らず堂々と地上を歩いて最前線まで戻って来る田中らの顔が見えました。

「勇ましかったで田中。どんな戦いやったんや。聞かせてくれ」

「焦るな、べっさん。その前に一服させてくれ」顔中が口になりそうな笑顔で壕に飛び込んで来た田中は、二本の煙草に火をつけ、「一日一本、お供えしてやらんとな」墓標の前に煙草を立てかけました。「おりんがないけん、口でいうったい。チーン」

にこっと笑った田中は少し痩せたように見えました。

勝戦後の一服ほど美味いものはありません。昼間は煙で、夜は火種で敵の目標にされるため、最前線では煙草も自由に吸えませんが、敵が引いたこのときばかりは大丈夫だろうと、空に向けてふう～と煙を吐き出しました。

「そうや、べっさん安心せい。光栄の女は、本部の防空壕に一緒に入っとるそうや」

「ホンマか！」

「ああ。和江も夏子も無事や」

夏子にはもう会えない、ここで二人とも死ぬんだろうと半分諦めていましたが、これで一安心でした。胸いっぱいに吸った煙を、安堵の溜息とともに大きく天へ吐き出します。

しかも無事と分かると今すぐにでも一目会いたくなって来ます。絶対に死ぬもんか。もう一度顔を見るまでは意地でも生き抜いてやると強い気持ちが沸いて来ました。

「あの壕はミイトキーナで一番頑丈ったい」

「なんせ掘ったのは、このオイ、田中清吉ったいね」

「貴様、真似するんやなか！　馬鹿にしくさってからに」

ドンと肘打ちを一発食らわされました。

夏子と和江の無事が、私たちを開放的な気分にさせたのでした。

六

昭和十八年六月。

迫撃砲が降り注ぐ中、私はついタコツボの中で微睡んでいました。敵前で寝るなどもっての外ですが、寝ちゃ駄目だと思えば思うほど瞼が落ちるのです。

何時間うとうとしたでしょうか、いや数分だったのかも知れません。頭上の扉を滑らせて、人が潜り込んで来る気配がしました。砲撃の合間を縫って花子が飯を運んで来てくれたのかと思った瞬間、香りにどきっとし、聞こえた声に跳び起きました。

「勘助」

「どないしたんや夏子。あかんやないか、こんなところに来たら」

「ご飯、持って来た」

「えっ」

「私が握った握り飯、食べたくないか。美味しいよ」

「夏子が握ってくれたんか」

数日来、補給担当の兵員を手伝って、慰安婦たちも一緒に前線兵士の握り飯を握ってくれていたというのです。

「わざわざ届けてくれたんか」

「たって勘助に逢いたいもん」

「ありがとう。一緒に食べよか」

私は三つある握り飯の一つを彼女に差し出しました。

「明日の分なくなっちゃうよ」

「夏子と一緒に食べたいんや」

「なら明日、四つ持って来る」

「それはあかん。兵隊みんなお腹を空かしてる。ズルはできひん」

「大丈夫、パレないよ」

「そういう問題ちゃう」

「なら半分っこ」

夏子は握り飯を半分に割り、少し大き言い方を私に差し出してくれました。

月明かりの下、狭いタコツボで肩を寄せ合い、岩塩を舐めながら夏子と食べる握り飯は、何よりのご馳走でした。

以降、夏子は毎晩のように私のタコツボにやって来るようになりました。

雨が地面を激しく叩いた夜、全身泥だらけでやって来たことがありました。

「どないしたんや。びしょ濡れやないか」

「穴ぽこで転んだ」

タコツボの周囲は爆弾痕で穴だらけになっていました。日中でも気を付けて歩かねば転びそうになるのに、雨の夜は猶更です。

「痛かったやろ。怪我ないか」よく見ると、泥に汚れた頬に血が滲んでいます。「なんや、顔面から行ったんか」

「たって飯盒落としたら、勘助のご飯、水ぴたしでしょ。お腹減ってたら勝てないよ」

「それで手をつかへんかったんか」

胸がいっぱいになりました。

頬の泥を払ってやると、夏子の目から涙が零れます。

「♪　あめあめ　降れ降れ　母さんが　蛇の目で　お迎え　嬉しいな」

「なにその歌」

「雨の日でも楽しいなって歌や。僕が先に歌うから続いて唄ってみ。行くで。

♪　あめあめ　降れ降れ　母さんが　はい！」

「♪　あめあめ　降れ降れ　母さんか　はい！」

「はいは要らん」

「きゃはは」

雨音に声を紛らせて子供のように何度も唄い、ピチピチ、チャプチャプの所は、タコツボの水たまりを一緒に踏み鳴らしました。

「夏子とおったら、雨の日も楽しいわ」

「嬉しい」暗闇の中、彼女に笑顔が戻りました。「また明日ね」

扉をずらすと真っ暗だったタコツボに薄明かりが差し、雨粒の中に夏子の顔がぼんやりと浮かびます。

すると突然、彼女が私に口付けをしたのです。はっとして息が止まりました。

夏子はタコツボから跳び出すと、バシャバシャと音を立てながら後方へ帰って行きました。

いつもは彼女が帰って小一時間もすれば眠くなるのですが、その夜は興奮して寝付けませんでした。

＊

ノートを読み始めた当初、夏子が祖父に災いをもたらすんじゃないかと誠太郎は恐れていた。

祖父を巻き込むなと思いながら読み進めていた。排除したかった。

ところが今やそんな夏子に対し特別な感情が芽生え始めていた。

間違いなく夏子は祖父の生きる理由になってくれていた。殺伐とした戦場において、彼女の存在がどれほどの希望となったのか。それは自分の想像を遥かに超える大きなものだったに違いない。

誠太郎も夏子が好きになり始めていた。

第十三章　村椿修一

一

「珍しいね、今日は一人かい」

油の中でパチパチと音を立てるカツを菜箸でつつきながら、大将が笑う。

新中野駅を出たところにある『とんかつ福丸』は、四人掛けのテーブルが二つとカウンターだけの小さな店だ。

店内に充満する揚げ物の香りだけで、誠太郎の腹はぐうと鳴った。普段は吉沢と一緒に来る。ときどき麻沙子とも来るし、まだ汐里が中学生だった頃は家族で来たこともある。

この日初めて彼は一人で暖簾をくぐった。

カウンターに腰かけ、いつも通り枝豆とヒレカツ単品、生ビールを注文する。

「吉沢ママはいいとしても、奥さんは呼ばなきゃ怒られんじゃないの」

白髪混じりの女将さんが心配してくれる。

家はすぐそばだ。呼べば来るかも知れない。だが今日は一人で来たかった。

この店に来るのは味やご夫婦の人柄の良さだけじゃない。早逝した誠太郎の父の面影と大将が被るからだった。父より十歳以上も若いのだが、もしも生きていたら、こんな風だったのではないかと顔の輪郭や目尻の皺、白い線が混じった頭髪を見ながら、誠太郎は勝手にその姿を重ねていた。

枝豆を生ビールで流し込みながら、フライヤーの前に立つ大将に尋ねた。

「大将のお父さんって何年生まれですか」

「うちの親父はね、昭和三年年十二月二十五日の生まれでね」

「クリスマス」

「クリスチャンを捕まえては自慢してたよ」

サクッ、サクッ、サクッ。フライヤーから上げたヒレカツに包丁を入れる音が心地良い。この道四十年を超える職人の包丁さばきに惚れ惚れする。

「うちの祖父ちゃんは大正十年なんで、七つ違いですかね」

「その差はでかいよ。天と地ほど違う。はい、お待ちどう様」

白い丸皿の上にはキャベツとトマト、きつね色に揚がったとんかつが湯気を立てている。一切れつまむと、箸の圧力で肉汁がじゅわっと溢れ出す。小皿のソースにつけてひと齧《かじ》り。カリカリの衣と柔らかいヒレ肉のギャップが、抜群のハーモニーを産み出す。思わず「旨っ」と唸った。一口目の美味さが毎回強烈な印象を残すので、一か月も経たないうちに、また食べたくなる。

「うちの親父はね、終戦が満十六歳の八月だったのよ。あと四か月戦争が続けば兵役だったって、そればっか繰り返してたよ」

差はでかいの意味が理解できた。戦争には行かずに済んだぎりぎりの年なのだ。

「じゃ、あまり戦争の話はしなかったですか」

「いや、戦争の話しかしなかった」

大将が父親から聞いた戦争を語り出す。出身地の名古屋大空襲がいかに悲惨だったか。遠くで名古屋城が焼け落ちる炎を見て涙が止まらなかったという話は、又聞きとは思えぬ生々しさが伝わって来て誠太郎も息を呑んだ。

余りの迫力に、カウンターで一人飲んでいた年配の男性客も割って入って来て、話題はいつの間にか中野も焼けて酷かったという方向へ移っていった。

ジョッキに残ったビールをぐいと流し込みながら、誠太郎は祖母重乃《しげの》のことを想い出していた。イナゴを捕まえて食べたとか、神戸大空襲で被弾した馬の肉が飛んで来て顔に当たったとか、疎開先で田舎の子にいじめられたといった話を祖母は何度も口にした。終戦特番はテレビにかじりつくように見て涙していた。祖父とは対照的だった。

客がテーブル席を埋め、大将の集中力も仕事へと向かい、話に加わって来た年配客はテレビの健康バラエティ番組に釘付けになっていた。

誠太郎は仕方なく、隣の椅子の上に無造作に置かれた週刊誌に手を伸ばした。表紙に躍る刺激的なタイトルが目に飛び込んで来た。これまでなら目にも入らなかった文字だ。

目当てのページを開くと、七十歳前後に見える黒眼鏡をかけた男の古い写真、さらにその息子の首から下を撮った写真、どこかの慰安婦像除幕式の写真の三枚が冒頭に大きく掲載されていた。

村椿修一って誰や。

訳も分からず冒頭の数行を読み始めたとき、入口の引き戸ががらがらっと開く音に続いて、「ちょっと今満席で」と詫びる女将さんの声が耳に届いた。マフラーに顎を埋めた中年男性三人が入り口で所在なさげに突っ立っている。

「女将さん、私帰りますよ。カウンターならいけるでしょ」

誠太郎は反射的に立ち上がった。

「すみませんね」誠太郎に会釈した後、「カウンターでもよければ」と女将さんが呼び込むと、サラリーマン風の男たちはすぐに意見をまとめて頷いた。

残ったビールをぐいと飲み干してから、スマホを取り出して尋ねた。

「これ写真撮っていいですか」

「持ってっていいよ」

「本当ですか。じゃ、ちょっとお借りします」

好意に甘え、鞄に週刊誌を突っ込んで誠太郎は店を出た。


事務所へ戻り雑誌を広げる。

ドイツに慰安婦像が建ったことに驚いたが、誠太郎が目を見開いたのは、慰安婦問題の元凶と呼ばれる村椿修一という男の息子がインタビューに答えるこの部分だった。

――篠崎　では父・修一さんは済州島には行ってないと
――正明　あの当時は誰だかよく分からない人たちが家に押しかけて来て、済州島の地図を広げながら父と話をしていたことが何度もありました。その人達が帰った後、原稿用紙を前に文机でうんうん唸っている父の姿をよく覚えています。
――篠崎　つまり強制連行の話が捏造される瞬間を見ていたと
――正明　その通りです

胸がざわつく。

誠太郎は慌ててパソコンを立ち上げ、『村椿修一』の名を検索した。

結果に跳び上がる。大量の記事が出て来たのだ。

こいつ何者や？

一番上の記事をタップする。顔写真が出る。雑誌で見たのと同じ顔だ。

記事を読み進める。

スクロールすればするほど、鼓動が早まる。

誠太郎は無知な自分を恥じた。

そこに書かれていたのは、その男の思いもよらぬ経歴だった。

二

平日朝の図書館はここが東京であることを忘れるほど閑散としていた。

二階へ上がった誠太郎は歴史書の並ぶ棚の前に立つ。上下左右に視線を飛ばすと、目当ての二冊はすぐに見つかった。

閲覧席の一つに腰掛け、借りるほどの本かどうか値踏みする。

まずは、「慰安婦研究の全記録」と書かれた百科事典のように分厚い資料をチェックした。

著者は大学教授で、一九八〇～九〇年代にかけて慰安婦が社会問題として取り上げられた経緯から直近の出来事まで、全記録の名の通り、ほぼこれ一冊で事足りるのではないかと思えるほど情報が網羅されていた。

目的の見出しはすぐに見つかった。それは章を丸ごと割いて書かれていた。


―　稀代のペテン師　村椿修一　―


三十分後、誠太郎は本と瞼を閉じて思考を巡らせた。どうしたらいい。

この内容をどうにかして番組に反映させたい。前回の会議では慰安婦の恋愛物語で行こうと方向性を示されている。何か良い方法はないか。

顎が梅干しになっていることなど自分では気付きもしない。

館内には客が少し増えている。

立ち上がった誠太郎は、二冊を持って貸し出しカウンターへ直行した。

もう一冊は絶対に読まねばならない本だった。

著者名には男の名が記されていた。

三

借りて来た本を読んでいると、SNSで麻沙子から連絡が入った。汐里のことで話があるという。できれば汐里が帰る前に話したいというので、誠太郎は夕飯時に一旦帰ることにした。

玄関を開けると、いい匂いが漂って来た。スパイシーな香りを乗せた湯気が中華鍋から立ち昇っている。

丼に入れた炊き立てのご飯の上に、熱々の麻婆豆腐茄子を麻沙子がざっと注ぐ。混ざり合った二つの湯気が食欲中枢を刺激する。

「いただきます」

カレースプーンで一気に掻き込む。茄子のジューシーな水分が口の中でじゅわっとしみ出す。はふはふ。火傷するほどの熱さを、豆板醤がさらに熱くする。豆腐のクリーミーさと餡のスパイシーさが絶妙なバランスで互いを引き立て、ひき肉のコクと混ざり合う。

こんなに旨い食いモンが他にあるだろかと誠太郎は常々思っている。祖父が大好きだったメニューは、今や彼の大好物になった。

＊

祖父は週一ペースで、配達用の自転車に乗って隣の駅前にあった赤いカウンターの中華料理店に麻婆豆腐茄子を食べに行った。月に一回は誠太郎も連れて行ってくれた。

元々、麻婆豆腐と麻婆茄子は当然ながら別メニューだった。

祖父は必ずどちらかを頼むので、店主が「今日は？」と聞くと、「と」で行こか、「な」にするわと答えていた。「と」は豆腐、「な」は茄子だ。

その日、祖父が「と」を注文したのに、店主がうっかり「な」を持ってきた。

「ええよ。ややこしい頼み方する私も悪い。これ頂きます」

「水車さん、それはあきません。作り直します」

「いらん。ホンマにいらんで」

祖父が断ったにもかかわらず、半分ほど食べ終えたとき、「と」が運ばれてきた。

困った顔をした祖父は元の「な」と出来立ての「と」を蓮華の上でミックスして口へ運んだ。

「周さん、混ぜたら二倍やない、三倍美味しゅうなる。怪我の功名とはこのことやな」間違えた中国人店主を気遣い、味を褒めた。「どや、ちょっと辛いけど食べてみるか」

誠太郎にも勧める。

「わぁ！　美味しい」

「ほら。孫も喜んでる。周さん、私は次からこれにして。メニュー名は『とな』やな」

周さんが目尻にくしゃっと皺を寄せた。

＊

「何考えてんの」

麻沙子が空になった麻婆豆腐茄子の器を下げながら顎を指さした。祖父を思い出しついやってしまったらしい。慌てて顎を擦って痕跡を消す。

「そろそろ話していい？」洗い物の手を休め、タオルで拭きながら麻沙子がキッチンから出て来た。「二年生最後の三者面談があるの。だから聞いてみたの、留学のこと」

「おお、ありがとう。で、汐里はなんて」

「怖くなったって」

「怖くなった？　治安が悪いからか」

「違うわよ」

「ほな何」

「あの子さ、いわれたんだって、アメリカで」

「何を」

そこまで話したとき、ガチャと玄関の開く音がした。

「え！？　帰って来ちゃった？　なんで今日に限ってこんなに早いの。今の話、また今度ね。梅干しと笑顔」

野球部のマネージャーをしている汐里は、甲子園を目指す部員たちを支えていて、帰りは毎晩八時半を回る。その日は珍しく練習が早上りだったようだ。

「ただいま。寒かった〜」

「おかえり」

満面の笑みで迎えたが、誠太郎には目もくれなかった。

「ママ、ごはん何」

「麻婆豆腐茄子」

「やったー、お腹空いて死にそうなの」

祖父から受け継がれた麻婆豆腐茄子が汐里も大好きだった。

「うん、美味しい」

屈託のない笑顔で頬張っている。

娘に直接聞いてみたい衝動に駆られたが、麻沙子が怖い顔して首を横に振ったので、誠太郎は黙って席を立った。

四

有楽町線車内でスマホが震えた。佐恵子からの着信だった。送られてきた写真には仏壇に供えられた花と線香の紫煙が映える。

—お祖父ちゃんの密葬と納骨終了の通知葉書を送り終えました—

—ありがとう。大変やったやろ。手伝えなくてごめん—

送信するとすぐに既読が付き、犬が「イェーイ」と親指を立てた謎のスタンプが送られてきた。母親のセンスが誠太郎にはちょっと理解できなかった。

間もなく永田町に到着すると車内アナウンスが流れる。

誠太郎は迷っていた。返信欄に「何回も悪いけど、お祖父ちゃんのノートのことで折り入って相談があるんや」と打ったものの、送信ボタンを押しあぐねていた。

もはや後戻りできないところにまで来ていた。祖父のノートをベースに慰安婦の恋として上手く企画化できれば、話題性のある番組が作れそうだった。

ノートを使うにあたり、妹の晶子、叔母や従兄弟たちにも話を通して置く必要がある。祖父は自分一人の祖父ではない。麻沙子や汐里にも一言必要だろう。

中でも一番ハードルが高いのが佐恵子だ。読むな、戦友にも聞くなと拒絶していた人がＯＫしてくれる道理はない。

送信せぬままスマホを鞄に入れ国会図書館へ向かった。

慰安婦に関する書籍や新聞を閉館まで読み漁り、必要なコピーを取った。

事務所に戻って事務処理をしているとスマホが震えた。アプリの右肩に赤く①と表示が出ている。

佐恵子からだった。

――何の相談？　まさかテレビで紹介するんと違うやろね――

「えっ！」

思わず声をあげた。画面を凝視すると送信しなかった筈のメッセージがなぜか送られ既読となっていた。

スマホを鞄に入れた拍子に送信ボタンを押してしまったのか。

世間ではこういうミスが不倫発覚の端緒になるのだろうと無関係なことまで連想した。

佐恵子の返信内容はまさに図星だった。しかも少々怒り口調だ。困った。だが、母親を説得できなければ、番組化はおぼつかない。

誠太郎は思い切って彼女の番号をコールした。

「葉書郵送してくれたんやな。ありがとう」

「麻婆豆腐茄子、お供えしといたよ」

仏壇に中華というのも不似合いだが、祖父の好物だから仕方ない。

「お祖父ちゃんのノートのことなんやけど」

「誠太郎。何が書いてあるかは知らんけど、あのノートを仕事で使うのだけはあかんよ」手加滅のない佐恵子の声が響く。「何度も言うけど内緒で書いてたんや。テレビで紹介するなんてもっての他やからね」

強く釘を刺され、会話はあっけなく終わった。

窓から見上げた空には、上弦の月が困った顔をして浮かんでいた。

第十四章　【勘助】友の最期

一

焦土と化したミイトキーナに、黄色いタンポポの花が揺れています。

タコツボ暮らしも一か月を超え、腰が痛くて堪りません。願いはただ一つ。週に一度でいいから体を横に伸ばして眠りたい。それだけでした。

前線の兵士の握り飯は、一日二個に減っていました。

小銃の弾は一日五発、砲弾は一日三発までと決められました。

糧秣も弾薬もなく、これでどうやって戦うのかと不満をいう兵が出始めました。

顔を出す兵のいないタコツボは犠牲者の証であり、見るたび心が痛みます。

被弾し命を落とした兵のタコツボへ、夜中に走っては小指を切り、上から土をかぶせて、何人もの戦友たちを埋葬しました。切った小指は本人の飯盒に入れて後方へ回します。内地に送り返してやるためですが、既に制空権はなく鉄道も押さえられ、遺族の元へ届く可能性など無いことは誰もが分かっていました。

一方、敵陣には三日に一度、輸送機から大量のパラシュートが落とされるのが見えます。赤、黄、白の三色あり、それぞれ「食料」「弾薬」「医薬品」が色分けして結ばれているという噂でした。ゆらゆらと落ちる三色のパラシュートが北ビルマの夕暮れを鮮やかに染めるさまは、印象派の油絵のようで空腹も忘れてうっとりと眺めたりしました。

弱った兵の心に響いたのが、敵が流すレコードでした。

米軍は夕暮れ時が近づくと巨大スピーカーから「佐渡おけさ」「東京音頭」、さらには古賀政男作曲、藤山一郎歌唱の「酒は涙か溜息か」など、日本の名曲を決まって三曲流し、里心を誘うのです。これには私もやられました。久しぶりに聴く歌が心に沁みて戦う気力を失うのです。本土に残した父母を想い、涙する兵も続出しました。

しかし田中だけは、「お〜いアメリカさんよ、炭坑節や黒田節も流してくれ」と要求して周りを笑わせるのです。

敵機が降伏を勧めるビラを撒いたときも、「おいみんな拾え拾え。便所紙が増えて助かるばい」と強がるのでした。

ある夜、タコツボを抜け出し、田中の壕を訪ねてみると、桜井兵長の墓標の横に櫛が置かれてあることに気づきました。

「何やこれ」

「かーっ、参ったな」

「どこの誰や」

「聞くなっち」

田中が頭を抱えています。首に腕を回して締めてやりました。

「痛い。放せ」

「いえ。誰や」

「もっと締めるぞ。早よいえ」

見当はついていましたが、本人に吐かせたかったのです。

「分かっとろーが。和江ったい」

「この色男が」

もう一度首を締めてやりました。

和江も夏子のように握り飯を運んでくれていたのです。悪戯っ子のような田中と、面倒見のいい和江はお似合いだと思いました。

照れ臭かったのか、田中は急に突拍子もない話を始めました。

「べっさん、知っとうと。通信兵が傍受したところによると、蔣介石が我が菊兵団を褒めたそうや。何ちゅうたか知りたかろう」

「なんや、教えてくれ」

「我が中国軍の戦況は見るに堪えず、重大な局面で挫折ばかりったい。日本のミイトキーナ守備隊を見てみんしゃい。孤軍奮闘、最期の一兵となるまで戦わんとする猛者揃いばい。彼らを模範として戦えち、いうたそうや」

「なんや、蔣介石は博多弁か」

「そこは大目に見ろや」

背中を思いっきり叩かれました。

「でもな田中、五中隊の戦果はお前が仲間を鼓舞した結果や。蔣介石は、お前のことを遠くから見とったんと違うか」

煽ててやると、まんざらでもなさそうに頭をかいていました。

この話はてっきり冗談だと思っていましたが、後にこれが『蔣介石の逆感状』と呼ばれるもので、菊兵団の敢闘を称え、自軍を鼓舞した実話だったと知って驚いたものでした。

二

七月に入り雨季が本格化するのに合わせ、敵の夜襲が活発化しました。

ブーゲンビリアが咲き乱れたミイトキーナは色のない世界となり、もはや玉砕は避けられない戦況でした。

消えかかる命を燃やす唯一の理由は、夜ごと訪ね来る夏子の笑顔でした。

ところがその夜、彼女は悲しい目で、飯盒の蓋を取って見せました。

「あら」

握り飯が、ついに一個になったのです。将兵の多くが痩せこけ骨と皮になりつつありました。敵ではなく味方に殺されそうです。

「一個あるだけマシや。いつもありがとう」

「勘助。握り飯一個で勝てるか。敵は飯も弾もいっぱいあるよ。日本勝てるか」

「ああ勝てる。僕は弱いけど、田中は強いんやで。蔣介石に褒められたんや」

冗談っぽく伝えたものの、夏子は蔣介石が誰か分からないといった顔をしています。

「勘助は今まで何人殺したか」

「えっ」

「アメリカ人と中国人、いっぱい殺したか」

私はたじろぎました。

「なんでそんなこと知りたいんや」

「知りたいよ。やっつけても、やっつけても敵は毎晩爆弾落として来るでしょ。なのに日本は飛行機もないよ。勝てるのか。何人殺したら勝てるか。知りたいよ」

夏子の顔に悲壮感が漂っています。

本当のことを告げるべきか躊躇いました。田中にも話していない自分だけの秘密です。が、もはや明日をもない命。嘘をついても仕方がありません。私は決意しました。

彼女の手を握り、目を真っすぐに見つめました。

「夏子、驚かんと聞いて欲しい。僕はな、まだ敵を誰も殺したことがないんや。厳密にいうと、手元が狂って捕虜を殺してしまったことがあるけど、それだけや」

「一人だけ」

「そや。外そうとして当たってしもた。彼には悪いことをした」

「敵を殺して悪いのか」

「僕は出征するときに一つだけ決めたことがある。それは敵であっても人は殺さへんってことや。ビルマに来て二年間でカチン族や支那兵、いろんな敵と遭遇したけど、その事故以外は一人も殺してない。自分で決めた誓いを守り続けている。僕の密かな自慢や。これからも守りたいと思ってるんや」

するとと彼女はこういったのです。

「その誓い、今日から破れるか」

「えっ」

動揺しました。彼女の目には強い意思が宿っているように見えました。

「もしも私が敵に襲われたら勘助は守ってくれないのか。中国兵に攫《さら》われて、目の前で犯《おか》されても殺さないのか。そんなきれいごとで勝てるか。戦争ってそういうことでしょ。戦わなきゃ。勝つまで戦わなきゃ。そのために生きるんでしょ」

「夏子」

「私は貧乏と戦って、借金と戦って、体を売って、傷ついて、立ち上がって、そうやって生きて来た。家族を助けるために目をきゅーっと瞑って、息を止めて知らない男に抱かれた。泣きたくなる毎日だったよ。このままじゃ日本負けちゃうよ。みんな死んじゃうよ。生きたいなら勘助も戦って。私のために戦って」

声に涙が混じっています。

自らの誓いと夏子、大事なのはどっちか。答えは明白です。

彼女に告げようとしたそのときでした。

「あれ、どうした？　何かあったか」

後方から飯塚小隊長が現れ、目を潤ませた夏子と私の顔を見比べて立ち尽くしておられます。

夏子はわっと泣き声を上げ、班長を押しのけて交通壕へ跳び出しました。

「夏子」

手を伸ばしましたが、届きません。

上官を置いて女を追うことなどできず、走り去る後姿を茫然と見送るだけでした。

「喧嘩か」

「不格好なところをお見せして恐縮です。それより班長直々にどうされましたか」

「丸山連隊長の命により、明日の夜八時、第三渡河点に向かうことになった」

「えっ、何のためですか」

「そこに歩兵砲小隊の黒岩隊長以下五十名、第二渡河点そばの野戦病院分院に、戦傷兵、軍医ら三百五十名が取り残されている。その救出が目的だ」

「でも班長、ミイトキーナは完全に包囲されています。サンプラバム街道以外の道はあるのですか」

「ない。その一本道も敵の手で封鎖され鼠一匹通れないだろう」

「じゃどうやって？」

「突破するしかないだろう」

「そんなの自殺行為じゃないですか。無謀すぎませんか。なんでそこまで」

「兵が足りないんだ。病人や怪我人でも、タコツボに立っていれば、敵も簡単には突っ込んで来られない。一か八かの命がけの任務だ」

　戦況がそこまで悪化していることに言葉を失いましたが、本当に驚いたのはその後でした。

「五中隊の精鋭三十名を連れて行く。田中も一緒だ」

「えっ！」

「前線はべっさんに託す。後を頼んだぞ」

　班長の澄んだ目に覚悟を感じました。

　涙雨でしょうか。夜半から大きくなった雨粒が大地を濡らしました。

　翌日の夜、簡単な出陣式が行われるというので後方の掩体壕へ退がると、選ばれた兵士たちが悲壮感を漂わせて整列しています。

花子も選ばれ青白い顔で突っ立っていました。

「やっと壕から出られたっちゃ。生き返った気分やね」

田中が空元気を見せています。

飯塚班長が口を真一文字に結んで私を見つめた後、静かに発されました。

「べっさん、頼んでいいか」

昴る気持ちを抑え、もちろんですと返事をしました。

二礼二拍一礼。

吉岡中隊長は訓示を述べ終えると、精鋭三十名に塩を振りました。

「べっさん、もし敵のパラシュートが風に流れて飛んで来たら、オイの食う分取っといてくれよ」

「取っといてやるから、腐る前に帰って来いよ」

田中と固い握手を交わし、月夜に消える後姿を瞼に焼き付けました。

三

救援部隊の出陣で、射撃場前のタコツボは歯抜け状態でした。

それでも敵は空爆、砲撃、重機関銃掃射を繰り返すのみで、自軍の将兵に損害が出る無闇な攻撃は一切仕掛けて来ません。

銃撃戦や白兵戦では菊兵団に勝てないと悟った彼らは、自軍陣地を爆破しながら塹壕を掘り近づいて来ました。当初四百メートルの距離で睨み合っていましたが、今や二百メートルを切るところに頭が見えます。手榴弾が届く三十メートルに接近するまで掘り進める作戦のようでした。

あの夜以来、夏子は来てくれません。

握り飯は別の初年兵が配送してくれていましたが、徐々に配られない日も出始めました。腹が減って声も出ません。

仲間の軍服がだぶついているのが遠くからでも分かります。髭も伸び放題に伸び、栄養失調で髪が赤茶けています。

二日ぶりに握り飯が届いた夜、翌日も来るか分からないため、半分だけ口にして、残り半分を大事に取って置いておいたことがあるのですが、これが大失敗でした。次の日、満を持して飯盒の蓋を取ると暑さと湿気で糸を引いていたのです。ベチョッとした手触りが気持ち悪かったものの捨てる訳には行きません。もう口の中は唾液の準備も万端です。水筒もないため、えいくそっと、目の前の水たまりの水で洗い、口の中に放り込みました。しかし次の瞬間、吐き捨てました。水たまりの水についた硝煙の匂いが移って食えたもんじゃなかったのです。情けなくて涙が出そうでした。

空腹に耐え切れずタンポポを食べたのも一度や二度じゃありません。黄色い花弁は苦いのですが、茎の部分は岩塩を舐めながら口に入れると野沢菜のような味がしました。

一番辛いのは水です。後方から送られてくる水筒も、その頃は三日に一度、それも三分の一ほどしか入っていません。防疫給水班も前線に兵を取られ、水を煮沸する人員さえいなかったのでしょう。空腹はともすれば忘れることもできましたが、喉の渇きだけは忘れるどころか、頭がそれでいっぱいになります。

「水、水……水が飲みたい」

そんな時に限って曇り空が続き、雨が一滴も降らないのです。

喉がカラカラに渇いて口腔内の粘膜の皮がひっつきそうです。

壕内の足元に溜まった泥水に手ぬぐいの先を浸し、ポタポタと垂れてくる水滴を舌の上に乗せたこともありました。

もし支那兵に銃を突き付けられ、「水と命どっちかを選べ」と問われれば、うっかり「水」と答えてしまうんじゃないかと妄想するほどでした。

目が回り立っているのも困難で体が震え出します。もう限界は近いと感じました。

飢えと渇きの中、夏子が顔を見せてくれないことが気掛りでした。

四

七月二十日。夜間砲撃は、深夜十二時ごろまで続くようになっていました。

炎が揺れ、夜陰に白い湯気が立ち昇る様はこの世の終わりを見るようでした。

煉瓦造りの兵舎も直撃弾で破壊され、もはやミイトキーナはコンクリート造りの連隊本部と駅前の教会の他、建物らしい建物が見えないほどに焼き尽くされていました。

砲撃の終わりを告げる曳光弾が箒星のような赤い尻尾をたなびかせて夜を彩ります。

敵の不在を確認してから、タコツボでうとうとし始めたときでした。

「べっさん、べっさん」

肩を揺すられ目を覚ますと、懐かしい顔が見えました。

「班長！」私は跳び起きて両手を握りしめました。「よくぞご無事で」

「田中と花子も無事だ」

「ホンマですか。作戦成功したんですね」

「いや、生きて帰ったのは百名足らず、動ける兵は四十名弱だ。三百名以上が敵の包囲網を突破する途中、銃撃に遭い命を落とした。五中隊の仲間も多くが散華した。私の責任だ」

「いえ。そんなことはありません。激務、お疲れ様でした」

「花子はもうタコツボに入った。田中は戦傷兵を野戦病院へ担送してくれているところだ。夜襲は終わったから、べっさんも後方に下がって田中を手伝ってくれないか」

「承知しました」

月光の下、連隊本部前を通り、河沿いの道を北上、おっぱいパゴダを越えた一キロ地点が日本軍陣地北限シタプール村です。

現場の隊長に来意を告げると、作業は翌朝でいいといわれ、その場で待機となりました。そこへガニ股で歩く大柄な男の影が近づいてきました。

「田中」

「べっさん」

一目散で駆け寄り、互いに抱き合いました。

久しぶりに聞いた田中の声で俄然元気が湧いてきます。真っ黒な髭の中でニコっと笑った田中の前歯が一本無くなっていました。彼にも栄養失調が影を落としていたのです。

地面に尻を着いて二人で煙草に火を点けると、田中が神妙な顔をしています。

「べっさん、オイの武勇伝を聞かせる前に、ちょっと聞きたいんやが……そのつまり……あの女子の名前はなんちゅうたかいの」

「和江のことか」

「そ、それったい」

「照れんでもええやろ。名前ぐらいいうてやれよ」

「よかばい。で、どうや。和江は生きとるか」

「すまんが消息は分からん。和江だけやない、夏子にも逢ってないんや」

「そうか」

落胆したように、煙草の煙を吐き出しました。

インパール作戦も既に失敗に終わり、無敵を誇った菊兵団の玉砕も時間の問題でした。このまま夏子と逢わずに死ぬことになるかも知れません。喧嘩別れのまま終わるのは忍びない。最後に一目だけでも逢っておきたい。ただそんな望みは詮無いこと。ラグビーボールの根付を握りながらも、できるだけ考えないようにするしかありませんでした。

翌朝、午前の攻撃が終わったところで受傷者を壕から順に担ぎ出し、比較的元気な兵には肩を貸し、歩けない兵は担送して、五百メートル南にある野戦病院へ送ります。衛生兵も大半が戦死戦傷しているため、元気な兵が手を貸すという末期的状況でした。

途中、飛来した敵機に機銃掃射を浴びせられ、何度も肝を冷やしました。身を隠す建物もなく、田中と私は戦傷兵の上に負いかぶさって伏せるしかありません。敵機が機首を上げた隙に五メートルでも進もうと、担架を担いで必死に走りました。

野戦病院はもはやこの世の地獄と化していました。病棟には立錐の余地もないほど怪我人病人が転がされ、止血処置さえままなりません。傷口からは膿があふれ出しウジが湧き、鼻を衝く異臭が漂っています。

病棟にいるのはましな方で、動けない重症患者は防空壕に入れられたまま転がされているという話でした。薬も食うものもないのでは、助かる患者も助かりません。

裏庭には直径三メートルほどの大きな穴が三つ掘られていて、無造作に放り込まれた遺体が山積みになっていました。暑さと雨で腐敗した死体からは形容しがたい死臭が漂い、腐った肉をカラスやハゲ鷹が突いています。

胃がむかつき吐しゃしましたが、黄色い胃液以外、何も出ませんでした。

攻撃時は担送を中断せざるを得ないため、結局全員を運び終わった時には日が暮れかかっていました。

日没までに原隊へ戻ろうと、田中と二人、川沿いの道を急ぎます。

おっぱいパゴダを通り過ぎて、連隊本部に差し掛かった時でした。

本部前の防空壕から女の頭が覗いたかと思うと、竹籠いっぱいの飯盒を抱えた女たちがぞろぞろと出て来たのです。

「夏子……夏子！」

私が駆け出すと、気付いた夏子も竹籠を放ってこっちへ駆けて来ました。そして体を空中へ投げ出すと、両手を広げたあのジャンプで私の胸に飛び込んできたのです。

本部前であることも憚らず、私は彼女を力一杯抱きしめました。

「無事でよかった」

「勘助、もう死んだと思ったよ」

「大丈夫や。ピンピンしてる。ずっと待っとったんやで」

「嘘！　田中さんも班長も渡河点に行ったでしょ」

「僕は行ってなかったんや」

「そうなの。私が生意気なこといったから、罰当たったと思った」

「心配かけたな」

隣で田中も和江を抱きしめ帰還を喜び合っています。

防空壕の入り口では女たちが我々を見つめて微笑んでいました。

そのときです。

「おや、邪魔をしましたね」

太い声が響きました。上官であることは間違いありません。

玉砕間近のこんなときに女と抱き合っているところを見られては、殴られるのが落ちです。

私は慌てて夏子と離れ、声の方に向き直りました。

短髪の丸顔に口髭を蓄えた、ずんぐりとした五十歳過ぎの将校が煙草に火を点けようとされていました。

薄暗い中、階級章を見てひっくり返りそうになりました。ベタ金だったからです。ベタ金とは金地の階級章のことで、陸軍大将、中将、少将しか付けられない最上級の徽章です。

ミイトキーナにベタ金は一人しかいません。援軍で駆けつけられた水上源蔵少将でした。

田中と私は慌てて、「失礼いたしました」と声を合わせ最敬礼しました。

「そのまま、そのまま」

閣下はそのまま抱き合ってよいという意味の発言をされましたが、真に受けて抱き合うわけにも行きません。敬礼した右手だけは降ろしたそのときでした。

「夏子さん」

私の横に立つ彼女が閣下に名前を憶えられていることに驚きましたが、もっと驚いたのはそのあとです。

「そういう事でしたか。噂はかねがね聞いていますよ」

煙草の煙を吐き出しながら、閣下が私のもとへ近づいて来られたのです。

少将と一等兵は、一流企業の役員とアルバイトほど格に違いがあります。

優しそうな目をしておられますが、一歩一歩近づくたびに、私の鼓動は早まりました。

目の前に立たれた閣下は、夏子に煙草を預けられました。

殴られると思い目をぎゅっと瞑り、奥歯を食いしばった瞬間、ポンポンと柏手を打つ音が聞えました。

「我が部隊に最後のご武運を」

目の前で合掌される閣下に、身が引き締まる思いがして、再び最敬礼を捧げました。

「外れくじと渾名をつけたのが、私、田中清吉一等兵、その人であります」田中が変な日本語で割り込んできます。「閣下、今自分が生き残っているのは、五中隊の守り神、水車勘助のお陰であります」

「田中、余計なことというな」

　すると閣下の表情が一変しました。

「五中隊でしたか……」溜息を漏らされ、こう続けられたのです。「先ほど、吉岡浩一少尉、飯塚八郎准尉ら三十名が玉砕されました」

「えっ」

「惜しい男たちを亡くしました。すべて私の責任です」

　その言葉を残し、閣下は本部内へ戻って行かれました。

　頭が真っ白になり敬礼さえ忘れていました。

　前夜、死地から奇跡の生還を果たしたばかりの班長が……。

　地図を広げビルマの戦況を易しく教えてくれた笑顔が瞼の裏に浮かびます。

　田中がへたり込み、茫然と虚空を見上げています。

　夏子が私の腕を取り寄り添ってくれました。

　彼女の指先に残された閣下の煙草の煙が夕闇に静かに溶けて行きました。

＊

　射撃場陣地で敵に追い込まれた班長らは、吉岡中隊長とともに自決を覚悟。接近して来た敵の壕内へ手榴弾を持って突撃し名誉の戦死を遂げたとのことでした。

　班長の玉砕に肩を落とした田中と私を唯一喜ばせたのは花子が生きていたことでした。

　花子も同行を志願したのですが、「花子は田中やべっさんとともに五中隊を守り切ってくれ」

と班長に後を託されたといいます。

自分が散華しても部下を生かされた班長のお人柄に、魂を揺さぶられました。

我ら五中隊の残兵は坂井匡中尉《さかいただし》の指揮下に入るも、奪われた射撃場を奪還する術なく、陣地を大幅に下げられ、新たなタコツボから銃口を覗かせているだけでした。

三十メートル左手のタコツボに田中が入り、時折彼と目を合わせては手を振り笑顔を交換しあう。たったそれだけで、もう少し頑張ろうと思えるのでした。

五

七月二十八日。

数日続いた豪雨が小降りになったその朝、今まで聞いたこともないような轟音がイラワジ河の南から近づいてきました。

「すごいのが来るったい」

隣のタコツボから叫ぶ田中の声もかき消されるほどです。

見えた機影はノースアメリカンの大編隊、十機、二十機、三十機と数えましたが、後は馬鹿らしくなってやめました。その倍はいたでしょう。

戦闘始まって以来の猛爆が始まったのです。

我ら五中隊の残党は、新たに入ったタコツボで身を縮めました。大声で叫んでも互いの声すら聞こえず、壕内に身を竦め土壁にへばりつくしか弾を避ける術はありません。

至近距離に爆弾が落ち、一瞬にして目の前が真っ暗になりました。地震のような衝撃で顔面をしこたま土壁にぶつけました。土壁が崩れ落ち足首も埋っています。口に入った土をぺっぺと吐き出しながら慌てて埋まった足を引っこ抜きました。

もはや天蓋もないため、掘りかけの横穴を広げる作業を急ぎました。田中に薦められ、朝からごぼう剣で掘り始めていたのです。横穴は獅子舞の顔ほどの大きさにはなっていましたが、まだ身体を隠せる大きさではありません。もう少し奥まで掘れば、この後の機銃掃射を避けられるはずです。

北へ飛び去った編隊が、再び南下して来る前に掘り終えねば間に合いません。

鹿が糞をするように爆撃機の腹から巨大な爆弾がぽろぽろ落ちていくのが見えました。

そのときでした。後方から水飛沫を弾く音がしたかと思うと、

「勘助、怖かった～」

という声がして、細い足が滑り込んできたのです。

「夏子、何してるんや。こんな時に来たらあかんやろ」

顔を見ると目が赤く充血しています。

「雨だから空襲ないと思った。和江姐さんも一緒よ」

田中の壕を見ると女の黒い髪が見えます。

「これ被って座っとき」

夏子に鉄兜を被せると私は横穴を掘る速度を上げました。編隊が戻って来るまで猶予は数分しかありません。

「夏子、今度はたぶん機銃で撃ってくる。絶対頭出したらあかんで」

必死で土にごぼう剣を突き立てます。

「勘助、水あるよ」

「えっ」

夏子が水筒を手に持って微笑んでいます。

「これ持って来てくれたんか」

「うん」

「おおきに」ゴクゴクと喉に流し込みました。「生き返るわ〜」

俄然力が漲ります。再び穴に頭を突っ込んで土を突いて削ります。

そこへ大編隊の轟音が近づいてきました。

駄目です。間に合いませんでした。体を入れる大きさまでは掘れませんでした。

「夏子、頭だけ突っ込め」

私は彼女の頭を押さえ、壕の横穴に潜らせました。前後を間違えたヤドカリのように尻だけ出しています。その尻にまたがって彼女を守ると、鉄兜を被って身を屈めました。

数機の機体が風を切り一気に高度を下げてきます。

「来るぞ」

〝ドドドドドドドッ、ドドドドドドドッ〟

〝ブス、ブス、ブスッ。ブス、ブス、ブスッ〟

機銃の掃射音とともに、銃弾で上がる土煙が近づいてきます。

夏子の尻の上で首をすぼめたときでした。

〝カーン〟

金槌で殴られたような衝撃が指先に走り、鉄兜がふっ飛びました。弾が頭をかすめたのです。夏子の悲鳴が響きます。慌てて拾い上げ再び鉄兜を被り直すも指先が痺れていうことをききません。

編隊が飛び去った後、兜を脱いで確かめると、頂点付近に木炭で擦ったような黒い痕跡が着いて凹んでいました。

「命拾いしたな」

擦過痕を夏子に見せると、「危なかった」と胸を撫でおろしています。

首を伸ばすと田中と和江もこっちを見て微笑んでいました。二人も無事なようでした。私は夏子と体を入れ替え、次の攻撃に備えて再び横穴に頭を突っ込み、ごぼう剣を突き立てました。

「勘助、私の事守ってくれた」

私は穴を掘る手を止めずに答えました。

「夏子、油断したらあかん。もう一回来るからな」

「勘助、もういいよ。私が捕まっても、撃たなくていいよ。勘助の好きなようにしていいよ。たって私は、そんな優しい勘助が大好きだから」

「夏子……」

彼女はずっと気にしていたのです。申し訳ない気持ちと同時に、私の信念を受け入れてくれたことが嬉しくて堪りませんでした。

再び猛烈な速度で剣を動かしながら、私は大声で叫びました。

「おおきに夏子。僕も夏子が大好きや」

「なに」

穴の中で叫んだ言葉は反響して彼女には聞こえなかったようです。でもこんな恥ずかしいことを繰り返しいえる太い神経は持ち合わせていませんでした。

再び大編隊のエンジン音が近づいて来ます。

「夏子、入ってみ」

再び体を入れ替えると、まるで寸法を測ったかのように彼女の体が見事にすっぽり収まりました。

再び数機の機体が高度を下げて来ます。

「来るぞ」

〝ドドドドドドドッ、ドドドドドドドッ〟

〝ブス、ブス、ブスッ。ブス、ブス、ブスッ〟

弾が壕の縁を削り取り夏子の悲鳴が聞こえます。

しかしとどめを刺すことなく編隊はそのまま南へ飛び去って行きました。

「夏子、もう大丈夫や」

俯いて手を差し伸べ彼女を引っ張り出そうとすると、今まで耳にしたことのない飛来音が遠くから聞こえて来ました。西の空から銀翼をどこまでも広げた巨大な機体が悠然と近づいて来ます。

「べっさん、Ｂ２９や」

田中が指差して叫んでいます。

これがそうか。米軍が投入した新型爆撃機の噂は我ら兵にも届いていました。

七十機もの大編隊にB29の投入、連合国軍は勝負を決さんとしているようでした。

「あかん夏子、もう一回入って」

再び彼女を横穴に押し込むと、背中が汗でびっしょり濡れています。

田中の壕を見ると、彼は笑みを浮かべ再び空を指差しています。

「見てみ。〝キ〟に見えるったい。がははは」

確かに下から見ると主翼と尾翼、主軸の形がカタカナのキに見えました。

こんな時にも冗談をいえる面白い男でした。

田中の壕の下から伸びた白い手が、彼の軍衣を引っ張っています。早くしゃがめと和江が急かしているのでしょう。その様子がなんとも微笑ましく映りました。

「べっさんも、早よう潜れ」

欠けた前歯を見せて、にっと笑うと頭をすぼめました。

壕にしゃがむと、穴から出てきた夏子が震えています。

「怖いんか。心配せんでええ。そりゃそうと田中と和江さんはお似合いやな。だいぶ尻に敷かれとるわ」

彼女は無反応で、歯をガタガタさせています。

「……夏子！」

頭に手を当てると一発で分かるほどの高熱です。

「あかん、マラリアや。いつから寒かったんや」

「水筒、持って来るとき」

目を真っ赤にして声を震わせています。私は慌てて背嚢にしまった携帯天幕を出し彼女の体に巻き付けました。

「後で田中の天幕も借りて来るから、今はこれで辛抱や。さ、水飲んで」

残った水を飲ませますが口から零して飲み込めません。

Ｂ２９が爆弾を投下したのか、後方連隊本部方面から地鳴りのような爆音が響きました。

六

小雨が降り続く中、夏子が、はあはあと熱い息を吐いています。

「頑張りや夏子、辛抱するんや」

壕を掘り進めて来た敵が目前まで接近している今、彼女を背負ってえっちらおっちら後方へ走れません。夜陰に乗じて帰すしか手がありませんでした。

爆音が静まり返ると、それが逆に不気味です。この隙に支那兵が近づいていないかと急に恐ろしくなるのです。顔を上げて鉄兜の下から周囲を覗くも、辺り一面が硝煙と水蒸気で真っ白で様子が伺えません。ほかのタコツボも静まり返っています。まるで地獄に夏子と私だけが取り残されたような景色でした。

視界を遮る煙が薄っすら晴れてくると、頭を出す田中が見えほっとしました。

午前の攻撃が終わったようでした。私はタコツボから飛び出して田中のもとへ走りました。

敵の銃弾を避けつつ田中の壕へ飛び込むと、事情を説明し携帯天幕を借りました。

「和江さん、夕方まで爆撃はない。今のうちに和江さんだけでも帰り」

「ほら。べっさんもいうとろーが」和江を宥めると、私に向かって照れ笑いを浮かべ頭をかいています。「ここでオイと一緒に死ぬいうて聞かんのや。べっさん、どうすりゃよか。参っとうとよ」

「夜を待って夏子は後方へ連れて行くから、その時に一緒に帰ろう」

「嫌よ。後ろへ帰ってもどうせ殺される。だったら私はここで清吉さんと一緒に死ぬ」

和江の覚悟に驚きつつ、ひとまず携帯天幕を借りて戻りました。

敵の弾が足元を掠めます。

「夏子、田中のを借りて来たで。もうちょっとの辛抱やからな」

体に二枚目の天幕を巻きつけました。そんなもので寒気は収まらないと知っていましたが、他に術がありません。

「♪　あめあめ　降れ降れ　母さんが～　蛇の目でお迎え　嬉しいな～　ピチピチ　チャプチャプ　ランランラン」

唄って聴かせても、黙って目を瞑ったままでした。

「夏子、もうちょっとの辛抱や。頑張るんやで」

午後二時から再開された攻撃も朝と同様、大編隊の飛行機が飛んで来て前線に猛爆と機銃掃射を浴びせ、Ｂ29の代わりに激烈な砲撃を加えて来ました。

砲撃が終わると、遠くでパンパンと銃声が響きました。

ついに敵の突撃が始まったようでした。時は近づいていました。

雨が強くなっています。

私は壕にしゃがみ込み、少しでも体を温めてやろうと夏子の背中をさすっていました。

そのときでした。

〝ズズズズッ〟

右の壕から自動小銃の銃声が鳴り響いたのです。

仲間が撃たれたかと驚いて顔を上げた瞬間、自動小銃の黒い銃口と半ズボンの足が頭上に見え度肝を抜かれました。

咄嗟に銃身を掴むと、敵は慌てて発砲して来ます。

〝ズズズズズズズズズッ〟

連弾にえぐり取られた土壁が崩れてボロボロと底に落ちて行きます。

銃身を掴んだ手が熱くて火傷しそうです。死んでも放すものかと全体重をかけて下へ引っ張り込みました。しかし頭上の敵もマガジンとグリップを握って両足で踏ん張っているため、簡単には引きずり落とせません。

次の瞬間、〝ズーン〟という一発の銃声が左から響き、支那兵が私のタコツボへ落ちて来ました。側面から田中が撃ち抜いてくれたのです。

助かったと思ったそのときでした。

〝ズズズズズッ〟

「清吉さん！　清吉さん」

自動小銃の音と同時に、和江の悲鳴が聞こえました。

「田中」

助けに行こうと、上に覆いかぶさった支那兵を必死でどかそうとしますが、死体は重くて動きません。両腕と頭と肩も使ってなんとか支那兵を壕外へ放り出しました。

「田中大丈夫か！　田中」

「清吉さん、私も一緒に死ぬ」

断末魔の叫びが響きます。

「夏子、僕らはもうあかん。せめて夏子だけでも生きるんや。アイサレンダー（降服します）と叫んで行け。僕らの分まで生きろ」

半狂乱になりながらが、強引に彼女の腰を掴んで横穴から引きずり出そうとしたときでした。

「嫌！　私は勘助と一緒に生きる！」

歌も唄えなかった夏子が絶叫したのです。きっと和江にも聞こえたに違いありません。

様子を窺おうと頭を出すと、田中のタコツボの前に緑色の小さな球体が転がるのが見えました。

次の瞬間、爆音とともに真っ赤な炎と土煙があがりました。

「田中！　和江さん！」

返事がありません。土煙がうっすら晴れると壕が崩れているのが分かりました。

「お前ら、何してくれんねん！」

声になりません。私は自決用に渡されていた手榴弾の安全ピンを抜き、接近していた敵めがけて投げつけました。まさか日本軍に手榴弾があると思っていなかったのか、敵は信じがたいほど慌てふためき逃げ惑っています。

爆音が響くと同時に、タコツボを跳び出した私は、倒れた支那兵の自動小銃を奪い取り田中のタコツボに走りました。

和江は既に事切れていました。

田中の右胸と口元から鮮血がほとばしり、手榴弾で崩れた壕に下半身が埋もれています。

壕に飛び込み、田中の頭を抱きかかえて揺さぶりました。

「田中、死ぬな、田中」

するとかれがうっすらと目を開けたのです。

「……べっさん」最期の叫びでした。「オイは腹が減ったったい」

胸が詰まりました。何一つ美味いものも食わずに、骨と皮になって痩せこけた二十二歳の若者が死んで行こうとしているのです。

「内地に帰ったら、茄子と豆腐を腹いっぱい食いたか」

「茄子と豆腐やな。食わしたる。僕がいっぱい食わしたる」

田中は欠けた歯を見せ満足げに笑うと、その場で事切れました。

「田中！　田中！」

いくら呼んでも戻って来ません。

爆風による土煙がゆっくりと晴れて来ました。

「うぉぉ〜」

目の前の支那兵がばたばたと倒れて行きます。

自動小銃から私が放った銃弾はそこにいた最後の一兵まで薙ぎ倒したのでした。

七

再び陣地を大幅に下げられ、新しいタコツボに入りましたが、隣に田中の顔はなく、別の分隊の生き残りが目をぎょろつかせています。

あの日、目の前の支那兵を根こそぎ銃撃した後、高熱で唸る夏子を背負って後方に送り届けましたが、元いたタコツボへは危険すぎて戻ることが出来ませんでした。

田中の小指を切ってやることも、二人を埋葬してやることもできなかったのです。

次の日から私は、狂ったように前線の支那兵を撃って撃って撃ち殺しました。

私は阿呆でした。偽善者でした。もっと早くにこうしていれば、何人の仲間を助けることができたでしょう。

その場しのぎの嘘をつき保身を図った私は、最後の最後に、重すぎるしっぺ返しを食らったのです。信念があるなら、徴兵に応じず反戦を貫くべきでした。中途半端な気持ちで最前線に立ったがために、多くの仲間を犠牲にしてしまったのです。

外れくじのべっさんなどと呼ばれいい気になっていました。自分が撃たないから、弾にも当たらない。お天道様はちゃんと見てくれている。敵の支那人やアメリカ人にだって国で帰りを待つ父や母がいると、憐憫の情を寄せて正義を気取っていたのです。

今更いくら敵を殺してももう後の祭りです。隣のタコツボからあのダミ声を聞くことは叶いません。すべて私の責任です。

八十日近い戦闘で我ら菊兵団もほぼ壊滅状態に追い込まれていました。弾もなく食うものなく、もはや万策尽き、玉砕は時間の問題です。

私は最後の一人になるまで、蟻の子一匹通さず敵を殲滅すると決意しました。

第十五章　（逆下）裏切り

一

　主のいない執務室で逆下が待っていると、呼び出した西が入って来て応接ソファーの正面に座った。

「逆下君、明日は自宅待機だ」

「え？　どういうことですか」

「大火事にならないうちに、明日どこかのタイミングで火消しする」

　週刊世相の記事が波紋を広げていた。

　当初、篠崎の記事に反応したのは韓国の保守系新聞一紙だけだった。慰安婦像を壊すとは何事だと怒りを露わにしたものだったが、それがネットニュースで拡散されると、経産新聞が、大澤瑞希の秘書がドイツの慰安婦像除幕式に参加していたという余談の方を大きく扱い焚きつけた。その記事を、今度は朝のワイドショーが紹介。野党といえども韓国を利するような除幕式に参列するのは非常識だと論じ、報道が一気に過熱したのだ。

「釈明会見されるんでしょうか」

「いや、ぶらさがりだ」

　ぶらさがりとは、国会内や党本部の廊下を移動しながらマスコミの質問に答えること。金魚の糞のようにぶらさがって付いて来るマスコミを揶揄した言葉だ。

「秘書の君にカメラが向けられても困るだろ。長野にいる両親も驚かれる」

「これは私が絡んでいる問題です。両親には私から説明します。だから私にも何かお手伝いさせて下さい」

「駄目だ」

「先生のお役に立ちたいんです」逆下は食い下がった。「だってこの状態ですよ」

事務所の電話は鳴り止まず、マスコミからの質問状がどんどんファックスで送られて来ていた。通常の業務は麻痺寸前だった。

「事務所で処理できる仕事はあるはずです」

「何度もいわせるな。君の仕事は私と等が引き継ぐ。休むことで役に立つこともある」

話は終わりだといわんばかりに西は立ち上がった。

「明日だけですよね」

逆下が念を押すと、振り返った西は柔和に微笑み、沈黙をもって応じた。

二

暖かい朝だった。

前夜は眠れなかった。この一件から外してくれたのは、経験の浅い自分を気遣ってくれた大澤や西の恩情だと分かってはいたが、逆下は自らの無力さが歯がゆかった。

先生はマスコミにどう受け応えするのか、気が気ではなかった。

午前十一時半からのニュースにはまだ時間がある。

パジャマ姿のまま長野へ連絡をすると、電話に出た彼女の母親が心配そうな声で尋ねた。

「見たよテレビ。大変な騒ぎじゃない。あの女性秘書っていうのは、まさか逸美じゃないだろうね」

「心配してると思ったから電話したのよ。安心して。あれは別の人だから」

「本当かい」

「本当よ。ありがとうお母さん」

その後、心臓を患う父親の具合や、暖冬でレタスが不作になるんじゃないかと兄が心配しているといった話を聞き電話を切った。

スマホの通話口を見つめ、母を騙したことを心の中で詫びた。

テレビの昼ニュースが一斉に始まる。

ザッピングしながら各局見比べたが、どこもやっていない。

スマホでネットニュースを探っても、アップされていなかった。

まだ話していないのかなと思いつつ、ドリンクを取ろうと冷蔵庫に向かいかけたときだった。

「ドイツで行われた慰安婦像除幕式への参列問題で、社会平和党の大澤瑞希委員長が先ほど、報道陣の質問に答えました」

慌ててテレビの前にしゃがみ込むと、画面は国会廊下で取材陣に囲まれた大澤の映像に切り替わった。

「ドイツでの慰安婦像除幕式に大澤さんの秘書が参列したのは事実ですか」

「はい。事実です」

「国会議員の秘書が慰安婦像の除幕式に出席するのは、国益に反しませんか」

「慰安婦問題は性暴力であり人権問題です。女性差別の撤廃と人権の尊重は私の政治信条であり、それらに優る国益などありません」

毅然とした態度で答えると、大澤は報道陣を振り払うように国会内の廊下をずんずん進んで行く。ぶらさがるマスコミも一斉に移動する。

窮地に立たされていても自らの考えを堂々と主張する姿を見て、逆下はかっこいいと呟いた。鳥肌が立った。あんな女性になりたいと改めて思った。

報道陣から質問が飛ぶ。

「つまり今回の秘書の参列は大澤さんの指示だったんですね」

「いいえ、指示はしておりません」

「指示していないのに秘書が勝手に行ったんですか」

無言で立ち去る大澤を記者が追う。

逆下の息が止まった。

なんで……。行けっていったじゃん。

後の映像は目に入って来なかった。

前夜の西の微笑みが浮かんだ。これは昨日から決まっていたシナリオなのか。

頬の筋肉がぷるぷる震えるのが分かる。

地震でもないのに大きな建物が崩れ落ちるような轟音が鼓膜に響き、逆下はテレビの前から動けなくなった。

三

外気と変わらぬほど、事務所が冷えていた。図書館で新たに借りた慰安婦問題関連資料や検証本など十数冊を大机に置くと、誠太郎は暖房の風速を急速に設定した。

読み始めて一時間ほど経過したとき、事務所の鉄扉が鳴く音がした。吉沢かと思ったら、遠慮がちな細い声が聞えた。

「パパ？」

うっと思わず息が漏れる。率直な気持ちは〝なんで〟だった。

廊下に通じる扉を開けて電気を点けると、制服姿の汐里が立っていた。

「どないしたんや。ママおらへんのか」

「そうじゃないけど……」

「……」

「入っていい」

「お、お」

声が上ずる。家から徒歩五分だが、汐里が来たのは初めてだった。

「事務所ってただの部屋なんだね」

机と書棚とテレビしかない殺風景な部屋を見回している。

その目線が、机上に積まれた本のタイトルに反応したように思えた。

「ママから聞いた？」

「進路の話か」

数日前、尻切れトンボになった麻沙子との会話を想い出した。アメリカで何かをいわれたとは聞いたが、以後それについて話はしていなかった。

冷たい烏龍茶を出し、正面に座らせる。

何かあったかと誘い水をまいてやると、汐里は神妙な顔つきで語り始めた。

「あのさ、パパって放送作家だから色んな事知ってるじゃん。やっぱニュースとかも詳しいの」

「いや、人並み程度かな」

「そっか」

失望したように目を伏せる。

「仕事の話を聴きにわざわざ来たんか。そうは見えへんけど」

慎重に汐里の様子を窺う。

彼女は誠太郎を一瞥した後、唇を固く結んでから意を決したように話し始めた。

「慰安婦問題ってあんじゃん。あれって私が謝んなきゃいけないことなの」

「はぁ?」誠太郎は狼狽した。やはりさっきの汐里の目線はその意味だったのか。「ごめん。話が全然分からへんねんけど、どういうこと」

「グレンデール市って知ってる?　ジェイミーの家がそこにあるんだけど」

ジェイミーとは汐里が泊めてもらったアメリカの女子大生だ。街の名は知らないと答えると、汐里は残念そうな顔をしながらも、まあいいやといって話を進めた。

「でね、建ってんの」

「何が」

「慰安婦像」

「そこにもか」

彼女によると市立図書館前の大きな公園に、現地にいる韓国や中国の活動家らが中心となって建てた慰安婦像が設置されているという。

大澤の秘書による除幕式出席問題で、ドイツに慰安婦像が建っていることに驚いた誠太郎は、その後の調査で米国内にも慰安婦像が建っていることを知った。だがそれがグレンデールという街であることを、このとき初めて認識した。

「私責められたんだ。慰安婦像の前で土下座しろ。謝れって」

「誰にや」

「現地の韓国系アメリカ人。年は私より一個上でジェイミーと同じ大学に通ってるんだけど、
私の歓迎パーティーに来てた彼が大声で怒鳴りつけるの。慰安婦問題をどう思ってるんだって。

日本人なら手をついて謝れって。めっちゃ怖くて、泣いちゃったよ」

「なんや突然、滅茶苦茶やな」

その出来事がフラッシュバックしたのか、彼女の目にみるみる涙が浮かぶ。

「怖かったやろ。一人ぼっちで味方もおらへんのによう辛抱したな」

「ジェイミーがいたから大丈夫。すっごいフォローしてくれたし。優しいんだジェイミー」

「そっか。今度日本に来たら、腹いっぱい飯食わしたるっていうといて」心細い状況から娘を
救ってくれたジェイミーへ感謝の気持ちが溢れ出た。続けて娘の気持ちを代弁する。「留学は
違うかもって感じたのは、そういう理由やったんやな。そりゃ嫌になるわな」

「違うよ。それだけじゃないの」

「他にもあんのか」

「だってそれだけならその彼と会わなきゃいいだけじゃん。でもさ、あの像が立ってから、日本人の子供が学校でイジメられるんだって」

「最悪やん」

現地の日本人からそう聞いたという。

なぜ無関係な子供たちが遠くアメリカでそんな酷い目に遭わねばならないのか。

汐里によると、移民の数は日系人に比べて中国・韓国系が圧倒的に多いため、選挙で票が欲しい地元の政治家も彼らの味方をするという。

誠太郎は思った。ソウルの日本大使館前の慰安婦像はよくニュースでも見る。ドイツに慰安婦像が建ったのも今や話題だ。しかしそれが原因で現地の日本人の子供が差別的な扱いを受けていることを新聞やテレビはどれほど報じて来ただろうかと。メディアの一端を担ってきた自分自身も無関心であったことを恥じた。

「謝れとかいうのが彼だけだったら耐えられるけど、そんな状況だって知って」

「怖くなるわな」

「うん。だったら留学やめた方がいいのかなって思っちゃったの」汐里は再び積まれた本をちらっと見た。「もし留学して、また誰かに謝れっていわれたら、私どうすればいいのか分かんないからさ」

なぜ娘が責められねばならないのか。七十年以上も前の問題を十八歳の女子高生が代表して謝る道理はない。

「ええか汐里。パパが今、一つだけはっきりいえることがある」誠太郎は娘の目をまっすぐに見据えた。「それが理由で留学を諦めるのは絶対に違う。看護士になりたいとか、伝統芸能を学びたいとか、日本でやりたいことがあるなら留学なんてする必要ない。でも汐里は何が好きなんや」

「英語」

「ほな、答えは簡単やん」

その瞬間、暗く沈んでいた汐里の瞳に光が差したように見えた。

だがその光はすぐに現実に押し潰された。

「でも向こうに行って、また謝れっていわれるの怖いよ」

「謝る必要なんか一ミリもない。汐里が生まれる何十年も前の話や。何の責任もない」

「じゃどうすればいいの。私には関係ないって突っぱねたら喧嘩になっちゃうよ」

その言葉を聞いた瞬間、誠太郎の脳裏に祖父の顔が浮かんだ。急に迷いが生じた。

祖父と夏子のことを棚に上げて、無関係だと断言させていいのか。いくら二人が純粋に愛しあっていたとはいえ正当化などできるのか。しかもノートをまだ読み終えていないが、夏子の死と大いに関係していた可能性もある。

今、誠太郎はその話を番組化しようとしている。ネット社会だ。いずれ娘との関係が分かったとき、アメリカで彼女がどんな仕打ちを受けるか。炎上だけでは済まされないだろう。

今を生きる娘が相手と向き合ったとき、どんなメッセージを伝えれば良いのか。

瞬時に考えを巡らせたが言葉は出てこなかった。

嘘をつくのは簡単だが、真実は簡単に語れない。

「汐里がどうしたらええか、正直パパも分からん。ちょっとだけ時間くれへんか。守れる方法がないか考えてみる」

「分かった。ありがとう」

汐里の表情が緩んだように見えた。

誠太郎に新たな使命感が芽生えた。異国の地で娘を路頭に迷わせるわけには行かない。

祖父と夏子の間にこの後何が起こるのか。どんな話が出て来ても真実と向き合わねばならない。

第十六章　【勘助】　イラワジ河を渡れ

一

『八月二日。

深夜零時を回り夜襲が終わった雨中、花子が跳ぶように走って来ました。

「受領した命令をお伝えします」

「今さら何の命令や。玉砕以外に何かあるんか」

「聞いて下さい水車さん。明日の午前零時をもって全隊イラワジ東岸へ渡河、転進せよ。とのことであります」

「えっ──」

転進せよとは勇ましく聞こえますが、要は退却、撤退です。ミイトキーナを放棄して東岸へ逃げろというのです。

「水車さん、どうされました？　嬉しくないんですか。助かるんですよ」

「遅いねん」

くそーっとタコツボの土を叩きました。あと数日早く命令が出ていれば田中も班長も助かっていたはずです。

直後に不安が過り、気が付けば私は花子の胸倉をつかんで振り回していました。

「夏子は？　夏子はどうなる？　一緒に逃げれるんやろな」

「安心して下さい。慰安婦たちはもう全員渡河済みです」

「そっか……良かった」

聞けば八月一日の夜から転進は既に始まっており、戦傷者、非戦闘部隊、軍属、慰安婦らは初日に渡河済みで、我々兵が渡る三日が最後だということでした。

取り乱してしまったことを詫びると、花子は続けました。

「明日の夜、敵が曳光弾を撃ち終えたら後方へ下がってきて下さい。全員で渡河点へ向かい、筏で向こう岸へ転進します」

そこまで具体的に聞くと、勝手なもので、生きられる、早く夏子と逢いたいと、希望が湧いてきました。

何故か急に空腹を覚え、喉が渇いて来ます。

明日の渡河までに何かを腹に入れておきたい。タンポポを探そう。

二

八月三日。深夜零時。

曳光弾が放射した数条の光がイラワジの東へと流れて行きました。

いよいよです。八十日間のタコツボ暮らしからやっと解放されるのです。

最後に田中と和江が眠る穴の方へ向かい、合掌を捧げました。

「田中、生き残ってすまん。許してくれ」

後方へ下がって驚きました。最も激しい戦闘地区となった射撃場を守備していた我ら五中隊は二か月半で二百二十名が玉砕。生き残りは伊東伍長、花子らわずか六名でした。そこに私が入ったのは奇跡としか思えません。

掩体壕内に坂井中尉の声が響きます。

「みんな、この八十日間よく耐えて戦ってくれた。水上少将より転進命令を受領し、只今より対岸ノンタロウ村へ転進する。渡河点はシタプール村南五百メートル地点だ。では出発する」

中尉の指示を受け防空壕を出ました。

私は再び向き直り、最後にもう一度、田中や飯塚班長ら多くの兵が眠っている射撃場タコツボ陣地に、万感の思いを込めて敬礼を捧げました。

それぞれの想いがあったのでしょう。他の兵たちもばらばらと右手を挙げ、気が付けば全員が二か月半の攻防を繰り広げた戦場に向かって敬礼を捧げていたのでした。

満月が泥道を照らす中、凸凹の道路に足を取られぬよう、慎重に歩みを進めます。

連隊本部前を通り、イラワジの堤防道路へ差し掛かったときでした。突然、四連砲の発射音と着弾音が北方から聞こえて、全員が立ち止まりました。撃ち方止めの合図となっている曳光弾以後、砲撃音を聞いたのは初めてだったからです。

「敵にばれとるんやなかろうか」

誰かが呟きました。渡河も三日目です。勘づかれない方が不思議でした。

「急ごう」

中尉が促すと、全員が我先にと駆け出します。

せっかく生きられると思った矢先、渡河中止などという絶望的事態だけは免れたい。

おっぱいパゴダが見えてからは全力疾走でした。前にも後ろにも各部隊の生き残りたちが必死で走っています。死守命令から突如反転して目の前にぶら下げられた「生」という人参を、無我夢中で求めたのです。

「六中隊はいますか」

「機関銃中隊はこちらです」

水際に降りると、誘導兵たちが声をあげて各隊の渡河点を知らせていました。

流れる薄雲が満月に目隠しして、空が一転闇に包まれます。

「五中隊の坂井中尉はいらっしゃいますか。五中隊はこちらです」

「お〜い、ここだ。今行くぞ」

伊東伍長がいの一番に大声を上げて走り出し、全員が続きます。

しかし、声のする方へ行ってみて愕然としました。中尉含む将兵七名が乗る筏であれば最低でも四十本の枯れ竹が必要ですが、目の前にあったのはわずか十本程度、しかも水分をたっぷり含んだ青竹だったのです。

「どうやって渡るんだ。こんなもんで渡れねえだろうが」

伊東伍長が誘導兵に詰め寄りました。

「いや、櫂は人数分ありますので」

「沈む筏でどうやって使うんだ、宝の持ち腐れじゃねーか。タコツボで死ねという命令が、溺れて死ねに変わっただけじゃねーか」

まさにその通りでした。坂井中尉と私以外の全員がその場に座り込んでしまいました。

周囲を見ると、他の部隊の兵たちも嘆き、憤り、絶叫しています。当然です。絶望の淵に光を見たもの束の間、再び地獄へ突き落されたのです。

しかしこんなところで諦める訳には行きません。対岸には夏子が待っています。

「皆さん、筏に掴まって泳ぎましょう。それ以外、手はないと思われます」

私の言葉に頷いた中尉は、しゃがみこんだ兵に向かって叫ばれました。

「渡り切れずに溺れ死ぬのも、残って明日敵に撃たれるのも大して変わらん。だったら水車のいうとおり、一パーセントでも可能性のある方に賭けてみんか」

その言葉に、しょげていた花子が立ち上がりました。

「私も連れて行って下さい。不貞腐れてすみませんでした。向こうまで泳ぎます」

他の兵たちも続き、最後に伊東伍長も尻についた草をはたきました。

「渡河隊長の水車さんよ、どうすりゃいいんだ。指示出してくれよ」

三

川幅一キロを超える雨季の奔流を泳ぐのは並大抵のことではありません。対岸のノンタロウ村からわずか一・五キロの上流では距離が短すぎます。四連砲の砲声が響いてはいましたが、可能な限り川上まで筏を運ぶことにしました。

「この辺にしましょう」

自陣北限で筏を降ろし、服を脱ぎ、軍服、小銃、軍靴、携帯物を筏に括り付けます。

そこまで上流に来ている部隊はどこもいませんでした。

筏の左右長辺に三人ずつを配置、須磨の海で泳ぎなれた私は、最後尾からバタ足で筏を推進する役を申し出ました。

筏の紐を握りしめ、全員でばしゃばしゃと河の中へ歩みを進めます。

「おい、意外と冷たかね」

中尉が呟いた通り、想像以上に水温が低く、長引くと体が動かなくなると直観しました。ヒマラヤ山系の雪解け水をなめていました。体が冷え切る前に泳ぎ着かねばなりません。時間との勝負です。

二〜三分泳いだでしょうか。後ろを振り返って唖然としました。岸から五メートルも離れておらず、ただ下流へ流されていただけだったのです。全員の動きがばらばらで効率のいい推力を得られていないのは明白でした。

「みんなで動きを合わせましょう。私の掛け声で。行きますよ。せ〜の」

「イチ、ニ。イチ、ニ」

真っ暗闇の中、囂々《ごうごう》と流れるイラワジの水音に飲み込まれそうになります。

もう足は着きません。手を離して流されれば一巻の終りです。

必死で水を蹴っていると一瞬、ぐっと冷たい水が足元を通り過ぎたように感じました。

「おい、流れに乗ったぞ」

前方で誰かが声をあげました。よしと快哉を叫びます。流れに乗れば一気に進むはずでした。

しかし次の瞬間、強い流れが筏を傾けたかと思うと、あっという間に筏の前方がめくれるように立ち上がり、水流を受けてひっくり返ったのです。

筏が水面に打ち付けられ、悲鳴とともに全員が投げ出されました。

水を丸呑みして溺れそうです。

「助けてくれ」

叫び声が聞こえます。

我武者羅にもがきつつ、なんとか態勢を整えて目を凝らすと、飛ばされた筏が十メートル以上も下流で浮かんでいるのが薄っすら見えました。

こんな所で死ねるかと命がけで手足を掻きます。

河の流れよりも早く泳げば必ず追いつく筈です。頭だけは冷静に、しっかりと前を見て泳ぎました。

三メートル、二メートル、一メートル、やっと手を伸ばせば届く距離まで来ました。

しかし伸ばした手で推進力が落ち、最後の最後でするりと筏が逃げて行きます。

心を落ち着け、もう一度、三メートル、二メートル、一メートル、そして最後のひと掻きで筏を叩くつもりで食らい付き、竹がパンと手に当たった瞬間、ぐいと結束紐を握りました。

「はぁ、はぁ」

助かりました。

乱れた息を整える間もなく周りを見渡すと、藁にもすがらんとする何個かの頭が見え隠れします。

「こっちや。早よ来い」

最初に近づいてきたのは伊東伍長でした。腕を伸ばしてぐいと引き寄せてやると筏に掴まって死にそうな形相をしています。続いて中尉、最後に無理じゃないかと思っていた花子が泳ぎ着きました。意外と泳ぎが達者で驚きました。

残念ながら他の三人はそれっきり浮かび上がって来ませんでした。

両腕と顎を筏に預け、暫くは放心状態で流されました。どれほど下流まで来たのか分かりませんが、岸からは相変わらず五メートルほどの地点をただ流れているだけでした。

無理だ。辿り着かない。

他の三人も精魂尽き果てたように茫然としています。

顔を上げると、月明かりで影を揺らすおっぱいパゴダの先端が、堤の向こう側から顔を覗かせていました。はっとしました。もう元の渡河点近くまで流れて来ていたのです。岸には渡河を諦め、へたり込んでいる兵の姿も散見されるようになりました。

「皆さん、私が前で引っ張ります。ここが最後の踏ん張り時です。足を掻きましょう」

一人でも泳ぎ切ってやる。絶対夏子に逢う。想いはその一点でした。

水面に揺れていた満月が姿を消し、暗闇に飲み込まれそうです。

再び流れが速くなり水が一気に冷たさを増すと、筏がぐいと重くなった気がしました。

「よっしゃ、本流に乗った、こっからですよ」

皆に声をかけて後ろを振り向いて呆気にとられました。筏にまたがった三人が歯をがたがた鳴らし震えているのです。

「何してるんですか、降りて下さい！　それじゃ着きません」

「水が冷たすぎて」

「甘えるな！　みんなで力を合わせな着かへん。早よ降りろ」

上官を怒鳴りつけていました。三人が渋々降りるのを見届け再び声を掛けます。

「生きるか死ぬかの分かれ目や。もうあと半分。爆撃に比べたら屁でもない。頑張ろう」

もはや敬語もありません。仲間を鼓舞し力を借りずしては、渡河は不可能です。

時々口に入る水をぺっぺと吐き出しながら、前だけを見据え、気力を振り絞って引っ張りました。

そのときでした。再び雲間から月が顔を覗かせると、前方にうっすらと人影のようなものが見え、同時に足先が土を蹴りました。

「着いたぞ。足が着く」

私はその場で立ち上がりました。

「やっと着いたか」

伊東伍長の叫び声が上方から聞こえたので振り返ってみると、またも伍長だけ筏に跨っていました。岸についたのですからもはや怒る気にもなれません。

私はそのまま結束部を握って筏を引き、やっとの思いで岸へと引き寄せました。

全員が川辺へ倒れ込み、「助かったー」と叫んだときです。伍長が上流を指さし静かに呟きました。

「おい、なんだあれ……おっぱいパゴダじゃねえか」

全員一斉に体を起こし、指さす方角を見ました。

「──」

月明かりに浮かんでいたのは、紛れもないそれでした。

中尉と花子はその場で力なく倒れ、私も膝を折ってへたり込んでしまいました。

そうです。元の岸に着いていたのです。いつの間にか流れに押し戻されていたのでした。

「何をやっとるんだ貴様は！」伊東伍長に渾身の力でビンタされ、裸体のまま河原に打ち付けられました。「体を冷やして時間を無駄に使っただけじゃねーか」

「おい、伊東よせ」

「もういい。お前らには頼まん」

そういうと伍長は一人で下流の方へと歩いて行ってしまいました。

「中尉、申し訳ありません」

坂井中尉は仕方ないといわんばかりに私の肩を叩き、自分の荷物を筏から解いて、同じく川下へと歩いて行きました。

この筏では渡れない。誰もが悟ったのです。

四

川岸では渡河を諦めた兵たちが、川下から川上へ、またその逆へと、行く当てもなくうろうろしています。髪と髭は伸び放題、あばらが見え、尻の肉も落ちた無残な姿は、まるで三途の川に屯《たむろ》する地獄の亡者のようでした。

手榴弾の爆発音が聞こえるたび、今度は誰が自決したのかと絶望的な気持ちになりました。ビルマを潤す命の河は、日本軍の絶望の淵へと変貌していました。

「水車さん、どうされますか。もう一度、挑戦されますか」

河原で大の字に転がって茫然と月を眺めていた私に、花子が話しかけてきました。

私は何も答えることができませんでした。すると花子が意外なことを口走ったのです。

「私は泳いでみようと思います」

「えっ」

半身を起こすと、花子が涙声で絶叫しました。

「それ以外に方法がありますか。生き延びる道があったら教えて下さい！　私は泳ぎが得意なの。絶対に溺れない自信がある。一人でも泳ぐ。生きて帰るの」

我に返った花子が女言葉を発して立ち上がると、縛った荷物をほどき、軍服を着始めました。

「泳ぐのになんで服着るんや」

「裸で死ぬのは嫌ですから」

その言葉に、なぜか私の心が揺さぶられました。花子を一人では死なせない。先輩の使命のような気持ちが湧いてきて、私は頭を下げました。

「花子、僕が間違ってた。君のいうとおりや。ごめん。僕も一緒に行かせてくれ。絶対に向こうに泳ぎ着こう」

花子は死の伴侶を得たような安堵の笑顔を見せてくれました。

そうと決まればぐずぐずしてはいられません。もう夜中の二時近かったでしょうか。四時半には夜が白み始めます。それまでに渡り切らなければ敵に見つかります。二時間半の時限爆弾です。私も急いで荷を解き、背嚢から軍袴を取り出して膝から下を引き裂きました。

「何をやってるんですか」

「僕も褌一枚で死ぬのは嫌や。せめて下半身だけは隠そうと思ってな。半ズボンなら泳ぎやすいやろ。花子もそうした方がええんと違うか」

これには花子も同意し、一度履いた軍袴を脱いでナイフで切って引き裂きました。

我々は再び上流へ向かって走り出しましたが、あっと思い出し、私だけ慌てて引き返しました。雑嚢につけたラグビーボールの根付を取りに戻ったのです。

夏子、絶対に泳ぎ着くから待っててや。心の中でそう誓うと、水に濡れたそれをポケット深くにねじ込みました。

三十分ほど走り、最初に筏を進水した辺りにたどり着きました。

「花子、絶対に泳ぎ着くぞ」

「途中で逸れるかも知れないけど、私を探さないで。水車さん一人で泳いでね」

「花子もな」

これが今生の別れと、固く抱き合いました。

花子の泳ぎは本物でした。長崎生まれの彼は力強い流れをものともせず、カエルのようにすいすい泳いで進んで行きます。

彼の姿を目で追いながら私も水を掻きますが、身体の冷えは如何ともしがたく、次第に手足の自由を奪われます。筏を引いてあれだけ泳いだのもあって、身体も重くなってきました。

対岸で待つ夏子の笑顔だけが命の拠り所でした。

「水車さん、大丈夫ですか」

「ありがとう。気にするな」

しゃべった拍子に水をしこたま呑み込んでしまいました。息苦しくなり、私だけどんどん下流の方へ流されて行きます。右前方三十メートルを泳いでいた花子の頭が徐々に水平になり、あっという間に左に見えるようになっていました。花子の泳力が圧倒的に優れていました。奥歯がかちかちと音を立て初めました。水を掻く手に力を込めますが、力むほどに体力を奪われ、花子の頭がどこにあるかもう見えません。

次の瞬間、脹脛《ふくらはぎ》がぴんと緊張するのが分かりました。

「うっ！」

左足が攣《つ》りそうになったのです。慌てて向きを変え背面で浮き、膝を手繰り寄せ、つま先を手前に引っ張ろうとしましたが、膝を曲げたのが災いし、完全に攣ってしまいました。

「ああ～」

痛みでバランスを損ない水中へ沈み込みます。浮かび上がろうと死に物狂いでもがくと、その拍子にイラワジの水が喉の奥へ流れ込んで来て、咽せ返ります。

もうどっちが上で、どっちが下かもわかりません。

あかん、ここまでかと思ったとき、水の中で大きく固いものが私の後頭部をごつんと叩きました。その固い物が足先から背中を通って頭の先へ、すーっと通り過ぎる感覚を得て、私は跳び上がるような気持ちで体を反転させ、その物体に爪を立てました。

そこにあったのは丸木舟の船底でした。

〝ガリガリガリ〟

しかし爪を立てたぐらいでは船は止まりません。

最後の力を振り絞って顔を上げ船べりに掴まろうとしましたが手が届きません。

「助けて」

必死の叫び声も、水を飲んでしまったためか声になりません。

そのとき、目の前に平木の板が飛び出してきました。舟の櫓でした。咄嗟に両腕でしがみ付きました。

不意の出来事に驚いた船頭のビルマ語が頭上で響き、続いて日本語が聞こえました。

「おい、誰か」突然水中から出て来た私を誰何した声の主が、続けざまに叫びます。「水車、水車やないか！　引き上げろ」

船上にいたのは平尾先輩だったのです。

助かったと思った瞬間、横からも声がしました。

「大丈夫ですか」

助けに来てくれた花子でした。

安心感で気が遠くなりそうでした。

五

九死に一生を得た私は船上で膝を抱えました。

船には平尾先輩と船頭のほか、見知らぬ兵が三人乗っていました。そこに花子と私が乗ったことでほぼ満席となり、詰めてもあと一人が限界という状態でした。

「助かりましたね。私もさすがに泳ぎ切るのは無理でした」

花子が零すと、舳先にいた先輩が教えてくれました。

「これ全部溺れてた兵や」

皆、顔を見合わせ、すみませんとばかりに小さく頭を下げています。

船はゆっくりとミイトキーナの岸へ近づきます。

「先輩、この船は——」

私が尋ねると同時に、先輩が叫びました。

「磯部！　情報班の磯部はおるか」

乗り遅れた部隊の仲間を探しておられたのでした。

岸辺でしゃがみこんでいた大勢の兵士が声に気づき、船に向かってざばざばと水を蹴って走り込んできます。

「おい、乗せてくれ」

「俺が先だ、俺を乗せろ」

「すまん。この船は情報班の磯部を迎えに来た。もう一度来てやるから、今は待ってくれ」

応じるものなど誰もいません。これを逃せば生き残れる機会などないとばかりに、胸まで水に浸かりながら猛進してきます。欲望を剥き出しにして近寄ってくる勢いに気圧され、私は思わず目を伏せました。自分だけ助かって申し訳ない。

「磯部はおるか！　磯部」

先輩の呼び掛けも、兵の絶叫と駆け寄る水音でかき消されます。

「あかん。船出してくれ！」

先輩が船頭に命じます。血眼の勢いで迫り来る兵たち全員が船べりを掴めば、あっという間に転覆して結局誰一人も助からないのは目に見えていました。

船は舳先を東の対岸へ向き直そうとしますが、その動きがあまりに遅いため、兵たちがどんどん近づいて来ます。すがる藁が浮いているので当然です。

そのときでした。一本の腕が伸び、爪を立てて船縁を掴んだのです。

「乗せろ」

頭から水滴を垂らして地獄から這い上がって来たのは、伊東伍長でした。

一番近くにいた花子が手を差し伸べます。

「伍長、こっちです」

「おいやめろ。そんな乗せ方したら転覆する。離せ！」

先輩の声が響きます。

次の瞬間、伊東伍長に引っ張られた花子の小さな体がふわっと浮き、河の中へ引きずり落とされました。ザッパ～ン！

「花子！」

取って代わって、伊東伍長が鬼の形相で上体を持ち上げてきました。重みで船が大きく傾きます。船縁に身体を預けた伍長は、ズブ濡れの顔で、私を見るなり吐き捨てました。

「貴様、俺を差し置いて、初年兵を乗せるとは何事か。許さん」

別の兵に上体を引っ張られて転がり込んで来ると、再び船が大きく揺れました。

「急げ。こっちまで沈《ちん》する。早く」

先輩の声も空しく、気が付けば船央から艫にかけて何人もの兵が縁に手をかけています。絶対に離すもんかという剥き出しの欲望が漲り、「俺を乗せろ」「早く出せ」と叫んでいます。後ろには手が届かない兵たちが列を成すように続いています。

不安そうに手を伸ばす花子の顔も見えました。私はその手を掴んで引き寄せました。

「このまま全員引っ張って行くのは無理か」

「駄目。沈むよ」

船頭が無情に答えます。

かといって手を離す兵など一人もいません。命の最終列車に飛び乗るような情念が蠢いています。

一人が乗り込もうとすると、二人、三人がそれに続き、船が大きく傾きます。

「あかん、乗るな！　沈む！」

先輩が大声で叫んでも誰も聞いていません。

そのときでした。

「こらぁ～。手を離せ」

怒号が響いたかと思うと、伊東伍長は、船頭が腰に刺していた護身用の短剣を抜き取り、船べりに並ぶ手の甲に向け一気に剣を走らせたのです。

「ぎゃー」

「ぐわぁ～」

地獄絵図でした。

離すもんかと眉間に筋を寄せて耐えた猛者もいましたが、「離せ！　離せさんか！」と二度、三度と剣を突き立てます。

「伊東さん、やめろ！　やめてくれ」

「放せ！　助かるにはこれしかねえだろーが。綺麗ごというんじゃねえ」

火事場のクソ力か、私の腕は振りほどかれました。

そしてついに剣先は花子の手首を切ったのです。

鮮血噴き出す手首を押さえ、痛みに顔をゆがめ下流へと流れて行きます。

「花子！　花子」

その頭はあっという間に見えなくなってしまいました。

「斬ることないやろ！　仲間やろが」

「俺がやらなかったら、全員死んでただろうが。礼をいえ馬鹿野郎」

開き直った伍長に突き飛ばされ、私は船から転落しました。

「水車！　大丈夫か。おい、あいつに櫓を出してやってくれ」

平尾先輩の声が響きます。

船頭の助けを借り、なんとか船内に這い上がった私は、再び伍長に飛び掛かりました。

船が大きく揺れ全員が慌てる声が聞えます。

「やめろ」

「喧嘩しないで」

ビルマ人船頭が櫓で私の頭を殴りました。前に座っていた兵隊も私を引きはがします。

「水車、落ち着け！　時間はまだある。全員向こう岸で降ろしたら、また迎えに来ればええんや。ノーサイドにはまだ早いぞ」

試合終了を意味するラグビー用語で、はっと我に返りました。

掴みかかった私の腕を伍長が払いのけます。

そのとき、対岸のノンタロウ村から一発の銃声が響き渡りました』

＊

ノートはここでぷっつり終わっていた。

正確にはこの後何かを書こうとした形跡が見てとれたが、それまでの几帳面な文字が一転、子供の落書きのような文字に変わっていて、まったく読み取れなかった。

右片麻痺になりながらも、続きを書こうとした祖父の執念を、誠太郎は感じずにはいられなかった。

但し一部だけ、かろうじて読み取れる大きな筆跡があった。

「夏子　殺された」

なぜ夏子は死んだのか。

向こう岸で祖父と夏子は逢えなかったのか。

結局、その死と祖父はどう関係したのか。

すべてはイラワジ河の濁流に呑まれて消えた。

第十七章　【誠太郎】　会議２

一

新橋で地上に出ると曇り空から晴れ間がのぞき始めていた。

局Ｐの島が別件で急遽参加できなくなり、この日の会議は三人で行うと里山から知らされた。

「なんだよ、島さんいい加減だな」

大河内が半ば呆れたようにいう。誠太郎も同感だったが口には出さなかった。

島の意向が議決を大きく左右するため、里山は会議中止も考えたというが、桜が咲く前には企画を通しておくため、予定通り開催することにしたと冒頭で説明された。

「どう？　慰安婦で作れそう？」

「一応書いてきたんですけど」

誠太郎には腹案があったが、それは一旦横に置き、前回の会議で決まった「慰安婦の恋」をテーマとした案を見せた。

祖父の名は伏せ、ある兵士の体験として慰安婦・夏子とのエピソードを説明した。

「いいじゃん」

話に耳を傾けていた里山は満足そうな笑みを浮かべた。

「慰安婦の恋なんて本当にあったんすね。びっくりっす」大河内も興奮気味だ。「で、結局最後二人はどうなるんすか」

「それが分かんないんです。参考にした手記が途中で終わっていたので」

「でも戦争でどっちかが亡くなるって、理想的なラストっすね」

「おい不謹慎だぞ。いちおう実話なんだから」

里山に窘められ、大河内が申し訳なさそうに小さく舌を出す。

「続きは分かりそうかい」

「戦友の方の連絡先が分かったので当たってみてるんですが、まだ返事は来てません。百歳近い高齢なので可能性は低いでしょうね」

「じゃ企画書上は調査継続中ってことにしとこうか。企画が通ったらリサーチ会社入れて本格的に調べるってことで」

これで企画は見えた。二人の表情からは、そんな安心感が滲み出ていた。

だが、誠太郎は極めて冷静に本心を告げた。

「実はですね、正直私は手記を読んでみて混乱しています」

「なんで」

「自分が認識していた慰安婦のイメージと、描かれている慰安婦のギャップに戸惑っているんです」

「どういう意味？」

「慰安婦が自由に恋愛なんてできたのかってことです」

「あ、それ俺もちょっと気になってたっす。だって慰安婦って酷い人権侵害されていたイメージっすよね。恋愛なんて変っすもんね」

「つまり資料の信憑性に疑問があるってか」

「そうなんです。それで他の資料も当たって、色々調べてみたんですよ」

「悪いね、水車ちゃんだけにおんぶに抱っこで」

「いえいえ、なんせ娘の学費稼がなきゃいけないんで」

親指と人差し指で輪っかを作って見せつつ、満を持して隠し玉をぶつける。

「実はリサーチの過程でちょっと面白そうなネタが出て来まして」

「おっ、なになに」

二人が揃って身を乗り出す。

「突然ですが、大河内さんに慰安婦に関するクイズ出していいですか」

「オレっすか」

誠太郎は吉沢に試したうちの、最後の問題だけを投げかけた。

「問題。慰安婦は日本軍によって強制連行された。イエスかノーか」

「当然イエスでしょ」

「ブブー。正解はノーです」

「嘘でしょ」

「慰安婦の多くは家が貧しくて借金のカタに売られたか、女衒に騙された、が正解です」

「そうだ、確か強制連行ってのはデマなんだよね。村椿修一だっけ？」

里山はその名を知っていた。

「誰っすか」

「ちゃんと聞いて勉強しろ」

「あっ、また俺のこと馬鹿扱いしてる」

「馬鹿じゃねーか」

「うるせえ」

まるで兄弟のようにじゃれ合う二人を微笑ましい思いで眺めながら、誠太郎は国会図書館でコピーして来た資料を二人の前に滑らせた。

「まずはこれを見て下さい。当時の朝鮮の新聞に載っていたものです」

「何これ？　慰安婦の募集広告」食いついた里山が老眼鏡を取り出した。「月収三百円以上って書いてあるね。当時にしちゃ高給なのかな」

「当時は千円あれば神戸に家が買えたそうですから、月収三百円なら、ほぼ三か月働けば家が建った」

「三か月で家が建つってことは、今なら月一千万ぐらいいっすか。ってことは年収にしたら一億円プレイヤーじゃないっすか。超セレブっすね」

「ある研究者の本には、昭和三十三年まで日本で売春は合法だったので、戦地売春として堂々と新聞に求人も出せたんじゃないかと書いてありました」

「職業として成立してたってことか」

里山が納得した表情を見せる。

「こういう資料も見つけました。当時は女を騙して売り飛ばす悪い女衒が問題になっていたらしく、悪徳業者を取り締まるよう軍が出した通達です」

誠太郎が示した資料を手に取り大河内が顔を歪める。

「これ本当っすか。たとえばですよ、悪い女衒が今でいうボッタクリバーだとして、それを軍が取り締まれっつってるのに、いつの間にか、軍がボッタクリバーをやってた話にすり替わってるって事でしょ。三百六十度真逆じゃないっすか」

「百八十度だろバカ」

「あ、そっか」大河内が苦笑いを浮かべる。「でも、これ本当っすか。だとしたら強制連行されたって思ってたのは俺だけすか」

「いいえ、多くの人がそう思っています」

「よかった俺だけじゃなくて。でもなんで話がそこまで変わったんすかね」

「大法螺を吹いた男がいたからです」

「誰っすか、そいつは」

「それがさっきの村椿修一というペテン師です。自分が朝鮮の女たちを強制連行したと吹聴したんです」

　誠太郎は古ぼけた一冊を机の上に置いた。天地が黄色く劣化し緑色の表紙もくすんだその本には、『朝鮮人慰安婦を強制連行したのは私です』というタイトルと、村椿修一という著者名が書かれていた。

「これがペテンの大元かい」

「済州島での慰安婦狩りについて書かれた本です」

「慰安婦狩り？」

　里山が本を手に取りパラパラとめくる。

「福岡県知事からの命令で村椿が韓国の済州島に行って、一週間で二〇三人の女たちを奴隷狩りのように拉致して慰安婦にしたと書かれています」

製糸工場では一度に三十九人もの女工を引っ張ったとか、小さな部落で朝鮮帽を編んでいた女たちを連れ出そうとしたら、男たちが襲い掛かって来たので銃剣を突き付けて威嚇し、泣き叫ぶ女たちをトラックに無理やり押し込めたとか、記述は極めて具体的だと説明した。

「まるで黒人奴隷狩りだね」

「嘘をそこまで具体的に書けるもんすか」

「実は一九七七年に『ルーツ』という米国ドラマが日本でも大ヒットしました。その中でアフリカ・ザンビアの村に暮らす黒人青年を、まるで猪や鹿でも捕まえるように奴隷狩りするシーンが描かれています。日本人の記憶にその残酷なイメージが残っていたので、慰安婦狩りの話もそれをヒントに創作したんじゃないかと話す専門家もいるようです」

「あったね、懐かしいねクンタキンテ。確かにあの奴隷狩りシーンは残虐だった」

「村椿の本が一九八三年に出版されると、強制連行という話を帝都新聞が何度も何度も報じたことによって、慰安婦問題が日韓関係に影を落とすようになったんです」

誠太郎は帝都新聞のすべての記事のコピーを一枚ずつ、まるでポーカーの手札を切るようにテーブルの上に投げ打った。小さな囲み記事から、「ときのひと」という本人インタビュー記事、名物コラムの『天衣無縫』から社説に至るまで、十二年間分、二十七枚。

「これが全部、嘘なんです」

「帝都みたいな大メディアがそんな杜撰な報道するんすか」

「事実かどうかなんて関係ない。政府を叩く材料があれば何でも利用する。それが帝都の報道姿勢です」

そのとき、里山がぱんと手を打ち、タブレットPCで何かを調べ始めた。

「そういえば――。あった、これだ」

提示した画面には帝都新聞の記事が見えた。

「大河内、これ読んでみろよ」

「慰安婦関連の記事二十七本を取り消し」

「二〇一三年だ。確か社長が謝っている記者会見を見た記憶があったんだよ」

「その通りです。多くの学者やジャーナリストがデマだ、訂正しろ、取り消せと抗議し、村椿本人もあれは嘘だったと告白したにもかかわらず、それをずっと無視し続けて来た帝都新聞が、最初の掲載から三十年経った二〇一三年、慰安婦を強制連行したという記事はすべて間違いでしたと、やっと取り消したんです」

「けっこう最近じゃないっすか。なんで今頃」

「ネット社会ですよ」

「ネット？」

「今までは新聞、テレビ、雑誌しか言論発表の場がなかった。でもネット社会になって誰もが自由に言論活動ができるようになり、皆がどんどん記事を書いて帝都新聞の嘘を告発拡散するようになったんです。ついに帝都も隠し切れなくなって、訂正記事を出して謝ったんです」

「遅ぇーよ。俺んち帝都取ってんすよ。やめようかな」

「売国奴だね～。やめた方がいいよ。帝都は中国や北朝鮮の味方ばかりするんだから」

「そうなんすか！　なんで早く教えてくれないんすか」

「お前が馬鹿だからだろ。俺に当たるんじゃないよ」

「だって三か月無料だったから。新聞なんてどこも一緒だと思うじゃないっすか」

二人のじゃれ合いに誠太郎はまたしても失笑してしまう。

「それにしても」大河内が急に真面目な顔をする。「村椿って人はなんのメリットがあってそんな嘘をついたんすか」

「問題はそこです。その理由がこれまでまったく分からなかったんです。でも今、社会平和党の大澤瑞希が叩かれていますよね。ドイツの慰安婦像の除幕式問題で」

「ああ、秘書が行ったとか、行かないとかいうあれ」

「週刊世相の記事、読みました？」

「もちろん読んでないっす」

「自慢するんじゃないよ」

「実はあの記事は、大澤瑞希を叩くことが主眼ではなくて、村椿修一が嘘をついた理由を探るのがメインテーマだったってご存知ですか」

「そうなの」

「ある女性記者がその真実に迫ろうとして村椿修一の息子にインタビューしています」

「で、記事にはなんて」

「済州島の地図を広げてうんうん唸っていたとか、その頃に数人の男が家にやって来て父に原稿を書かせていたとか、そんな証言が載っています」

「誰っすかそれ」

「数人の男については、記事でも踏み込んでないんですよ。それを追い掛けてみる手もあるかと。どうでしょう」

「なるほどね」

　里山が誠太郎と大河内の目を順番に見た。

「この話ちょっと面白くないかい？　慰安婦問題の怪人・村椿修一の謎を追うみたいな企画も戦争特番としてありなんじゃないかな。週刊世相も巻き込んでさ」

「そうっすよね。オレ、慰安婦の恋より、絶対こっちの方が面白いと思うっす」

　里山と大河内の反応に、誠太郎は自信を深めた。

　議決権を有する島が不在の会議で恋愛パートを捨てるまでには至らなかったが、結論的には企画を二部構成として、第一部では兵士と慰安婦の恋愛ドラマを、第二部ではスタジオに専門家を呼んで村椿修一を含めた慰安婦問題の謎を検証するという二時間の企画で考えてみることになった。

　キャスティングについてプロデューサーの里山が意見を述べる。

「第二部には、週刊世相の女性記者と村椿の息子は呼びたいね」

「いいっすね」

「是非そうしましょう」

　祖父と夏子の話を使うには、母の承諾が欠かせない。駄目だったときのため、できれば保険として持って来た第二部の企画を膨らましておきたい。そう考えていた誠太郎の思惑通り企画が進み始めた。

二

　応接室の隅に置かれた加湿器が白い蒸気を吐き出している。

　そこへ目の覚めるような青いジャケットに身を包んだパンツ姿の女性が颯爽と現れた。髪を後ろに束ね細面できりっとした顔立ちはニュースキャスターのようだ。

　誠太郎と里山が立ち上がると、「お待たせしてすみません」と会釈し、「場所、分かりましたか」と篠崎由美が笑顔で尋ねて来た。

　職業柄、気が強い女性かと思っていたが、案外腰の低い印象で、誠太郎は安心した。

「番組の企画概要です」

　里山がA４の紙を差し出す。

「電話でもご説明した通り、前半は兵士と慰安婦の恋愛ドラマにする予定です」

「どこの慰安婦ですか」

「ビルマです」

　誠太郎が答えた。

「ビルマは慰安婦の資料が多く残っていますからね」

「そうなんですか」

「ええ。当時米軍が調査しているんですよ」

　自分なりに相当調べたつもりでいたが、本職のジャーナリストにはとても及ばない。誠太郎は坊主頭を掻いた。

「放送までにしっかり調べておきます」

この日の面会の主題について、里山が説明する。

「番組後半を討論会スタイルにしたいと考えておりまして、是非、そのパートにご出演頂きたく、お願いに上がりました」

「私がテーマとしている内容でもあり、一人のジャーナリストとして非常に興味深い内容だと思いますが、お電話でもお話しした通り」

「分かってます。分かっていますが篠崎さん、上司の方と是非ご相談頂けるよう番組の趣旨をご説明差し上げたいと思って参上致しました」

「大変有難いのですが、可能性は低いということだけは、事前にご理解下さいね」

「我々の想いを伝えて、それでも無理なら、きっぱり諦めます」

実は里山がアポを取った段階で篠崎からはやんわり出演を断られていた。『今はまだテレビに出るのは早い』という、よく分からない理由だった。

その理由をしっかり聞けば、崩せるんじゃないかとの思惑含みでやって来たのだ。

「私は慰安婦問題の専門家ではありませんが、村椿修一の名前は知っておりました。しかし彼に息子がいたとはまったく知りませんでした。村椿が謎の男たちに囲まれて原稿を書いていたという証言には衝撃を受けました。村椿が強制連行という大嘘を書いた動機に迫っていたからです」

篠崎の心をなんとか動かそうと奮闘する里山の説得を誠太郎は隣で見守った。

「今、篠崎さんが書かれたあの記事は、その重要な部分をすっ飛ばして、なぜかドイツでの慰安婦像の除幕式問題ばかりがクローズアップされて、社会平和党の大澤叩きの材料になっています。これは篠崎さんの本意では無いんじゃないでしょうか」

「仰る通りです」

「ならば我々の番組で記事の趣旨をしっかりと伝え直して、村椿の息子さんが何をどう語ったか、記事には書いていない裏側まで含めて、しっかりお話頂くというのも悪くないと思うのですがどうでしょう。時間はたっぷりご用意します」

「里山さん、お気持ちは大変ありがたいのですが、実は大澤さん叩きの材料に使われているほうが、今は却って好都合でもあるんです」

「好都合？　どういう意味ですか」

「取材源の秘匿という意味です。今はそれ以上言えません」

里山と誠太郎が顔を見合わせる。

「取材源の秘匿ということは、ひょっとすると続報を取材中とか」

「里山さん、そのあたりはまだ申し上げられないんです」

「放送時期との兼ね合いで伺うのですが、続報が出る時期は決まってますか」

篠崎は少し困ったような表情を浮かべた後、覚悟を決めたように答えた。

「他言無用でお願いしたいですが、GWの合併号に間に合わせる予定で動いています」

「あっ、それはいい。我々の番組は終戦記念日の企画です。おそらく収録は七月末頃です。GWで話題になっていれば、二ヵ月後というタイミングは悪くないですよ。な、水車」

「ええ」

「里山さん、恐縮ですが番組出演を前提に記事を書く訳ではありません。動いてはいますが記事に出来るかどうかもまだ分かりません。なので記事が出た後、反響を含めて、再度その時点でオファーを頂かないと、今テレビに出る出ないの回答はできかねます。基本的に私はメディアに顔をさらしたくないタイプでもありますので」

「そうですか」

　里山が肩を落とすのが隣で分かった。だが彼は諦めなかった。

「では大変失礼なお願いかも知れませんが、村椿修一の息子さんをご紹介頂く訳には行きませんか。我々の番組でも彼に話を伺いたいと思っています」

「残念ですが、それは出来ません」

「ですよね」

　続報を出そうとしている記者が、ネタ元を他人に教える筈などなかった。

「仮に教えたとしてもテレビには絶対に出ないと思います。我々の取材でも個人情報の露出を極度に嫌われました」

「確かに、彼に関する情報は、ほぼ何もなかったですね」これまで黙っていた誠太郎が記事のコピーを出しながら初めて口を挟んだ。「ここだ。福岡県在住、貿易関係の仕事をしていた、これだけですね個人情報は」

「実はこれさえ嫌がりました。しかしそれではキャラクターが見えない為、私もなんとか説得して、その二つだけ了承を得たんです。そんな人がテレビに出るとは思えません」

「テレビなら顔はモザイク、名前も音声も変えられます。それでも無理ですかね」

「厳しいと思います。首から下の写真でさえ、掲載には相当難色を示されたんです」

「そうですか」

テーブルを挟んだ篠崎との間に横たわる空気は、針をひと刺しすれば爆発してしまいそうなほど重たかった。

しばしの沈黙の後、篠崎が口を開いた。

「もし息子さんがテレビに出ることがあるとすれば、私と同じく続報が出た後でしょう。息子さんには全メディアからオファーが殺到すると思います」

「どういうことですか」

誠太郎が身を乗り出した。

「今はこれ以上いえません」篠崎は文字盤の小さな腕時計を見て、名刺入れを仕舞い始めた。

「そろそろよろしいでしょうか」

里山ががくっと項垂れた。

だが誠太郎は諦めていなかった。祖父のノートが使えなかった場合のリスクヘッジとして、討論部分への篠崎の出演は固めておきたかった。

「先ほど篠崎さんは、今話題の中心が大澤瑞希に向かっていることが却って好都合だと仰いました。再度伺いますがあれはどういう意味ですか」

立ち上がった篠崎が、再び腰をおろす。

「理由は二つあります。一つは村椿修一の息子さんは、自らの正体が世間にバレるのを極度に嫌がっています。どんな嫌がらせをされるのか恐れています」

「ネットで叩かれたり」

「うんまあ、それもあります」

何か含みがあるように誠太郎は感じた。

　だが里山は意に介さず続きを促す。。

「で、もう一つは」

「私は大澤さんや社会平和党の活動が反日的で許せないのです。私の記事をワイドショーが取り上げてあの人を叩いてくれるのは溜飲が下がる思いです」

「その点では我々テレビに感謝して下さっている感じですか」

　誠太郎が笑顔で尋ねる。

「ええ。そもそも日本政府を相手に最初に訴訟を起こした元慰安婦の弁護人が誰だったかご存知ですか。大澤さんだったんですよ」

「そうなんですか」

「その女が今や代議士として国民の税金でご飯を食べ、慰安婦に賠償しろと動いている。お前はどこの国民なんだって話ですよ。思いませんか」口調に怒りが滲む。「そもそも社会平和党は、北朝鮮の拉致などあり得ない、慰安婦も強制連行された、これを堂々と断言していた碌でもない政党です。私はあの党と大澤瑞希は徹底的に糾弾してやりたいんです」

　それを聞いた里山が首肯してから、突如こう投げかけた。

「実はもう一人、出演をオファーしている人がいるんです」

　その言葉に誠太郎は目を剥いた。そんな人はいないからだ。

「誰ですか」

「その天敵です」

　篠崎が驚きに続き意味ありげな笑みを浮かべる。

「出て来ますか」

「現在交渉中です」

「秘書のせいにして責任逃れしている女が、テレビに出るとは思えませんが」

「それが彼女の出演動機になるんじゃないかと考えています。弁解のチャンスを与えるという意味です」堂々とハッタリをかます里山の目に力が漲っていた。「どうでしょう篠崎さん、慰安婦問題について社会平和党や大澤瑞希さんの考えを問いただすという意味でのご出演であれば、お考えいただけますか」

篠崎の顔がほのかに紅潮していく。

「前提条件が変わってきましたね。それで番組は成立するんですか」

「もちろんです。篠崎さんはただテレビという池で自由に泳いで下されば」

虚空の一点を見据えて沈黙していた篠崎は、里山をまっすぐに見据えて微笑んだ。

「大澤さんを引っ張り出して下さるなら、考えてみます」

＊

世相社ビルを出た誠太郎は、里山と駅へ向かいながら快哉を叫んだ。

「さすがですね。ひやひやでしたよ」

「どうせあのままじゃＯＫは出ないだろ、一か八かだよ」

「でも、村椿の話は番組では触れないつもりですか」

「まさか。二人が出て来て慰安婦問題を語れば、村椿の話は必然的に出るでしょ」

「恐れ入りました」

長年業界で生きて来た百戦錬磨のプロデューサーの底力を知った。

大澤瑞希さえ引っ張り出せば、企画は一気に動き出す。

里山と別れ、新中野に戻って地上に上がると、夕暮れの神社に梅が咲き始めていた。

三

日曜日にも拘らず汐里は朝八時に家を出て野球部の練習へ向かった。

テレビの天気予報が今日は四月中旬の温かさだと嬉しそうに伝えている。

朝食のトーストを食べていた誠太郎の向かいの席に、パートが休みの麻沙子が腰かけた。

「あの子、事務所行ったんだって」

「うん」

「酷い話でしょ。私、その大学生が許せない」

「韓流は好きなくせに」

「それとこれとは別よ。でね、水曜に面談なの。私考えたんだけどさ、英語の勉強するならイギリスでもオーストラリアでもいいよね。汐里に勧めてみようと思うんだけど、どう思う」

「汐里がよければそれでええんちゃうか」

「何よそれ、気のない返事ね」

眠気眼でまだ頭が働いていない誠太郎だったが、決して適当に答えたわけではなかった。

「実は内緒にしてたんやけど、思い切っていうわ」

「何よ急に。怖い話だったら聞きたくないんだけど」

「祖父ちゃんの話や」トーストを珈琲で流し込んだ彼は妻の目を見た。「祖父ちゃんが書き残したノートがあってな。それを番組化しようと思ってるんやけど、そのノートの中で祖父ちゃんが告白してるんや」

「何を」

「慰安婦と関係持ってたってこと」

「えっ」

麻沙子は不浄なものを見たかのように表情を曇らせた。

「ミャンマーで戦っててな、そこの慰安婦と恋に落ちたらしい」

そうなんだと一度頷いてから、妻ははっとしたように誠太郎の目を見た。

「待って。その話を番組にするってこと」

「まだ企画中やけどな」

「やめてよ。それが放送されたら、私たちはどうなるの」

「大丈夫。祖父ちゃんは慰安婦に酷いことはしてない。家族が後ろ指差されるようなことは絶対にないから」

「汐里はどうなるのよ。もしアメリカに留学したときに、自分のひいお祖父ちゃんが関係持ってたことがその韓国人に知れたら、もっと責められるじゃない」

「土下座するような話じゃないねん。誤解なんや」

「やめなよ。なんでそんな話をわざわざ番組にするの」

「身内の恥をさらすようなことにはならへんから、信じてくれ」

「それは分かってる。お祖父さんのことは信じてる。でも世間様はどう思う？　やっぱイギリスかオーストラリアにした方がいいわね」

麻沙子は確信したように頷いた。

「でもオーストラリアにも慰安婦像は建ってる。世界中に建てられてるんやで」

「そうなの!? じゃ汐里はどこ行けばいいのよ」

「それを今考えてるんや」

「何暢気なこといってんのよ。面談もうすぐだよ。それまでに答え出るの」

誠太郎は言葉に詰まった。

「私はなんていえば良いのよ」

「とりあえず、アメリカ留学の方向で考えてますっていうといて」

「無責任なこといわないでよ。それより番組にするのは絶対にやめてよね」

それには答えず食卓を立た、誠太郎は事務所へ向かった。

翌日の出演交渉に向け作戦を練っておきたかった。

第十八章　大澤親子

一

等が応接室に入ると、待たせていた二人が立ち上がって挨拶をした。名刺交換により二人が制作会社プロデューサーと放送作家だと分かった。

等の名刺を見た里山が尋ねる。

「間違えていたら恐縮ですが、ひょっとして大澤瑞希さんの」

「間違えてないよ」

「やはりそうでしたか。目元がお母様にそっくりで」

すっかり聞き飽きた台詞に、等は辟易する。

「そんなことわざわざいいに来たわけじゃないよね」

「失礼しました」

青ざめた里山は、申し訳なさそうに咳払いをしてから、部外秘とスタンプされた紙を差し出す。

「企画の骨子です。まだ局側との折衝中なので、この紙は後程回収させて頂きます」

「放送は八月十四日？　終戦記念日じゃないんだ」

「現在調整中です。十五日のお昼になる可能性もあります」

「兵士と慰安婦の純愛ドラマって何これ。面白そうじゃん」

「ありがとうございます。二部構成になっていまして、一部がドラマ、二部が討論会です。大澤先生にご出演頂きたいのは第二部の方になります」

「なんだ。ママがドラマに出るなら面白かったのに」

「すみません。企画の内容について、作家の水車から説明します」

「いらない、いらない」等は二人から目線を外して手を振った。「俺はさ、出てもいいんじゃないかと思ってたから来てもらったんだけどね、さっき政策秘書の西さんって人と相談したら、知っての通り、うちのママ、今マスコミに叩かれてんじゃん。だからこのタイミングでは出ない方が得なんじゃないかって。せっかく来てもらったのに悪いね」

思わぬ回答に焦ったのか、里山がすがるように訴える。

「ですが、放送はまだ半年以上も先ですから、その頃には騒動も収まっていると思うんですが、いかがでしょうか」

「マスコミはいいんだけどさ。困るのは『ネトウヨ』なんだよ。あいつらしつこいから」

「ああ、ネット右翼ですか」

「困っちゃうんだよ。ヘイトな書き込みしたり、SNS炎上させたり。いたずら電話にファックス、頼んでもいないピザが届いたりさ。偽計業務妨害で訴える準備してるよ。うちはパパもママも弁護士だって知らねえのかね。馬鹿だねネトウヨも」

「ですね」

「そういうわけだからさ、また機会があったらお願いしますよ。俺はテレビ嫌いじゃないから」

里山が困惑したような表情を浮かべる。

「どうしても無理でしょうか」するとと黙って聞いていた誠太郎が食い下がった。「何か条件があれば里山とも検討しますが」

「あったら、もういってるよ」

お引き取り下さいという意味で、企画書を里山に差し戻し、等は立ち上がった。

「お母様の討論の相手が、某女性記者でも駄目でしょうか」

里山が等を見上げている。

「誰だって」

「某女性記者です」

「だから誰よ」

すぐに応えない生意気な相手に等はいらついた。

「事情もおありのようですし、今回は諦めます。水車、引き上げよう」

立ち上がった二人に、今度は等が食らい付く。

「待てよ。女性記者って誰だよ」

「ご出演頂けない方には、お教えできません」

「なんせ社外秘ですからね」

誠太郎が同調した。

このテレビ屋風情がと頭に来た等は、出口に向かう二つの背中に向かって叫んだ。

「俺が思ってる女なら話は別だ」

「またまたご冗談を。さっきは難しいって仰いませんでしたか」

里山の半笑いが、等の苛立ちを増幅させる。等はその男を睨み付け啖呵を切った。

「大澤家は、やられっ放しは嫌いなんだよ」

その言葉に誠太郎が反応した。

「里山さん、何かヒントぐらいあげてもいいんじゃないですか」

「そうだね、じゃ、イニシャルはＳＹです」

「ふん」鼻を鳴らした等は再び腰をおろすと、二人にソファに戻るよう顎で促した。「詳しい話を聞こうじゃねえか」

二

二人を帰した等は、執務室へ飛び込み、今話した内容をじっくり説明した。

「そういうことなんだ。チャンスだと思うよ、ママ」

「ありがとう。等、よくやったわ。あなたを秘書にして正解だった。ママの判断は間違えてなかった」デスクから回って来た大澤が等の手を握る。「あの篠崎という女だけは許せない。恨みを晴らすときが来たわ。さっそく仕事よ。今すぐ慰対協の李愛京会長にメールして」

「分かった。何て」

「慰安婦だったお婆さんのコメントを貰うの。『日韓合意なんて私たちは何も相談されていない』『総理からの謝罪が先だ』『金さえ払えば済むなんて女を金で買うのと同じだ』どんな不満でもいいから集めるようにお願いして」

「篠崎をやり込める材料が欲しいってこと」

「誰かと違って物分かりがいいわね」

その言葉に喜びながらも、等は同時に不安も覚えた。

「ママ……あいつの方はもう大丈夫なの」

「ひーちゃん」真意を察したのか、大澤は自信に満ち溢れた強い目で等を見つめる。「もう手は打ってある。あなたが心配することじゃない」

その目は何も聞くなと語っていた。

等は回想した。学校で暴れたときも、借金を作ったときも、問題を解決してくれたママは、今と同じ目で抱きしめてくれたと。

「分かった」

頷き、部屋を出ようとしたときだった。

「先生」青い顔をした西が、ノックもせず突然飛び込んで来た。手には一枚の紙が握られている。「これを見て下さい、村椿修一の息子が書いた本です」

「息子の本?」

大澤が尋ねると、西は等に扉を閉めるように促した。

焦りを滲ませた西が声を潜めた。

「相当危険です。こんな本があったなんて。もしこの存在が世間に知られたら……」

「あなたらしくもない。どうしたの。ゆっくり説明して」

「失礼しました。党本部に調べさせたところ、過去の党員名簿に村椿と家族の名前が残っていました。篠崎の記事では、息子の名前は正明となっていましたが、あれは仮名です。本名は茂《しげ》男《お》。一人息子です。その名前を元に経歴を調べさせた結果、この本が見つかったんです」

西が手渡した紙には、本の表紙がコピーされていた。題名と村椿茂男の名がはっきりと写っている。

　確認した大澤の顔から色が消える。

「こんな本を出していたなんて」声が微かに震えている。「中身は確認したの」

「現在、調査中ですが図書館ネットで調べた範囲でいうと、国会図書館の他、二つの図書館にしか蔵書がないようですので、至急取り寄せるよう手配しています」

「版元は」

「十月出版。旧ソ連の息がかかった会社です。平成三年まで飯田橋にあったようですが既に廃業しています」

　表紙のコピーに書かれた社名を指差しながら西が怯えたような視線を送っている。

「他にこのことを知ってる人間は」

「分かりません。ですが、もし万一、村椿の息子がこの本の存在を篠崎由美に語っていたら」

「K資金のことも」

「だとしたら、とんでもないスキャンダルになる可能性が」

　声を絞り出した西の横顔が強張っている。

　只ならぬ緊張感に耐えきれなくなった等が口を挟んだ。

「ねぇ、K資金って何」

「等、さっきの二人はこの本の事、何かいってなかった」

「何も」

「先生、手をこまねいている場合ではありません」

普段は冷静な西が身を乗り出して決断を迫っている。

大澤が嘆息し天を仰ぐ。

数秒後、ゆっくりと視線を戻した大澤は、鋭い目で西に命じた。

「火中の栗を拾って食った犬に掃除させましょう。王さんに連絡して頂戴」

第十九章　回答

一

事務所のポストがまた無用なチラシで溢れている。エントランスに置かれたゴミ箱にそれらを捨てて必要なものだけを選別し、誠太郎はエレベーターに乗った。

その中に筆ペンで書かれた封筒が混じっていた。裏には福岡の住所が書かれていた。

拝啓
水車勘助様のご逝去に接し驚きを禁じ得ません。長く療養されているとは伺っておりましたがこの度のこと、残念でなりません。

母の生前からご尊祖父様には大変お世話になりました。

本来であればご霊前にて合掌させて頂くべきではありますが、三年前より人工透析を行っており長距離の移動ができません。略儀ながら書面でのご挨拶とさせて頂くご無礼をご容赦願いつつ、改めまして心より哀悼の意を表します。

合わせましてご質問の件、どのような内容になりますでしょうか。

母より常々聞かされておりましたのは、水車さんが生きて帰って来られたのは父の助けがあったお陰と大変感謝をして頂いていたとのこと。まだ神戸にいた戦後の食糧難の頃、お米を分けて頂いた母が台所で泣いて喜んでいたことを子供ながらに覚えています。

母没後も欠かすことなく年賀状を頂いていたお心遣いには感謝の念がやみません。
私がお答えできるのはこれぐらいです。
残念ながら父の顔を知らぬ故、戦争の話は存じ上げません。お役に立てず恐縮です。
水車家の皆様のご健康とご多幸を、遠く福岡よりお祈りしております。

敬具

平尾鉄矢

二

生きて帰られなかったのか、と手紙を手に肩を落としていると、誠太郎のスマホが机上で震えた。

非通知だ。聞こえたのは篠崎由美の声だった。

「気になることがありまして里山さんに電話したのですが繋がらなかったので、水車さんに連絡しました」

深刻なトーンが電話口から伝わる。

「どうしましたか」

「いえ。馬鹿げた話と思われるかも知れませんが、驚かずに聞いて頂けますか」

「はい何でしょう」

「どうも電話を盗聴されているようで」

「盗聴？　だから非通知なんですか」

「公衆電話から念のため１８４もつけて架電させて頂きました。ところで、私が討論の相手と聞いて、大澤さんに変わった様子はありませんでしたか」

「息子と話をしただけで、本人とは会ってないんです」

「そうですか。誰かに監視されているようで、ずっと視線を感じるんです」

「考えすぎじゃないですか。相手は国会議員ですよ。何の目的でそんなことを」

　誠太郎が一笑に付す。

　しかし篠崎は冷徹な声で応えた。

「勘違いされているようですが、私が恐れているのは大澤さんじゃありません。もっと大きな相手です。現に……」

　篠崎が何かをいい淀んだ。誠太郎の好奇心が膨らむ。

「現に」

　続きを促すと、一拍置いてから沈んだトーンで吐露した。

「村椿修一の息子さんと連絡が取れなくなったんです」

「なんで。意味がよく分かりません」

　誠太郎は胸のざわつきを覚えた。

「何か動きがあったらまた連絡します」

　電話は一方的に切られた。

三

企画書の提出期限が迫っていた。

誠太郎の斜向かいで吉沢もパソコンにかじりついてレギュラー番組の台本を書いている。

青髭が伸び、長い髪を振り乱した姿はどう見ても落ち武者だ。

誠太郎の視線を感じたのか吉沢が口を開く。

「何よ誠さん、文句あんの」

「ありません」

笑いを堪えた誠太郎は両手を天井に突き上げて伸びをした。

「そっちも大変そうね。アタシに手伝えることがあれば何でもいってね」

「ありがとう」

優しい言葉をかけてくれる吉沢に、誠太郎は再び試してみたくなった。すべて告白したとき世間はどんな反応を示すのか。

「このノートな」誠太郎は表紙に書かれた名前を指さした。「実はうちの祖父ちゃんが書いたものなんや」

「でしょうね」

「分かってたん」

「だってアタシがこの前、そのノート書いたの親戚の方って聞いたとき、必死で隠してるのバレバレだったもん。慰安婦の話なら年代からしてお祖父さんしかいないでしょ」

「相変わらず勘がええな」

「誠さんは嘘が下手なのよ。そんなんじゃ絶対オカマにはなれないわ」

「ならんでええわ」

　吉沢の冗談でいつも場が和む。

「アタシ誠さんに謝んなきゃ。前に随分失礼な事いっちゃったわね。そんなノート信用しちゃ駄目なんて。お祖父様のこと嘘つきとか、悪くいうつもりはなかったのよ。ごめんなさいね。分かってくれるわよね」

　気にしてないと応じてから、誠太郎は祖父と夏子の一部始終を吉沢に話して聴かせた。

　すると当初、神妙だった彼女の顔つきが徐々に緩くなり、最後は机の上に両肘を乗せ、指を絡ませて目を輝かせた。

「素敵！　戦場で恋愛してたなんて信じらんな～い。お祖父様かっこいい」

　突如テンションを上げると、飲みたくなっちゃったと呟き、冷蔵庫から缶ビールを取り出して、旨そうに流し込んだ。

「夏子さんって可愛い人ね。帰って来たときの緑のワンピース、お祖父様に見せたくて買ったのよ」

「そんなもんかね」

「当たり前じゃない。綺麗になった自分を見てもらいたいのよ。四か月も音信不通だったら、自分のことなんて忘れられているかも知れないでしょ。他にも女はいるんだしさ」

「なるほどな」

「なるほどって今ごろ分かったの。シツボウ～」

「やかましいわ」

「もしも願いが叶うなら、もう一度振り向いて欲しいっていう可憐さに、もう駄目かも知れないっていう不安が入り混じった女心。分かんないかな〜。駄目ね、誠さんは」

なぜ自分が説教されるのか納得が行かなかったが、さすが心は女だなと恐れ入った。

戦争について一切語らない人だったこと。そんな祖父が戦争と夏子に関する詳細な記述を内緒で残していたこと。ノートの結末がまだはっきりしないこと。ノートを見つけた誠太郎の母がそれを捨てようとしていたことも包み隠さず話しをした。

すると吉沢が眉をひそめた。

「ひとつ聞いていい？　お祖父様は誰に読ませたくて、このノートを書いたの」

誠太郎は言葉に詰まった。単なる自分史として書いたのだろうとしか考えていなかったからだ。

「失礼ない言い方かも知れないけど、慰安婦と関わってたなんて話は、家族にとっちゃいい迷惑じゃない。お祖父様だって分かっていたはずよ。なのに、それをわざわざ書き残すなんて変よね。戦争のせの字もいわなかった方が」

「確かにそやな」

あんなに優しくて家族思いの祖父が、なぜこんなノートを書き残したのか。慰安婦と関係があったなどと明るみに出れば、家族が後ろ指を差される可能性も十分想像できたはずだ。だから内緒で書いていたのかも知れないが、そんな危険を冒してまで書く理由がどこにあったのか。

「ちょっといいかしら」吉沢がノートを手に取りぱらぱらと捲り始めた。「ねえ、べっさんって誰」

「祖父ちゃんの渾名や」

「ふ～ん」腑に落ちないような声を漏らし、吉沢が首を捻る。

「案外、小説だったりして。べっさんが主人公の作り話。小説なら人に見られたくない恥ずかしさも分かるのよね」吉沢は閉じたノートを誠太郎の方に滑らせた。「やっぱり信ぴょう性が問題よ、誠さん。他の資料との照合は済んでるの」

「うん。戦場の出来事や日付はばっちり事実や」

「じゃ登場人物は？　出て来る人は実在するのか。調べてみた？」

「軍の上層部やら参謀も実在の人物やった。戦友の一人とは息子さんと連絡がついた」

「じゃ事実には間違いなさそうね」

「ただノートの結末がハッキリしてないんや」

「最後のワンピースが嵌らないのね」

誠太郎のもどかしさを吉沢がすっきりいい当てた。

四

窓から見下ろす車列のテールランプが滲んでいる。

チーママにまかせている店に顔を出すといって吉沢は事務所を出た。

彼女のいう通り、祖父は一体何のためにノートを書いたのか。

加えて、番組化にあたり、母や妻をどう説得すればいいか。

カーテンを閉じた誠太郎は、答えが出ぬまま、再び企画書と向き合った。

河津桜が大通りを桃色に染める。

選挙区内のお寺での講演を終えた大澤が聴衆らと満面の笑みで握手している間に、等は山門の前に車を回す。

後部座席に大澤が乗り込んだ。

窓を開けて支援者らに手を振り始めると車を出せという合図だ。ゆっくり進みだす。

パワーウインドウを閉めながら、大澤が尋ねた。

「次はどこだっけ」

「川浜学園の創立七十周年記念パーティー」

助手席の等が、前を向いたまま答える。

国会会期中であっても、週末は必ず地元の会合に顔を出す。一日平均十数件。一か所の滞在時間五分というのもざらだ。そんな母親の分刻みのスケジュールを管理し、確実に次の会合へ送り届けるのが、等に与えられた使命だ。

「次の現場まで十分だって。だよね」

「その通りです」

運転手が答えるのと、大澤のスマホが震えたのが同時だった。

「もしもし。これはどうも」

声のトーンが落ち、フロントシートと後部座席を遮断するウインドウが上がって行く。

息子の自分にも聞かれてはいけない密談だと等は察する。

「その後、進捗は如何ですか」

いつもよりゆっくりな日本語を残し、大澤は窓を完全に閉め切った。

住宅街の景色が車窓を流れて行く。

スマホを取り出した等は、友人のSNSをチェックして時間を潰す。

大澤が誰と何をしゃべっているのか普通の秘書なら気になるところだが、等には関係ない。指示されたことだけ無難にやっていれば自らの地位は安泰だからだ。

遠くにパーティーが行われるホテルが見えて来たとき、仕切り窓が開くモーター音が響いた。電話は既に終わっているようだった。

「等、例のテレビ出演の件は、その後何か動きはある」

「いや、何も」

バックミラー越しに等が返答すると、大澤は口の端を上げた。

「この勝負、勝つわよ」

五

昭和を代表する〝ザ・待ち合わせ場所〟で落ち合うなんて何十年ぶりだろう、と誠太郎は回想した。最後は誰と会ったのかも思い出せないほど前だ。

彼女から公衆電話で急遽呼び出されたのが、新宿アルタ前だった。

相当切羽詰まった感じで、有無をいわさず電話は切れた。

約束の時間を五分すぎた頃、一台のタクシーが止まってパワーウインドウが開き、サングラスをかけた篠崎が誠太郎を手招きした。

あっけにとられた誠太郎がタクシーに近づくと、早く乗ってと急かされた。

車が急発進する。

「不躾な方法ですみません。でもこうするしかなかったんです。流しのタクシーを拾ってお話するのが一番安全だと思ったものですから」

「例の件ですか」

「水車さん、事務所は中野ですよね」

「そうです」

「運転手さん、中野と新宿をぐるぐるまわってください。用件が済んだら、中野で一人降ります」

車が伊勢丹の角を曲がって靖国通りを西へ走り出すと、篠崎はタブレットＰＣを持ち出し、文字を打ち込み始めた。

「筆談ですか」

「水車さんは声出して頂いて大丈夫ですので」

篠崎がそこまで恐れている相手は誰なのか。絶対に考えすぎだと誠太郎は高を括っていた。その思いは彼女が書いた最初の一文を見て、さらに強まった。

――身の危険を感じています。極端ですが命を狙われている可能性もあります――

「本当ですか」

本心では大袈裟すぎると疑っていたが、篠崎に悟られないよう、わざと深刻ぶった。

――私は村椿修一が強制連行のデマを流した理由をつかみかけていました。ところが、その証拠を握りつぶされました――

「えっ!?」

――村椿修一の息子の正明さん、本名は茂男というのですが、彼の書いた本に重要な手掛かりを見つけ、それを記事にするつもりで裏取りを急いでいました――

想像外の言葉に強い興味が沸いてきて、文字の打ち込みを待つのがじれったくなって来る。

――ところが、正明さんは自分が一冊だけ持っていた自著を失くしたというのです――

「連絡がつかないと仰ってましたが、ついたんですね」

――はい。ところがもう連絡して来るなと拒絶されました。脅されていると思います――

「誰に」

誠太郎の質問を掌で遮り、文字を入力した。

――仕方なく、私は図書館で彼の著書を探すことにしました――

誠太郎が無言で頷く。

――調べたら、全国三つの図書館にしか蔵書がありませんでした。福岡、京都、そして国会図書館です。問い合わせたところ、なぜか三館とも、目的の本は紛失した可能性があると回答が――

「えっ」

「そんなことありえますか。しかもすべて閉架なんですよ」怒りにまかせ篠崎が声を発する。

「そんな本がなくなりますか。それも三館全部」

閉架とは書架に並んでいないという意味だ。借り手の少ない本は図書館内のバックヤードに保管されていて、利用者の目には止まらない。

キーボードを叩く指に怒りが滲んでいる。

――誰かが隠蔽工作をしたとしか思えません――

車は中野坂上を越え、中野通りに近づいたところで、運転手からルートを確認された。

篠崎は左に曲がって甲州街道から新宿へ向かい、ふたたび青梅街道を中野へ戻るよう返答した。

「水車さんは、村椿修一が戦後初の国政選挙で社会平和党から立候補しているのをご存知ですか」

「そのようですね。本で調べました」

「もちろん落選していますが、父親がまともに仕事をしている姿を見た記憶がないと正明さんは述懐しています。家族を養っていたのは母親で、本人は新聞や雑誌に投稿して小遣いを稼いでは酒を飲む日々だったと」

「禄でもない親父ですね」

「貧乏で苦労されたようですが、そんな正明さんが外国の大学に留学します。モスクワ文化大学です」

「名門じゃないですか」

「高校三年生のある日突然、父親に告げられたそうです。大学に行かせてやると。ただしソ連だと」

そこまで喋ると、篠崎は再びタブレットに文字を打ち込んだ。

――本のタイトルは『ソ連からスパシーバ～モスクワ文化大学留学日記～』この本が全国三

館の図書館と、正明さん本人の本棚から消えたんです――

「何が書かれてるんですか」

その答えに、戦慄が走った。

その後再び中野に戻るまでの間、篠崎が語った話はすべて筋が通っていた。

――命を狙われているのもあながち嘘ではないとご理解頂けましたか。流しのタクシーで会話したのも、盗聴の心配がないからです――

「篠崎さん、正直いうと最初はちょっと疑ってました。失礼しました」誠太郎は正直に詫びを入れた。「放送までに神田の古書店を虱潰しに当たって、本を探り当てましょう。こんなこと許したら、絶対にあきません」

事務所前で降りた誠太郎は、走り去るタクシーを見送ると、急に自分も尾行されているのではないかと恐ろしくなり、慌ててマンションに駆け入った。

六

篠崎の話をどう理解すればよいのか。

ノートがきっかけで、自分はとんでもない問題に足を突っ込んでしまったのではないか。

麻沙子と汐里の顔を思い浮かべる。家族に危害が及ばねばよいが。

事務所のドアに鍵を挿し込んだ瞬間、スマホが震え思わずビクっとした。佐恵子からのメッセージだった。

――密葬通知を出した方から返事がありました。戦友会の世話人をしていたという伊集院さんって女性の方です。どなたかなと思っていたけど戦友会の関係者とは知りませんでした。話したいことがあるそうです。お住まいが東京の方やから誠太郎の方で連絡取って聞いてみてもらえないかな――

降って湧いたような幸運かに思われたが、相手は女性と聞いてガッカリした。誰か戦友の娘だろうか。ノートの続きを知っている可能性は低いだろう。

企画書の提出日が迫っていたこともあり、できれば佐恵子に任せたいと思った。

――もしその方の番号分かるなら、おかんから電話で聞いてみて――

すぐに返事は来た。

――書いてないわ。一〇四で聞いてみよか――

――それはやめた方がええわ。オレオレ詐欺かと思われて気持ち悪がられるで。今忙しいから、おかんから返信お願いできるかな。すぐ文案だけ送るわ――

パソコンを立ち上げ、平尾鉄矢宛てに書いた文書を開き、一部を修正した。

単刀直入に〝父と慰安婦の方の話を何かご存知でしょうか〟と書いてはみたものの母がノートの中身を知らないことを思い出した。

しかも送る相手も女性だ。どういう用件かも分からない上、おそらく目上の方であることも勘案して書き直した。

――〝生前の父の想い出話などお聞かせ頂けるのであれば願ってもない機会です。電話番号をお知らせ頂ければ私からお電話差し上げます。また息子が東京在住ですので、お近くまで伺わせることも可能です〟これでよろしく――

七

二日後、またも非通知の電話が鳴った。

「神保町で共産主義関連書籍に強い古書店をまわってみて、新しいことが分かりました」篠崎の声が小さく聞きづらい。受話音量を最大にする。「一週間ほど前にも村椿の息子が書いた本を探しているという客が来たそうです」

「どんな人ですか」

「若い男で、日本語のアクセントが少し変だったそうです」

すべてが繋がった。

「ちなみに本はあったんですか」

「はい、ありました」

「えっ、やったじゃないですか」

「出版部数が相当少なかったのか、あの本のことを知っていたのは二軒だけ。その一軒に在庫があったんです」

「これで大澤さんを追求できますね」

「いえ。ところが、それが盗まれたようで」

「えっ、どういうことですか」

「訪ねて来た男は在庫だけ確認して買わずに帰ったそうです。その二日後、古書店の倉庫が荒らされて盗まれたそうです。防犯カメラには目出し帽姿の三人の男が映っていたそうで、警察にも届け出たそうですが、犯人逮捕は難しいだろうという話でした」沈んだ声で続ける。「中途半端にかかわると火傷では済まない問題なのかも知れません。実は会社からもこれ以上足を突っ込むなと取材を止められてしまいました。番組出演の話も無かったことにして頂けませんか」

「篠崎さん待って下さい。諦めずに本を探しましょう。私も手伝います」

「ゲームオーバーです」

「せっかく真実に迫っていてそれは無いでしょ。ジャーナリストとして悔しくないですか」

「そりゃ――」と発した後、トーンを落とした声で、「私もサラリーマンですので」と定番の文句を続けて電話は切れた。

「くそーっ」

心の声が暴発する。

企画書の提出は明日だというのに、ノートは尻切れトンボ、篠崎の出演も黒になった。八方塞がりだ。

立ち上がって大きく深呼吸し、窓から青梅街道を見下ろしながら、今自分に何ができるかを誠太郎は考えたが、さしたる打開策は浮かばなかった。

八

ホッチキスで留められたA４の紙に３６ポイントの文字で横書きされたメインタイトルは、

「戦場に咲いた恋～ビルマ・ミイトキーナの兵士と慰安婦の八十日戦争～」。その下に「第一部　実話ドラマ　兵士と慰安婦　引き裂かれた恋」「第二部　徹底討論　慰安婦問題の真実」と書かれた企画書は、十数ページで構成されていた。

部屋は静まり返っていて、時折ページをめくる音が響く他は何も聞こえない。緊張で高鳴る心拍音を聞かれるのではと心配になり、その心配で誠太郎の胸は余計にどきどきした。

最初に口を開いたのが島だった。

「どう里山さん。この再現ドラマは大筋悪くないよね」

島からの好評価に安堵する。

「いいと思います。F3F4が好きなメロドラマ風に仕上げれば面白くなりそうですよね」

「最後の河渡るところ、地獄の渡河っていうんすか。あ～撮りてぇーって思ったっす。上手く迫力出せっかな」

企画書段階でディレクターが撮影の事まで気にしている。誠太郎の緊張が一気にほぐれた。

気をよくした理由はもう一つあった。昨夜、吉沢から、「誠さん、私も気になって調べてみたら、こんなの出て来た」というメッセージとともに〝国民放送テレビ戦争証言アーカイブ〟というサイトのURLが送られてきた。チェックすると、ミイトキーナの生き残りが動画の中で祖父の話をしていたのだ。老眼鏡をかけた大柄なその人は思い出話として〝べっさんと慰安婦〟のエピソードを披露していた。

誠太郎は身震いした。その名のテロップに坂井匡とあったからだ。イラワジ河を一緒に渡河しようとした中尉だ。生きて帰っていたのだ。ノートの話は絶対に真実だ。間違いないと確信を得た。

　何か見えない力に背中を押されたような気持ちになった。

　だが事態は予想外の方向に進んだ。

「ドラマはいいんだけどさ、第二部のこれ何？　こんなの駄目だよ。ここは全面カットして、再現だけの企画書に書き直して」

　島が苦み走った顔で吐き捨て、誠太郎を睨み付ける。

　篠崎が出演に難色を示したことは里山には電話で伝えておいたが、島はキャスティングについてはまだ何も知らない。にもかからず、第二部に完全ＮＧを出して来たのだ。内容的には充分戦える自信があっただけに、島の頭ごなしな言い方に不快感を覚えた。

「お言葉ですが島さん、そこ気に入っているんですが、なんで駄目なんですか」

　口調に反抗の色を感じたのか、スパゲティのような細い腕でどんと企画書を叩くと、島は急に語気を強めた。

「駄目に決まってるだろこんなの。素人じゃないんだから」

　これはパワハラじゃないのか、と思ったが誠太郎は引き下がらなかった。

「なんでですか。理由を教えて下さい。私は再現ドラマよりもむしろ討論パートこそが今回の企画の肝だと思っているんです」

「は？」

　眼鏡の底で島の目が鋭く光った。

　思わず委縮しそうになる。が、誠太郎は負けじと気を張った。

「慰安婦は強制連行され奴隷のように働かされた。これがデマだということは、当然ご存知ですよね」

「あのさ、俺が報道に何年いたと思ってんの。何を今更、鬼の首取ったように」

「ですよね。ご存知の通り、デマを広めた実行犯は村椿修一と帝都新聞です。ですが今回の問題の核心は、村椿修一がなぜ、そんな嘘をついたのかという一点です」

「その答えは出るの」

島がけだるそうに企画書を人差し指で叩く。

「長年慰安婦問題を研究してきた学者やジャーナリストも、村椿がなぜ嘘をついたのか誰も解明できませんでした。ところが週刊世相の記者・篠崎由美さんが、その説を裏付ける有力な証拠を発見し、彼を利用した組織の正体に近づきました」

「組織って何すか」

大河内が頬を紅潮させている。

里山も雛鳥のように口を開けて答えを待っている。

「村椿を利用して嘘をつかせたのは——ＫＧＢでした」

「ソ連の！？」大河内の驚きが響く。「慰安婦って日本と韓国の問題じゃないんすか。なんでソ連のスパイが」

「慰安婦問題が過熱したのは一九八〇年代後半でした。その時代、東側、つまり共産圏や社会主義圏はどんな状態だったか、大河内さん分かりますか」

「俺に聞かないで下さいよ。里山さん、どうっすか」

「確か、大韓航空機爆破が一九八七年だっけ。翌八十八年がソウル五輪」

「さすが。その翌年、八十九年六月に天安門事件が起き、十一月にベルリンの壁が崩壊。九十一年にはソ連が瓦解した。八十年代後半から九十年代前半、東側諸国は国家存亡の危機に立たされていました。韓国がソウル五輪で経済大国の仲間入りを果たし、日本とともに目の前に立ちはだかられると、東側にとっては安全保障上、非常に困る。この二つをなんとか分断したい。切り離したい」

冷静に話を聞いていた里山が疑問を挟んだ。

「動機はよく分かったけど、なんで村椿なの。ソ連ほどの巨大国家が一般市民だった村椿にそんな重要な役目を与えるかね」

「まず考えて頂きたいのはソ連の動きです。六十年代以降、ＫＧＢをはじめとする東側の工作員が安保闘争や学生運動を陰で支援していたことはご存知ですよね。革マルはもちろん、よど号ハイジャックの赤軍派、あさま山荘の連合赤軍、日本のあらゆる場所で共産主義者が暗躍し、武器や資金を提供しながら日米分断を図っていました」

「へぇ。学生運動ってソ連と繋がってたんすか」

「そんなＫＧＢの破壊活動の大きな流れの中に村椿もいました。実は彼は単なる一般市民ではありません。一九四七年、戦後初の参議院議員選挙に社会平和党から立候補した立派な共産主義者でした。新聞や雑誌の投稿歴があり文章を書くのが得意な彼にＫＧＢの工作員が目を付けたとしても何も不思議ではありません」啞然とする里山を横目に誠太郎は続ける。「ＫＧＢにとって村椿を使った破壊工作は数撃ちゃ当たる弾のひとつに過ぎなかったと思われます。まさかその後三十年以上にわたって問題が続くとは考えていなかったのではないでしょうか」

「時代背景はよく分かったけど、篠崎さんが見つけたっていう村椿とソ連の関係を示す明確な証拠ってのはいったい何なの」

「村椿の息子が書いた本です」そっぽを向いている島に聞かせるように誠太郎は続けた。「モスクワ文化大学での留学生活を綴った内容で、出版されたのは一九七八年です」

「七十年代に留学なんて良い身分だね」

里山が嫉妬混じりに反応する。

「実は、うちには今年十八歳になる娘がいましてアメリカに留学したいとせがまれ、正直頭を抱えています。授業料が馬鹿高いんです」

「大変っすね、結婚すると」

「うちも裕福じゃありませんが、村椿の家は相当貧しかったそうです。そんな家がなぜ息子を留学に出せたのか」誠太郎は三人の顔色を見てからカードを切った。「息子の本にこう書かれていたんです」


——父は四年間の学費と生活費を、社会平和党を通じてソ連から融通してもらっていた——


「すごい話じゃない。ぞくぞくするね」

里山が鼻息を荒くしている。

「出版が一九七八年だったのも非常に重要です」

「どういうことっすか」

「当時、まだこの世に慰安婦問題は存在していなかったからです。息子が書いた本は、単に共産主義国家の宣伝のために出されたものです。しかも出版社はソ連の息がかかっていました。東側は楽園だとアピールするためだから、お金を工面してくれたなんて堂々と書けた」

「それが奇しくも村椿とソ連との関係を証明する材料になったってか」

「息子の学費と四年分の現地での生活費は相当な額だったでしょう。篠崎さんの調査ではKGBからの工作資金は、その頭文字を取って『K資金』と呼ばれているそうです」

「K資金？」

「その見返りとして、KGBが村椿に強制連行のデマを書かせたとしたらどうでしょう。彼の慰安婦狩りの証言が極めて具体的に書かれていることも頷けます」

「KGBが調べた情報を渡して、詳細な嘘を書かせたってことっすか。怖えぇ」

「しかも利用した後、ポイ捨てするには、民間人の村椿はぴったりだったわけだ」

　里山が腕組みしながら探偵を気取った。

「そして村椿本人があれは嘘だったと自白したのが一九九五年。ソ連崩壊から四年が経ち、本当のことを話しても、もうKGBに殺される心配がなくなったからでしょう」

「スパイに脅されてはいたけど、良心の呵責はあったのかも知れないっすね」

「いずれにせよ、KGBの操り人形となった村椿修一が嘘をつき、反日新聞とも揶揄される帝都新聞がその嘘を拡散し続け、三十年以上も放置した結果、日本人も韓国人も、国連も、世界中が間違った認識を持ってしまった。でも、ソ連と村椿の関係を示すこの事実が出たらどうでしょう。大いなる疑惑となって世界に反響を呼ぶのは間違いありません」

「俺わくわくして来たっす。すげえ番組になりそうっすね」

　大河内が子供のように目を輝かせている。

「でも肝心のソ連は九一年に崩壊したよね。ところが慰安婦問題が出て来たのはちょうどその頃だったじゃない」

「仰る通り、初めての慰安婦訴訟が起こされたその年の年末にソ連が崩壊しました。息子の留学から足掛け十年以上かけた工作が実を結びかけた時、国が亡くなるなんてＫＧＢの工作員は悔しかったでしょう。そしてここからは推測に過ぎませんが、後ろ盾を失くした社会平和党が次に頼ったのが最後に残った東側の大国」

「中国っすか？」

「証拠はありませんが多くの専門家が、中華社会党が韓国の慰安婦支援団体の活動資金を提供しているのではないかとの見方を示しています」

「ソ連が耕した畑に実った作物を、ただで手に入れたってわけか」

「実際、週刊世相の篠崎さんはドイツの慰安婦像除幕式に中華社会党国際部の要人王克民が参加していたと証言しています。表向き王は日本でいう外務省の役人ということですが、裏の顔は諜報機関の親玉だという噂もあるそうです」

「都市伝説っすね」

　誠太郎は島の方を向き、一呼吸おいて静かに提案した。

「島さん。私が番組第二部を企画の軸に据えたいと考えた理由は以上です。慰安婦は性奴隷なんて酷い言い方もされています。ソ連が村椿修一を使ってばら撒いたデマと誤解が日本を貶めています。テレビ関東でこの汚名を晴らしませんか」

　黙って聞いていた島が外した眼鏡をハンカチで拭きながら、細い目で誠太郎をじろりと睨み甲高い声を発した。

「長げ〜よ。何分しゃべってんの。こっちは君の演説を聴きに来てるんじゃないんだよ」蔑むような口調で島はさらに続けた。「スイシャ君だっけ」

「ミズグルマです」

絶対にわざとだ。おまけに「さん」ではなく「君」と呼ぶことで、完全にマウントを取りに来ている。気が滅入りそうになる誠太郎に、島が追い打ちをかける。

「ソ連や中国が黒幕だなんて、そんな難しい話を、F3F4のおばちゃんたちが理解できると思ってんの。前の打ち合わせのとき俺の話聞いてた？　慰安婦の恋の話をしようっていったよね。里山さんも聞いてたよね。大河内君もさ」

急に名指しされた二人はしどろもどろになりつつも、聞きましたと答えた。

「強制連行があったとか、なかったとか、それをネタにしようっていった？」

「いえ」

「村椿修一の嘘を検証しようっていった？　ねえいった？」

喋ることが怒りのアクセルになっているのか、口を開けば開くほど、島は早口になり圧力を強めた。

このままでは話にならない。いったん冷静になってもらうため、誠太郎は釈明を試みた。

「実はですね、前回、島さんが来られなかった打ち合わせのときに……」

「いったかどうか聞いてんだよ、答えろよ！」

「いえ、仰ってません」

「だろ！　慰安婦の検証だとか誤解を解くとか一言もいってないよね。じゃなんでそれが急に企画の肝になるの、ねえ！」

　恫喝するような態度に圧倒され、誠太郎は言葉を継げなくなった。

　見兼ねた里山が助け船を出す。

「島さん、実は前回、我々三人だけでやった会議で、こういうのもありじゃないかって話になったんですよ。私もまったく知らない話だったもので面白いなと思って」

「そういうことなの」里山のフォローで島の興奮が少し鎮まった。「だったら先に教えといてくんないとさ、オレの話聞いてたのかって疑っちゃうよね」

　連絡不行き届きでしたと里山が頭を下げる。

　自分が知らないところで勝手に企画が進んでいた事が気に食わなかったようだ。小さい男だ。気持ちは分かるが会議を凍らせるほど語気を荒げる事か。議事録を渡していない里山にも問題はあるが、自分の都合で勝手に会議を休んだのなら、自分から内容確認するのが筋じゃないのか。

　そんな不満を抱く誠太郎を、細い目で睨みつけながら島は続けた。

「話は分かったけどさ、こんなの放送したらＴＨＯに引っかかるよ。分かるでしょ」

　ＴＨＯとは放送内で人権侵害や差別などの問題がなかったかをチェックするテレビ番組の審査団体「テレビ人権機関」のことだ。

　番組がＴＨＯで問題視されただけで、番組プロデューサーは一発で出世コースから外れる。慰安婦問題で日本の立場を主張するような放送はＴＨＯで必ず審議の対象になるし、その前に局の編成としてもそんな企画を通せないと島は弁明した。

「俺はさ、戦争ものを何本もやって来たけどね、日本が悪いっていう目線が基本だから。慰安婦問題で日本は悪くない、黒幕はソ連だ中国だ。そんな放送したら、THOどころか、世界中から抗議されて、ネットも大炎上だよ。社会平和党も放送免許取り上げろと大騒ぎする。下手したら社長が国会呼び出しだよ。そうなったら君責任取れるの」

誠太郎は口をつぐんだ。ここは黙って引き下がり、「兵士と慰安婦の恋」だけに終始するのが大人のやり方であることは間違いなかった。

でも、と誠太郎は立ち止まった。祖父のノートを読み終えた今、それは正しい道なのだろうか。今まで常に世間の流れに合わせて生きて来た。そのたび毎回苦しくなった。就職の時もそうだ。あの時、自分の気持ちにだけは嘘をつくな、という祖父の言葉によって救われた。今の自分はどうだ。目の前の仕事欲しさに、また本心を隠しているのではないか。それがストレスになり、結果、お金は得ても、プライドを失うことになるんじゃないのか。

ヒット番組を出せずにこの歳まで来てしまったのは、そうやって常に周りに迎合して、自分自身と向き合って来なかったからじゃないのか。傷つき失敗することを恐れたからレギュラー番組一本というギリギリの暮らしに追い込まれたんじゃないのか。

誠太郎は意を決した。

九

島が凍らせた空気を、ゆっくりと溶かすように誠太郎は話し始めた。

「一つだけ謝りたいことがあります。私がなぜ慰安婦問題の誤解を解くことに拘っているのか。

それは企画書に出て来る兵士が……実は私の祖父だからです」

「そうなのか」

　里山が驚きの声を上げた。

「芳村勘太郎と仮名で書きましたが、本当は水車勘助です。すみませんでした」誠太郎は頭を下げた。「最後まで悩みました。仮名にするか、本名を出すか。島さんに伺います。恋愛パートを読んで祖父は仮名にしなければまずいほど酷い人権侵害をしていると思われますか。私はそうは思いません。堂々と本名で放送してもなんら問題ない、恥じるような行動はしていないと思っています。確かに夏子は身売りされた可哀そうな境遇でした。騙した女衒も酷い。軍を挙げて慰安所を利用した国家の道義的責任も免れないでしょう。でも祖父は女性の尊厳を踏みにじるような卑劣な行為は何一つしていません。でも慰安婦に関する世間のイメージが今のままでは、私の祖父は心無い人から後ろ指を指されかねません。慰安婦の誤解を解きたいんです。何があったか正しく伝えたいんです。そこに蓋をしたまま放送することは、祖父に汚名を着せるのと同じです。これは私の主張ではありません。祖父と家族と多くの日本兵の名誉を守りたいんです」

　そっぽを向いていた島が、ようやく口を開いた。

「あのね、慰安婦問題は日本が悪いの。被害者は慰安婦の方。世界的にそう決まってるの。百歩譲って村椿修一と帝都新聞をスケープゴートにするのはいいとしても、ソ連が黒幕だとか、そんな不確かな情報は流せません」

　さっきとは打って変わって抑揚のない平板なトーンで、小馬鹿にするような言い方が、誠太郎の闘志に火を点けた。

「では申し上げます。村椿がソ連から金を受け取っていたと書かれたその本が、日本中から消えて無くなっているとしたらどうですか。福岡と京都の図書館、さらには国会図書館から消え、村椿の息子の自宅の本棚からも消え、神保町で唯一在庫があった古本屋からも盗まれたんです。それがすべて、大澤瑞希をキャスティングした後に起こっているんです」

「それが本当なら、とんでもないスキャンダルだ」

里山が顔を真っ青にしている。

「それだけじゃありません。篠崎さんが調べたところ、モスクワ文化大学の卒業記録から村椿正明、本名茂男の名も消えて無くなっていたそうです」

「まじっすか」

陽気な大河内までもが顔色を失くしている。

「社会平和党から依頼を受けた何者かが証拠隠滅に動いたとしか考えられません。実際、篠崎さんはここ数日何者かに尾行され盗聴され、番組出演することにも怯え始めています。彼女は証拠隠滅を計ったのは中華社会党国際部の王克民だと睨んでいます」

「でも、なんでソ連が実行した工作の火消しを中国がやるんすか」

「篠崎さん曰く、もしも発覚すればいずれは現在支援している自国にも飛び火する。そうなれば自分自身の国内の地位や財産すらも危うい。火の粉が降りかかる前に確実に払うのが、今も粛清が横行する社会主義国家の工作員の本能だと」

「怖えぇ」

憮然とした表情の島に向かって、誠太郎は静かに語り掛けた。

「島さんは放送法四条をご存知ですよね。『意見が対立している問題については、できるだけ多くの角度から論点を明らかにすること』と明記されています。日本軍が悪かった、強制連行したという向こうの訴えはデマでも放送するくせに、なんで強制連行などなかった、ソ連からの資金提供の証拠が見つかったという主張は放送NGなんですか。テレビは多様な意見を広く伝えるメディアじゃないんですか。正しいと信じる事を主張できるメディアじゃないんですか。私は――」誠太郎は感極まった。鞄からノートを取り出し、立ち上がって島に突き出した。「私は祖父を信じています」

絞り出した声が上ずっていた。

「君さ二十三年ヒット番組ないんでしょ。分かるわ。そんなやり方じゃ敵作っちゃうよ」

そう漏らすと、島はスマホをいじり始めた。

誠太郎は覚悟を決めた。

「娘の名は汐里といいます。勘助の曾孫に当たります。その曾孫が慰安婦問題でイジメられたんです。アメリカで。アメリカですよ。世界中に変な話が広まってしまって、慰安婦に謝れ、土下座しろと、現地の人から屈辱的な扱いを受けたんです。それでもこの問題を放置するんですか。正義を主張せず、自分の出世を気にしてTHOにひるむようなプロデューサーに、大切な祖父の想い出を渡すわけには行きません」

誠太郎は啖呵を切ると、企画書をすべて回収して会議室を飛び出した。

雨が降っていた。

車を急発進させると駐車場のコンクリートにこすれてタイヤが鳴いた。その音が「あかん、やってもうた」という自らの悲鳴にも聞こえた。

前を行く車のテールランプが滲む。

誠太郎は生まれて初めて自分の意見を強く押し出した。自分の心に嘘をつかなかった。

もやもやしたまま番組を作っても中途半端になる。それは不撓不屈になれない番組だ。

嫌われるリスクを恐れて何もしないより、何かを失っても自分に嘘をつかないことを選んだ。

それによって得られることもある。それが祖父の最大の教えであると信じた。

濡れたフロントガラスの向こうに、イラワジ河が見えたような気がした。

第二十章　ネット

一

　啖呵を切って会議室を飛び出した翌日、里山から電話があった。

「島さんにはオレから謝っておいたから気にするな。それより他局で出してみないか」

「里山さん……」

「オレは作り手の熱が大事だと信じている。水車があんなにお祖父さんのことを大事に思ってるとは知らなかったし、娘さんの問題も聞いて、お前の情熱に感激したんだ。あの企画、オレに預けてくれないか」

　誠太郎は感謝の想いを噛み締めた。

　ほどなくして、あるメディアが興味を持ってくれていると連絡が来た。

「どこですか」

「ジャングル・プライムビデオだ。世界百二十ヵ国で配信される」

　アメリカから来たネット動画配信サイトの黒船は、テレビ業界でも話題だった。ちょうど向こうは終戦記念日に向けて検討していた企画が駄目になり、頭を抱えていたところだったという。

「なるほど。ネットならテレビみたいな縛りはなく自由ですもんね」

「ただし一つだけ条件を出して来た。配信はあくまでドラマのみ。第二部はやらない。なんせ百二十ヵ国に配信されるから、日本と韓国の論争を放送しても意味がないというのが先方の考えだ。テレビ関東と条件は同じになっちゃうけど、どうする」

「だったら意味ないですね」

「そういうと思った」

「すみません」

「じゃ、断っちまっていいか」

「残念ですけど」

話は終わったかと思ったが、二秒ほどの沈黙ののち、里山の声が再び聴こえた。

「俺の考えを一言だけいってもいいかい」

「何でしょう」

「ジャングルプライムとテレビ関東じゃ価値が違うと思うんだ」

「どういう意味ですか」

「俺たちはテレビを長くやりすぎてるからさ、どこかでテレビの方が上だと考えてるだろ。でもさ国内でたった一回だけ放送されて終わるのと、百二十ヵ国の人が視聴できて、それがずっとネット上に残っていつでも見られるのとじゃ、世界への影響力は天と地ほど違うと思うんだ。ジャングルの視聴可能人数はざっと四十億人いるそうだ」

「四十億？」

「俺たちが相手にしている客の四十倍だ。哀しい話だけどさ、世界から見りゃ日本のテレビなんて離れ孤島の喫茶店と同じさ。でも向こうは世界中にチェーン展開している有名カフェ」

「悲しい現実ですね」

「ほんと嫌になっちゃうよな。でもさ、娘さんがアメリカで酷い目に遭ったように、今や日本と韓国だけの問題じゃないんだろ。ジャングルでやる価値はそこにあると思う。世界中の多くの人が見てくれれば、性奴隷なんていうダーティーな言葉のイメージとはちょっと違うぞと思う人が増えるかも知れない」

里山にしては珍しく熱い語りに、誠太郎は思わず聞き入ってしまう。

「ただし道徳的には日本だって褒められたもんじゃない。そっちの声が世界で広がるなら、やはり我々日本人も反省すべきなのだと改めて納得できる。純粋なドラマだけを見せた時、国際世論はどっちの味方をするのか。この問題を議論する糸口になる可能性はあるように思うがね。どう思う」

「確かに、国際世論に訴えるしか、この問題の解決策はないのかも知れませんね」

少し考えさせて下さいと、態度を保留して電話を切った。

里山の意見には少なからず納得できた。慰安婦像が世界中に建てられている今、この話を公開する場所としてネットは最適なのかも知れない。たとえ第二部の討論がなくても、日本のテレビでやるより充分価値はあるように思えた。

しかし第二部をやらないまま世界中にネット配信された場合、こちらの意見がなんら主張できず、妻、娘、母が一方的にネットで叩かれる危険性は排除できない。

四十倍の人が見た場合の利益とリスクを秤にかける。

迷いなく答えは出た。断ろう。

里山への敬意の意味で、一日置いてから連絡することにした。

翌日、スマホに手を伸ばしたとき、タイミングよく電話が鳴った。

「今、ちょうど掛けようとしたところですよ」

「同時に互いのこと想ってたってか。男と女なら付き合いそうだね」

珍しい里山の冗談に、誠太郎は思わず笑った。

「昨日言い忘れたんだけど、仮名でいいよ」

「え？」

「お祖父さん。本名出さなくていいと思う。それ伝えといてやんなきゃと思って。大事な娘さんが心配だろ。俺にも中二の娘がいるから分かるよ、水車ちゃんの気持ちは」

「あ、ありがとうございます」

「返事は今週いっぱいまで向こうに待ってもらってるから、じっくり考えてみてよ。で、水車ちゃんの用件は？」

「いえ、また掛け直します」

里山の配慮に胸が熱くなった。

二

祖父と夏子がいかに純粋に愛し合ったのか。

吉沢に話したように、誠太郎はまず麻沙子に丁寧に説明した。吉沢ほど分かりやすいリアクションではなかったが、それでも女性として感じるものがあっただろう。

「そんな話があったのならあなたの好きにして、仮名ならいいと思う」と賛同を得た。

感謝の意味を込めて、誠太郎はその夜の洗い物を買って出た。

問題は佐恵子だ。そう簡単には行かないだろうと踏み、ひと晩考えた誠太郎は別の角度からの説得を試みた。

「汐里がアメリカで虐められたらしいんや。慰安婦像の前で土下座しろって」

「なんでやの？　そもそもアメリカにも慰安婦像があるの」

驚きと悲しみと戸惑いが綯交ぜになったような感情をあらわにした佐恵子に、汐里の身に起こった出来事を順を追って一から説明すると、

「心細かったやろね」

と電話口で涙声になった。

「おかん、驚かんといて欲しいんやけど、実は祖父ちゃんのノート、夏子さんっていう慰安婦の方との恋が綴られてた」

「えっ……」

佐恵子は絶句した。

当然だろう。父親が慰安婦と関係を持ったなどと突然言われれば誰もがそうなる。男の自分でさえ最初は胸がざわついたのだ。異性なら猶更だ。

察しはついていたので、麻沙子や吉沢にした以上に、二人のエピソードをゆっくり丁寧に話して聞かせた。

最初、怪訝そうな声で相槌を打っていた佐恵子だったが、それが徐々に驚きに変わり、最後は吉沢に優るとも劣らないリアクションを見せた。

「へぇ〜。若い頃はお父ちゃんもロマンチックなところがあったんやね。誠太郎、私ビルマに行ってみたくなったわ。話聞いてよかった。やっぱりお父ちゃんは、お父ちゃんやったんやね。後ろめたいことなんて何もない」

「分かってもらえて良かったわ。相談なんやけどな、汐里のためにもこれを番組化したいんや。汐里には包み隠さず伝えて、自分の曾祖父は立派な人やったと自信を持ってアメリカに行って欲しい。ただし万が一のことも考えて、もちろん仮名にする。どう？　許可してくれへんかな」

　すると佐恵子は意外なことを口走った。

「何をいうてんの。本名で行き。仮名にしたらお父ちゃん悪いことしたみたいやないの。やるなら堂々と本名でやりなさい」

　さすが祖父の娘だと誠太郎は思った。そんな佐恵子を宥めるのに骨を折った。

親戚一同への説明も済ませた誠太郎は、母には悪いと思ったが念のため、苗字も名前もすべて仮名、出身地もすべて代えることを条件に制作を決意し、里山に連絡した。

「ありがとう。その決断に拍手するよ」

「娘たち若い世代にも見て欲しくて。それにはネットの方がリーチしやすいでしょ」

「だね。じゃ大澤さんには討論部分が無くなったと正式に断りの連絡入れとくから、水車ちゃんから島さんにお礼の電話入れといてよ」

「島さんに」

「ジャングルのプロデューサーを紹介してくれたの島さんなんだ。先方は元々テレビ関東の社員だった人でね」

「そうだったんですか」

「水車ちゃんにいわれて、さすがに反省したらしいよ。保身ばかり考えてたって」

直後に、島に礼の電話を入れると、照れ隠しなのか「紹介なんかしたかな。忘れた」と取りつく島もなかったが、いい作品になると思うので頑張って下さいと激励され、なんだか清々しい気分になった。

三

ホテルの喫茶室で人を待ちながら、篠崎は水車との電話を想い出していた。

＊

「テレビ関東の番組がお流れになりました」

「自分が出演を断ったからだったら、申し訳ありません」

「いえ、単に企画が通らなかったんです」

「それは残念でしたね」

「篠崎さん、報道って何なんでしょうね」

「知られたくない人がいることを改めて知りました。『世界報道の自由度ランキング』で日本が先進国の最低ランクである理由を見た気がします。この国では真実を告げるのは難しいです」

「色々振り回してしまってすみませんでした。再現ドラマだけは放送されることになりました。ただしネットですが。時間があったら見て下さい」

「楽しみにしています」

*

その数日後、一人の人物から連絡を受けた。会ったことのある女性だった。

消沈していたジャーナリストの魂に火が点いた。自分がこれを伝えずに誰が伝えるのか。ブログでもSNSでもネットなら自由に記事が書ける。新たな使命を貰った気がした。

サングラスをしたショートカットの待ち人が近づいて来た。

篠崎は立ち上がって会釈したのち、名刺を差し出した。

「この度はご連絡ありがとうございます。ジャーナリストの篠崎由美です」

名刺を見た女性が反応する。

「えっ、世相社は」

「先月末、辞表を提出し、今はフリーランスです。併せてご紹介します。こちら経産新聞ベルリン支局の——」

「蛇山ですぅ。日本に一時帰国したら面白いネタがあると彼女に聞いたもので、同席させて頂きますぅ」

「その節は失礼いたしました。逆下逸美と申します」

第二十一章　ミッチーナ

一

ヤンゴンは音で溢れていた。

大渋滞のクラクション。建設ラッシュの高層ビルから響く金属音。野良犬の鳴き声。列をなして歩く僧侶たちの読経。アイスクリームスタンドの売り子の声。ビルマ語、ヒンズー語、中国語、すべてが雑然と混じり合い、爆発直前のマグマのような熱気を形作っていた。

肌を刺すような紫外線と蒸し返す湿気に、誠太郎はすっかり参っていた。

浅黒い肌の地元民たちは暑さなどどこ吹く風とばかりに、半袖シャツとロンジー姿にビーチサンダルをつっかけ、何食わぬ顔で通りを行き来している。

ビルマはミャンマーに、ラングーンはヤンゴンに呼び名を変えた。七十五年前、この国が戦場だったことを物語るものはほとんど見当たらない。

ただ一つだけ、誠太郎は祖父が見たのと同じ光景を車窓から発見した。

「タナカや」

女性の顔に白いモノが見えたのだ。街を行きかう女学生も、屋台で商売をする母娘も、老いも若きも、その頬や額に〝タナカ〟を白く光らせていた。

ワゴン車の窓を開けて大河内がスマホで写真を撮っている。お前も後で塗ってみろよと里山が囃し立てる。大河内が嫌ですよと拒否する姿を見て車内に笑い声が満ちる。

ダウンタウンに断つホテルの部屋から街を見下ろすと、黄金のスーラーパゴダに直射日光が反射して眩しく光っている。

その向かいに見える二階建ての洋館は二年前にオープンしたばかりの証券取引所だ。アウンサン・スーチー氏らの手で民主化を勝ち取ったミャンマーは、アジア最後の成長マーケットと呼ばれ投資の波が世界中から押し寄せている。今はまだ十数銘柄の株しか取引されていないが、今後二十年で百倍の銘柄が上場するだろうと、ガイドの正田が語った。

実際、彼の経営する現地旅行代理店も設立四年目で売り上げは年々倍増しているという。

カンボジアのアンコール・ワットなどと並び世界三大仏教遺跡と称されるバガン遺跡は世界中から多くの観光客を集め、世界遺産に認定されるのも間近だと、四十代にしては恰幅が良過ぎるお腹を揺らしながら、正田は説明した。

翌朝。八時発のマンダレー航空でミッチーナと名を変えたその街へ飛んだ。

ヤンゴンを出て二時間、シートベルト着用を知らせるサイン音が軽やかに鳴る。

日本では見たことのない珈琲牛乳のような色の大河が大地を二分している。

「お祖父ちゃん、見えるか」

誠太郎はスマホに入れた祖父の写真を窓に当て眼下を覗かせた。

ついに来たという期待感と、初めてとは思えない懐かしさに似た感情が、まさに珈琲牛乳のように溶けて混ざり合う。

祖父らがUの字とかのどちんこと評したその河の流れが、誠太郎にはイギリス・ロック界のスーパースターの有名なシンボルマークのようにも見えた。

車輪が出て来るモーター音が機内に響き、飛行機は徐々に高度を下げ始める。

陸の硫黄島と呼ばれた激戦地に降り立った。

「涼しい。ヤンゴンと全然違いますね」

ジャングル・プライムビデオの鶴田《つるた》朱音《あかね》が、街の第一印象を代弁する。

鶴田は元々女子アナとしてテレビ関東に入社した帰国子女で、三十路を前にシリコンバレーにあるジャングル本社に転職、結婚と出産を経て、プロデューサーとして日本に戻って来た復帰一発目がこの仕事だった。ショートカットにハッキリした目鼻立ち、さすが元女子アナという美形だ。

彼女がアメリカ駐在時代に偶然にもカリフォルニア州グレンデール市の慰安婦像を取材したことがあったのも、誠太郎らに奏功した。是非やりたいと熱意を見せて、社内を口説いてくれたのだ。

空港ビルを出て手配した車へ向かう途中、鶴田が逸れた。皆で辺りを見回すと、客を奪い合うタクシー運転手たちに腕を引っ張られている女性がいた。

「何やってんすか鶴田さん。こっちこっち」

大河内が半笑いで手を振る。スタッフに安堵の笑いが零れる。

外国慣れしたバリバリのキャリアウーマンかと思いきや、案外抜けたところのある彼女に誠太郎は好感を持った。

ヤンゴンとは違って道を行きかう九割はバイクだ。二人乗り、三人乗りは当たり前。クラクションを鳴らしながら、取材班を乗せた車の脇を接触すれすれで追い越していく。

ホテルに荷物を置き、さっそく最初のロケハンへ向かった。ロケハンとはロケーション・ハンティングの略で、撮影場所の下見のことだ。

本来、放送作家はロケやロケハンには同行しない。だが今回は祖父が主人公であることを理由に誠太郎も同行を願い出たのだ。

祖父が命を賭して戦った場所、夏子と過ごした河を、誠太郎は自らの目で確かめたかった。ノートだけでは分からない匂いや音、現場の空気に触れることで、脚本にリアルな描写を書き添えて完成度を上げたい。ただその一心だった。

まずは慰安所の場所を特定すべく、ノートにたびたび登場した教会へ向う。

しかし、その教会に時計塔は見当たらなかった。

スタッフ全員に不安が過る。

入口にいた女性に正田が来意を伝えると、海老茶色のロンジーを巻いた大柄な初老の神父が奥から出て来た。

記録用にカメラを回す許可を得て、大河内が質問する。

「第二次大戦中、この地に時計塔のある教会があったという元日本兵の手記があります。今は見当たりませんが、当時はあったのでしょうか」

「この教会は私が生まれる三年前、一九五六年に建て替えられたものです。以前の建物に時計塔があったかどうか私には分かりません」

「当時、この教会の裏側あたりに日本軍の慰安所があったという記録があります。ご存知ないですよね」

駄目もとで大河内が尋ねる。教会のことさえ分からないのに、戦時中の慰安所の話など知るはずもないだろうと誰もが諦めていた。

　ところが、

「ええ、今は更地になっているあの場所にあったそうです」神父は教会の裏手を指差しながら、事もなげに続けた。「その建物は移築して今も残っていますよ」

「どこに！」

　興奮した誠太郎が横から口を挟んだ。

　案内された場所には、明治時代の小学校の校舎のような小さな木造二階建てがひっそりと佇んでいた。

「今は教会の付属中学校の寄宿舎として使っています。十数年前に改築しましたが、トタン屋根だけは昔のままです」

　目の前の建物が、二人が出逢った「桃園」か、夏子が開いた「光栄」である可能性が十分にあったが、さすがに神父も店の名前までは知らなかった。

「意外と小さいんすね。少し作り変えなきゃ駄目っすね」

　撮影用に組む慰安所のセット図を広げた大河内が実物と見比べている。

　校舎裏の堤防から吹き降りて来るイラワジの川風が、汗ばむ首筋を撫でる。

　誠太郎は居ても立ってもいられなくなった。

「先に見てきますね」

　早くイラワジ河を見たいという衝動をずっと抑えていたのだ。

　タンポポが揺れる土手を、誠太郎は駆け上がった。

　目の前に泥色の大河が広がった。

これか。胸中で呟き、大きく息を吸う。

湿った風が耳元を吹き抜け、野草の匂いが鼻孔をくすぐる。

悠然とした流れに合わせ、左手から右手へ、ゆっくりと視線を動かす。見渡す対岸は遠く橋さえかかっていない。これほど広く雄大な流れを、誠太郎は見たことがなかった。

眼下の川辺には水浴びをする母親と三人の子供たちの姿が見える。

正面、遥か東にはクモン山系の山々が連なり雲間から差し込む太陽が深緑を鮮やかに浮かび上がらせている。

桜井兵長と田中さんが石を投げ、平尾先輩とバッタリ出逢ったのはどの辺りだろう。

祖父と夏子が密会の疑惑をかけられたのはどこだろうか。

ノートで読んだ様々な光景が３ＤＣＧのように実景の上に浮かび上がる。

「うわぁ、綺麗」後から来た鶴田が目を輝かせる。「信じられないですね。日本から遠く離れたこんな場所で、七十五年前に恋をした人たちがいたなんて」

「あれがノンタロウ村ですよ」

正田が指差す。

「あれですか」

誠太郎の祖父たちが命がけで目指した対岸には、ビルマ楡の巨木が葉を揺らしている。水上少将がピストルで命を絶ったのが、その木の根元だ。

「息子さんが建てた白い石碑が木の下にあります。『父よ安らかに』と刻まれています」

「英雄も子供にとっては一人の父親、帰って来て欲しかったでしょうね」

軍の死守命令に反して全軍を退却させ、その責任を取って彼の地で引金を引いた少将の魂と引き換えに救われた六百の命。その一つは祖父の命だ。誠太郎は想いを馳せる。お陰で祖父は露命を繋ぎ、今自分がここに立っている。胸に感謝の念が沸き上がってくる。

　対岸の巨木に向かいそっと手を合わせた。

二

　翌日と翌々日は季節外れの雨に邪魔された。

　ホテルのフロントで、誠太郎はかつて射撃場があった場所について尋ねてみたが、知っている人は誰もいなかった。祖父の戦友らが命を落としたタコツボの場所を特定したかったのだ。せめてもの供養に、部屋の窓から飛行場方面の雨空に合掌を捧げた。

　重要なロケハン箇所を残していたが、最終日になってやっと雨があがると、恐ろしいほどの蒸し暑さを運んできた。

　夕方の飛行機に間に合うよう大急ぎで下見に出る。

　向かったのは街の北端、番組にとってもっとも重要なロケ地となる場所だ。

　バイクタクシーに揺られること十五分、眩いばかりの黄金の光が見えて来た。それはまるで太陽の如く神々しく輝き、凛とした美しさを湛えて台座の上に鎮座していた。

　おっぱいパゴダだ。

　車を降りて近くから見上げる。荘厳な佇まいに誰もが言葉を失っている。

　全員が見とれていると、いつの間にか一人で土手に上がっていた大河内が汗を拭きながら降りて来た。

「駄目っすね、この時間帯じゃ無理だ。あとは本番、時間を合わせて撮るしかないっす」

今回のロケハンで大河内が強く望んだのが、イワラジ川西岸へ沈む夕景の仮撮影だ。祖父と夏子が見たイラワジ河に架かる光の橋と、夕陽に反射して黄金に輝くおっぱいパゴダの映像を視聴者に届けたいと考えているようだった。

空に嫌われて、ロケハンがこの日の午前になってしまい希望は叶わなかった。

「どうかロケの日、晴れますように」

パゴダに手を合わせる大河内に続いて、誠太郎らスタッフ全員で合掌する。

「皆さん、こっちも見て下さい」

正田の声が瞑目を破る。道を挟んだ反対側を指差している。

誠太郎はのけ反った。目に飛び込んで来たのは、全長三十メートルを超える寝釈迦仏だ。

「これですか」

「大きい。日本人が建てたんですよね」

鶴田も目と口をまん丸にしている。

菊兵団に所属していた元日本兵が、戦後、建設会社を立ち上げて蓄えた私費と募金合わせて十億円もの巨費を投じ、おっぱいパゴダの向かい側に寝釈迦仏を建立寄贈したという話が番組のリサーチで上がっていた。ミッチーナを訪れる日本人にとって今や慰霊の聖地となっているという。

報告が上がった会議室で誠太郎は不思議な縁を感じた。その寝釈迦仏を建てたのが、吉沢が送ってくれた動画サイトで祖父について語っていた九州弁の素朴な人物、坂井匡元中尉だったからだ。誠太郎は宗教も占いも信じていないが、この時ばかりは鳥肌が立ち、ミイトキーナに呼ばれていると心の中で呟いた。

坂井中尉が寄贈した仏像の、真っ白な尊顔の下に立つ。寝転んでいても見上げるほど大きく、黄金の袈裟が眩しい。

スタッフ全員で並んで正座をし額を床につける。

心の中で鎮魂と平和への祈りを捧げると、すーっと気分が落ち着いた。

立ち上がって、スタッフらと門前に戻って行く。そのときだった。

「ジャパニーズ？」

張りのある褐色の肌を持つ小柄なビルマ人僧侶が声をかけてきた。正田がそうだとビルマ語で答えると、こっちへ来いと手招きし、正門とは逆方向に向かって歩き出した。全員で顔を見合わせて恐る恐るついて行った先には、小さなプレハブ小屋が建っていた。

僧侶が扉を引き、壁のスイッチを押す。暗い室内を蛍光灯が照らす。

埃っぽくむっとする室内を覗いて誠太郎は仰天した。そこには、見覚えのある人物の等身大の黄金像が光り輝いて立っていたのだ。

「ミスターサカイ」

僧侶が指差した。

スーツ姿に眼鏡をかけたその姿は、まさにネット動画で見たその人だった。

「寝釈迦仏を寄贈してくれたお礼に、地元の人たちが黄金像を作って顕彰しているんだそうです」

正田の通訳で彼らの義理固さを知り、誠太郎は胸が熱くなった。

「見て。こっちもすごいですよ」

鶴田が指さした場所には、正座するとちょうどいい高さの献花台があり、祭壇の上には、若き日本兵たちの白黒写真が何枚も額に入れられて立てかけられていた。

真ん中に置かれた香炉の中では、短くなった線香が一筋の白煙を上げている。

大河内がカメラマンに全部撮るように指示を出している。

「すごくないっすか。慰安所の建物といい、坂井さんの黄金像といい、事前のリサーチでは出て来てなかった物がばんばん出ますね」

大河内の上気した顔を見て、ロケハンは大成功だったと誠太郎は確信した。

そして小屋を出ようとした瞬間、線香の煙の向こうに、彼は思わぬものを発見し、ガクンと膝から崩れ落ちた。

「何これ……」

全員が息を呑んだ。

時が止まったように空気が張り詰めた。

誠太郎が実名での公開を決意したのは、これがきっかけだった。

遠くで「トッケイ」と鳴く声が響いていた。

第二十二章　トッケイ

一

ギラつく太陽の下、蝉の声が響く。

日本時間の八月十五日正午、動画は世界に向け一斉配信された。

パソコンに向かって、誠太郎が再生ボタンをクリックする。

真っ暗な画面にピンスポットが灯り、番組ナビゲーターを務める山下健の姿が映った。近年ハリウッドでも活躍し益々円熟味を増してきたベテラン俳優だ。黒いスーツにノーネクタイの出で立ちで登場した彼の背景には、大河内が撮ったイラワジ河の実景が、ゆっくりと浮かび上がってCG合成され、まるで彼が川辺に立っているように見える。

山下が役者ならではのよく通る低い声で語り始める。

「一九四四年八月三日。この日、ミャンマーで起こった出来事をあなたはご存知ですか」

山下がミャンマーの激戦と主人公の男女二人について簡単に説明すると、カメラは静かに彼の顔にズームインしていく。

「物語は、その一年半前となる一九四三年一月、二人の出逢いから始まります」

往年の女性シンガーが哀愁たっぷりに歌うテーマソングに合わせ〝握り飯が支えた愛〟〝引き裂かれた二人〟とテロップが画面に踊る。

再現ドラマの印象的シーンがアバンで流れ、白抜きのタイトルが浮かび上がる。

ナレーション（ＮＡ）も担当した山下の渋い声で本編が始まった。

ＮＡ　今回、我々は一冊のノートを入手した——

勘助を演じたのは長身の若手イケメン俳優、夏子は人気グループのファン投票二年連続一位に輝いたアイドルが演じた。

丸顔で目が細い祖父とは似ても似つかぬ役者のキャスティングに、誠太郎は正直笑うほどの違和感を覚えたが、ＰＶ（ページビュー）数を増やす為、そこは喜んで我慢した。草葉の陰で祖父も苦笑いしているだろうと思いながら動画を鑑賞した。

物語は二人の出逢いからおっぱいパゴダの夕景、クライマックスとなる渡河シーンまでノートに書かれた話が、実写やスタジオセット、ＣＧを交えた映像で九十分間をかけて丹念に描かれた。

再び画面に映った山下が厳しい表情で立ち尽くす。その背景には兵士らを乗せた小舟がイラワジ河に浮かぶ映像が映し出されている。

山下がノートの実物をカメラに広げて見せる。

「勘助のノートは、ここでぷっつり終わっていました。この後、二人はどうなったのか。真相が分からぬまま、すべてはイラワジ河の霧に包まれてしまったのです」

山下がノートを閉じると、背後の映像が切り替わった。

映し出されたのは、ジャックフルーツの木に身体を這わせた一匹の大トカゲだ。

「皆さん、今ここに映っている大トカゲが何だかお分かりですか。実はこれこそ、勘助が折に触れて耳にした『トッケイ』と鳴く生き物の正体です。鳥だと思っていませんでしたか。私も騙されました。まさかトカゲが鳴くなんて知りませんでした。正確にはトカゲの仲間のヤモリです。求愛行動で鳴くその声からトッケイヤモリと呼ばれています」

そこで鳴き声が流れる。

「ケケケケケ……トッケイ、トッケイ」

「今のは二回でしたが、実はこれ、トッケイ、トッケイと七回連続で鳴く声を聞くと幸せになれるといわれる伝説のヤモリなのです。ロマンチックですよね。スタッフがこの声を聞いたのかどうか、我々は二つの幸運に恵まれました」

背後の映像が一人の老女の写真に切り替わる。

「一つはこちらの女性。彼女は途中で終わったノートの続き、つまり勘助と夏子の消息に関する貴重な証言を下さいました」

再び映像が切り替わり、今度は薄暗い部屋で跪き何かを手にする丸坊主の男性が写し出された。

「二つ目はこちらの男性。掌にご注目下さい」

そこにはモザイクがかかっていて、何だか分からない。

「実はこの男性は、勘助の孫で番組スタッフでもある水車誠太郎さんです。今回、ロケを行ったミッチーナのスータピー・パゴダ、通称おっぱいパゴダに立つ小屋の中で、二人の想い出が詰まったある物が、七十三年の時を超え、誠太郎さんの手に渡ったのです」

再び画面は無精ひげを生やした山下の精気漲る顔にカットバックする。大きな二重瞼を見開いてカメラを凝視した彼は、囁くような低い声で視聴者に語り掛けた。

「ここからは、ドラマの後日談をドキュメントでお届けします。向こう岸で二人は出逢えたのか。なぜ夏子は死んでしまったのか。戦争と距離を置いた勘助がこのノートを書いた目的とは。二つの出逢いを通じて分かった勘助と夏子のその後、ご覧下さい」

画面には小柄で上品そうな白髪の女性が映し出された。

二

桜舞い散る神戸は朝から心地の良い潮風が吹いていた。

居間の隣にある和室から線香の香りが漂う。

ミャンマーへロケハンに立つ一週間前、誠太郎の実家には、密葬終了通知に対し連絡をくれた戦友会の元世話人である伊集院という名の女性と、その娘が座していた。東京在住というので、誠太郎は何度も都内のホテルでと提案したのだが、仏壇に手を合わせたいと押し切られた。

約束の時間より十五分も早い朝九時四十五分、彼は記録用にとビデオカメラの赤いボタンを押した。

「祖父のことでお話があると伺っています。どういうことでしょう」

「私があの世へ行く前に、ご家族にお伝えしておかねばならないと思っていたことがあります。水車さんが書かれていた戦争の記録のことです」

「ノートのことをご存知なんですか」

誠太郎は隣に座っていた佐恵子と顔を見合わせた。

駄目元で持ち帰っていたノートを木箱から取り出し白髪の女性に見せる。

彼女は、まあと発してノートを手に取ると、慈しむように表紙を撫で、イラワジ河の夕陽という題字を声に出して読み上げた。

「ここまで具《つぶさ》に書いて下さったんですね。水車さんらしい」ページを捲りながら感慨深げに呟いた彼女は、視線を上げ誠太郎の目をまっすぐ見据えた。「このノートを書いて下さいと頼んだのは、私です」

「えっ！」

誠太郎は再び佐恵子と顔を見合わせた。

ノートを誠太郎に返しながら彼女はいった。

「まずは私のことをお話しせねばなりませんね。私は伊集院幸恵と申しますが、旧姓は田中でございました」

誠太郎は一瞬の間を置いてから声を上げた。

「ってことは、田中清吉さんの」

「妹です」

「今日も雨、明日も雨と葉書を宛てた」

「あら、そんなことまで」

「ここです、ここ」

照れ笑いを浮かべる幸恵に、誠太郎は慌ててノートの当該ページを開いて見せた。

娘から手渡された赤い縁の老眼鏡をかけた彼女が、覗き込むように視線を落とす。

「あら本当。ここに出て来る妹の七十五年後が、このオババです」

その言葉で場が一気に和んだ。

ガーゼ地のハンカチで口元を隠した幸恵が、隣の娘に何やら合図する。

「はい、これが証拠です」

娘が取り出した葉書の実物が誠太郎に渡された。

経年劣化して黄色くなった葉書には、ごつごつした筆跡が薄くなって残っていた。

「祖父が大変お世話になりました。ありがとうございました」

起立して礼を述べた誠太郎は自分の顔が上気しているのが分かった。

佐恵子も慌てて立ち上がり、「父が大変お世話になりました」と深々と頭を下げた。「お兄様はお亡くなりになったのに父だけ生きて帰ってきた、申し訳なさで一杯です」

幸恵はどうぞお座り下さいと恐縮そうに促し、こうしてお会いできたことが兄の一番の供養になりますと優しく微笑んだ。

誠太郎は我慢できずに尋ねた。

「実はこのノートの続きを知っている方を探していました。記述はイラワジ渡河で終わっていて、夏子は死んだとは書かれているものの、その後二人はどうなったのか、なんで死んだのかまったく書かれていないのです。ご存知ないでしょうか」

お茶で唇を潤すと、幸恵は真っ直ぐに誠太郎を見つめた。

「水車さんと夏子さんはその後どうなったのか、なぜ水車さんが急に戦友会に来られるようになったのか、そしてなぜ私がノートを書くように頼んだのか、すべてお話し致します」

　誠太郎の喉仏が上下に動いた。

「是非、お願いします」

　遠くを見つめるような目で幸恵が語り始める。

「水車さんが初めて戦友会にお見えになられたのは、一九九一年、平成三年の会でした。戦後十年目から毎年開いている会合は、久留米の文化街にある割烹料理屋さんが定席になっていましてね。生き残った方々と遺族が集まって語り合うんです。毎年同じ話をして、同じところで泣いて、同じところで笑う。

　でもその年は違いました。戦友の皆さんがどことなく緊張されていました。二時間前から来て先に飲んでいたという方もおられました。

　約束の十五分前ぐらいでしょうか。二階の座敷の襖がすーっと開いて、あの丸い恵比須顔の水車さんが顔を出された時、それはもう、戦友のみんなが泣いて喜ばれました。

『べっさん、よう来てくれた』

『ちっとも変わらんばい』

『べっさん、オイが誰か分かると』

　誰もが見たこともない生き生きした表情で声をかけるのです。復員以来四十五年ぶりでしたから。私もお噂はかねがね聞いておりましたが、ああ、一番親しくしてくれたのがこの方なら兄も幸せだったろうと、涙が溢れました。

『べっさん、この女が誰か分かると？　田中の妹の幸恵ったい』

会長の坂井さんが私を紹介してくれた時の、水車さんの驚いた顔は今も忘れません。あの細い目がぱっと開いてどんぐりみたいに真ん丸になって。私の手を取るなり、目に涙を浮かべられました。

『幸恵さん、今私が生きているのは田中清吉君、彼のお陰です。ありがとうございます』

何度も頭をさげられて、そのたび握る手に力がこもって痛かったのを覚えています」

幸恵の言葉に、誠太郎と佐恵子が苦笑いを浮かべる。

「私が五歳の時に兄は出征しましたので顔もほとんど覚えていないんです。でも水車さんの話を聞くと耳の奥で兄の声が聞えるようでした。地雷を踏まずに走れるか競争をした話、B29を見てカタカナのキだといった話、どの話も血が通っていて、面白い話なのに、なぜか聞くほどに泣けて来て。兄が生きていたことが初めて実感として湧いた、そんな語り口でした。そのうち水車さんが兄に見えてきましてね。写真で知る兄とは、姿形もまったく違いますが、兄が帰って来てくれたような気になりました」

幸恵は、誠太郎と佐恵子に微笑んでから続けた。

「二次会で行った日高町のスナックで、坂井会長がグラスを傾けながら仰るんです。

『べっさん、幸恵に田中の最期を聞かせてやってくれ』

水車さんは当時を想い出されたのか、じっと目を瞑った後、滔々とその日のことを語って下さいました。水車さんの記憶は五十年近くも前とは思えないほど克明で、聴かされた兄の最期に、胸が苦しくて涙が止まりませんでした。私までその瞬間に立ち会ったような気持ちになったのです」

想い出したのか、幸恵も、その娘までも目を真っ赤にしている。

「これで兄も浮かばれますと、水車さんに感謝の気持ちを伝えました。戦友の皆さんも目頭を押さえておられました。店にいた他のお客さんまで身を乗り出して聞き入っておられます。菊兵団は久留米の部隊でしたからね。地元の誇りでもあるんです。

兄の話がひと段落した時、誰かがふと尋ねました。

『そういえば、夏子はどうした』と」

誠太郎は我慢しきれず再び尋ねた。

「それなんです。二人は逢えたんですか」

幸恵が順番に、誠太郎と佐恵子の顔を見る。

「夏子さんはね――」小さく首を振った。「向こう岸にはいなかったそうです」

三

誠太郎は言葉を失った。意味が分からなかった。祖父のノートには、慰安婦らは初日に河を渡ったとあったからだ。

「どういうことでしょうか」

「夏子さんはマラリアで四十度の熱に冒されていたそうですね。立つのはもちろん座ることすらできなかったらしく、慰安婦たちが乗った丸木舟に筏をつないでそこに寝かせて曳いて行ったそうです。ところが『舟の進みが遅い。このままじゃ敵に見つかる』と、ロープを切った女がいたそうです。慰安所を経営していた女将です」

「そうだったんですか……」

「見ていた慰安婦によると、切り離された筏はすーっと下流に流されたかと思うとバランスを崩して、真っ暗なイラワジ河にひっくり返って流れて行ったと。ぷかぷかと浮かぶ夏子さんの頭が二、三度見えたものの、やがて暗闇に消えて行ったそうです。向こう岸でそれを知った水車さんは、河原に突っ伏し、砂を叩いて悔しがられたそうです」

「夏子殺された、とノートにありました」

「水車さんは、店と女性との間に借用書を交わすように助言したそうですね。元はといえば、自分が出しゃばってあんなことをしたのが原因だと。恨みを買い、その後も面倒がって誤解をとかずに置いたから、女将が夏子を拉致監禁して帰国させようとし、最後は溺死させた。すべては自分の責任だ、自分が殺したも同然だと、戦後もずっと後悔の念を抱いておられたようです」

父親の胸中を知ったからか、佐恵子が目頭を押さえている。

一方で誠太郎は、胸のつかえが取れる思いだった。ノートの冒頭にあった言葉がずっとひっかかり、祖父がその死に直接関わっているのではないかという疑念が消えなかったのだ。夏子の死は痛ましいが、その死への直接的関与がなかったことに正直安堵した。

「会長さんがお尋ねになりました。四十五年間、一度も顔を出さなかったのは、そういう理由だったのかと。すると水車さんは、『それだけじゃありません』と小声で打ち明けられました。『田中や夏子を始め、戦友たちの死すべてが自分のついた嘘が原因でした。皆さん、申し訳ありません。私は銃殺刑にも値する軍規違反を犯していました。敵であっても人は殺さないという戦場に見合わぬ誓いを立て、頑なに守っていました。それを隠して嘘をつき、中途半端な気持ちで戦場に立ち、敵を撃たなかったばかりに、多くの仲間を見殺しにしてしまったのです。私に柏手を打って命乞いまでして戦地に向かった彼らは、私が敵を撃っていないことなど知らずに死んで行ったのです。私を信じて拝んでくれた一人一人の顔が思い出されて、そのたび自分はなんと卑怯なことをしたんやと自責の念にかられました。私のタコツボの上に立った敵を撃ち殺してくれた田中を救うこともできませんでした。散華した英霊に対し、取り返しのつかない後ろめたさ、恥ずかしさ、辛さを、今日この日までずっと抱えて生きてきました。誰にもいえず墓場まで持って行こうと決めていた人生最大の恥辱です。戦友会に来られなかったのはそれが理由です。私は卑怯な人間でした。どうか皆さん、お許し下さい』

声を詰まらせて懺悔されました。四十五年間誰にもいわずに抱え込んだ苦しみを告白されたのです。誰一人として魂を揺さぶられなかった方はいなかったと思います。

会長はじめ戦友の方々も身につまされる想いだったのでしょう。

『そげん思いば抱えて生きてきたとね。辛かったやろ』

『べっさん、お前が悪いんやなか、悪いんは戦争ったい、軍部ったい』

戦友の方々は、水車さんとは真逆で、戦地で多くの人間を殺戮し、それでも仲間を守れず自分だけが生き残ったという後悔の念に苛まれながらも生きて来られた方ばかりです。水車さんの苦しみは自分の苦しみでもあったはずです。

それだけじゃありません。水車さんのお人柄を全員が分かっていたからでしょう。会長さんがこう仰られました。

『べっさん、何も後悔することなか。お前が正しか。戦争中もオイらは命令のまま何も考えることなく敵を殲滅することに命を燃やしとったが、お前は一人正しい事をやった。人を殺さんかったお前が何を後悔することがあるか。胸を張れ！』

その言葉に救われたのでしょう。水車さんは肩を震わせておられました。するると、普段は近寄りがたい雰囲気のあまり喋らない方が、言葉を絞り出すようにこう仰られました。

『べっさん、俺は戦わない君が許せなかった。だが会長のいうとおり、君だけが正しい目と心を持っていた。謝りたいのは俺だ。あのときの事どうか許して欲しい』

お二人は手に手を取って慰め合っておられました」

誠太郎は思わず口を挟んだ。

「待って下さい、その方のお名前は」

「確か伊東さんと仰ったかしら。あまり積極的に参加される方ではなかったので、この年は水車さんに会いに来られたのでしょうね。伍長だったと聞いています」

「生きて帰って来られたんですね」

「この翌年、末期の肝臓がんが見つかってお亡くなりになられました。お二人の間に何があったのか存じませんが、当時はみなさん二十代の若者ですから、極限の状態で過ちを犯すこともあったでしょう」

伊東が長年苦しんでいたことを知り、誠太郎の中にあった憎しみに似た感情が薄らいで行った。

「戦後、浦賀に復員した瞬間、持っていた夏子さんの忘れ形見のラグビーボールの根付を海に投げ捨て、今日からは新しい水車勘助となって生きよう、米屋として地道に頑張って行こう。

と。

水車さんはこうお答えになりました。『先日、朝鮮人慰安婦が名乗り出たのがその理由です』

「同じ疑問を誰もが持っていました。気持ちが変わった理由を会長さんがお尋ねになりますと、

「そんな父がなんで急に戦友会に顔を出したんでしょう」

不意に佐恵子が言葉を挟んだ。

そう決意されたそうです」


ちょうどその頃、元慰安婦という女性が初めて名乗り出て、その後日本を訴える裁判を起こされました。新聞にも大きく載りましたでしょ。それで私も慰安婦の存在を知ったのですが、水車さんはこんな風に仰られました。

『田中の最期は見届けたから悔しいが諦めもつく。でも自分は夏子の最期を見ていない。慰安婦の方が名乗り出たとき、当時の記憶が突然ぱっと蘇ったのです』

どこかで生きているのではないか。その気持ちは私もよく分かります。兄が死ぬところを見た人は戦友会にもいませんでしたから、突然、小野田さんや横井さんみたいに帰って来てくれるのじゃないか。そんな風に期待して待っていたのは、日本中に私だけじゃなかったと思います。裁判をきっかけに蓋をしていた記憶の扉がぱっと開いた。ひょっとしたら夏子さんの消息を知る人がいるかも知れない。そう思って戦友会に来られたそうです」

「そういうことですか」

佐恵子が大きく頷いた。

「ちょうどその前に、水車さんは奥様を亡くされたそうですね。まさか奥様のご存命中はかつ

ての恋人を探すようなこともできなかったでしょうが、二つの出来事が重なったのも水車さんの運命だったのかも知れません。実のお母様やお祖母様ではない女性の話で、不快かもわかりませんが、どうか分かってあげて下さい」

四

長田港からの浜風が潮の香を運んでくる。

「一年目はそれで終わったのですが、驚いたのはその翌年です。ビルマ・ミイトキーナの慰安婦がアメリカの捕虜になっていたという記事が新聞に出たのです。水車さんが来られた翌年でしたから、そのタイミングに驚きました」

その瞬間、誠太郎がはっと声をあげた。

「ちょっと待って下さい」

持ち帰った木箱からスクラップブックを取り出し広げて見せた。

「ひょっとしてこの中にありますか」

老眼鏡を頼りに何枚かページを捲ったのち、幸恵は大きく頷き指差した。

「ありました、これです」

記事を覗き込んだ誠太郎は目を見開いた。

日付は一九九二年一月三十一日。イラワジ東岸を敗走する日本軍から逸れた慰安婦が米軍の捕虜になっていたという記録が、アメリカの公文書館で見つかったという四百文字ほどの小さな記事だった。

「これは夏子さんのお仲間だった方たちですか」

「そのようです。この記事のお陰で、戦友会は夏子さんの話でもちきりになりました。私は二人の愛の話に感激しましてね。聞くほどに悲惨なミイトキーナに男女の恋愛があったなんて信じられませんでした。私は女でしょ。戦闘の話よりもよほど身近に思えました。愛する男性のために握り飯を持って運ぶなんて泣かせるじゃありませんか。怖かったと思いますよ夏子さんも。それでも女は逢いたいのです。五分でも十分でも。私はこれの父親とは見合い結婚ですし、娘時代には自由恋愛もありませんでしたので、戦場とはいえ羨ましく思いましたよ。夏子さん、その一瞬だけは幸せだったと思いますよ」

　誠太郎の隣で佐恵子が大きく頷いている。

「その頃はニュースでもさんざんこの問題が流れましてね。新聞ではまるで奴隷狩りのように連れて来られて慰安婦にされたと報道されていたでしょ。私も可哀そうに思っていたのですがね、水車さんの口からは心躍るような二人の様子が生き生きと語られて、ニュースで聞く惨状とは全然違って驚いたのです。生き残った方が書かれた戦闘の記録はたくさんありましたが、慰安婦との恋の話は聞いたこともありませんでしたから、私は頼んだのです。その話をぜひ書き残して下さいと」

「なるほど。そういう事情だったんですね」

　成り行きを呑み込んだ誠太郎だったが、幸恵は大きく首を振った。

「いいえ。ところが水車さんはそれだけはできないと頑として首を縦に振って下さらないの。ここで喋るだけならいいが、記録としては残せないと。理由は仰いませんでしたが、その言い方に強い意思を感じましたもので、私もそれ以上は頼めませんでした。

ところが、阪神大震災が起きて一回お休みされたその次の年、話したいことがあると電話を頂きまして、会合の一時間前に久留米駅前の喫茶店でお会いしました。

そしたら、『意を決して書き始めました』と仰られたんです。『ただし書いているけど、一つだけ約束を守って欲しい。あなたが責任を持って保管して、時が来るまで絶対に誰にも見せないで欲しい』と頼まれたのです。不思議でしょ。書きたくないと頑なに拒まれたものを書き始めた、なのに誰にも見せるなと。私は混乱しました」

「すみません。そんな風に父が幸恵さんを困らせていたなんて全然知りませんでした」

佐恵子が頭を下げる。

気にしないでと制し幸恵は続けた。

「見せるなとはどういう意味ですかと尋ねると、『今や慰安婦は国際問題になっている。自分の身内が関わっていたと知ったら娘や孫が悲しむに違いない。書き上げたらあなたにお渡しするので、この問題が解決する日まで大事に保管して欲しい』と」

この瞬間、誠太郎は胸に刺さった小さな棘がすーっと溶けていくのが分かった。やはりそうだ。祖父が母や自分たちの事を考えずに書くはずがない。あのノートは誰に読ませるものでもない、ただ幸恵さんのために慰霊と贖罪の気持ちを込めて書いたのだ。祖父の優しい気遣いを再確認し、誠太郎はすべてを聞き終えたと思った。

「それでも私には疑問が残りましたので、『そこまで秘密にしたいことをなぜ書く気になられたのですか』と率直に尋ねました。すると水車さんの口から信じられない言葉が飛び出したのです。『実は、夏子が生きていたのです』と」

「えっ！」

誠太郎が驚いて立ち上がる。佐恵子は口に両手を当てて目を剥いていた。

五

啞然とする二人を前に、幸恵は一人上品に笑った。

「あなた方と同じように私も大声をあげました。その拍子にテーブルの珈琲カップをひっくり返してしまいましてね。水車さんはそれを見て大笑いするのですよ。幸恵さんは田中の妹だ、慌て者のところがそっくりだって。兄と血が通っていると思うと嬉しいやら、周りのお客さんにじろじろ見られて恥ずかしいやら、困りましたよ」幸恵は娘と目を合わせて笑い合った。「その日の戦友会は、それはそれは大騒ぎでした。水車さんが持って来た写真を指差してこの女はたまきだ、これは美鈴だと」

「写真？」

「さっきの新聞記事がありましたでしょ。水車さんは阪神大震災の後、その記録を確かめにワシントンの公文書館に行かれたそうです」

「えっ、あの時！　ただの観光かと思ってたんですけど」

佐恵子が手を打った。

誠太郎にも記憶があった。仮設住宅への入居が決まった直後、祖父はアメリカに旅行に出かけたことがあった。義援金を無駄遣いしてると誤解されへんやろか、と母が心配していたのを誠太郎はよく覚えていた。

「行ってみたら、記録の原本とともに、慰安婦たちの写真も残っていたそうで、そこに夏子さんも映っていたんです」

「川に流されたんじゃないんですか」

「ところが助かったのでしょうね」

はっとした誠太郎は再びスクラップブックを捲った。見覚えのある一枚の写真が出て来た。箱ごと捨てようとしたとき剥がれ落ちた一葉だ。米兵が写ったモノクロ写真には、その後ろに数人の女たちも一緒に顔を並べていた。

「その写真って、これですか」

「そうそう。後ろの列の左から二人目、おさげ髪の美人。それが夏子さんです」

誠太郎はソファーから崩れ落ちた。脳が痺れるような感覚を覚えた。まさか本人が映った写真が箱の中に入っているとは夢にも思っていなかった。

ワシントンでこの写真を発見した祖父はどんな思いだったのだろう。きっとその場で跳び上がったに違いないと誠太郎は想いを馳せた。

「水車さんは仰られました。

『ミイトキーナで生き残り、震災で生き残った。そしたら夏子が帰って来た。これはきっと私の運命だ。彼女がもしまだ生きているなら会って礼をいいたい。それが叶わないなら、せめて私の気持ちだけでも書き残して、あなたに託したい』と」

誠太郎は前のめりになって尋ねた。

「祖父は夏子さんと再会できたんでしょうか」

幸恵は目を伏せ、首を横に振った。

「ソウル近郊に『ナヌムの家』という慰安婦の資料館があるそうで、水車さんはそこも訪ねてみたそうですが、消息は分からなかったようです」

「えっ、韓国も」佐恵子が跳び上がった。「なんで急に目覚めたように海外に行くのか聞いたんです。でも父は苦笑いを浮かべただけで答えませんでした。きっと地震でいつ死ぬから分からないと達観して、元気なうちに世界を見ておこうと旅しているのかなと思っていたんですけど。まさかそんな目的があったとは」

「書き残す決意をされたということは、水車さんの愛は本物だったのですね」

幸恵が微笑みを浮かべる。

「どういう意味ですか」

「若い頃に遊廓で遊んだ話を妻や子供にする人はいませんでしょ。でも初恋の話ならどうかしら」

慰めの言葉が染み、救われたような心持ちで誠太郎は佐恵子と微笑み合った。

「幸恵さん、良ければお持ちになって、ゆっくり読まれませんか」

誠太郎がノートを幸恵の目の前に滑らせる。

「いえ、お孫さんのあなたがお読みになられたのなら、もう私は結構。ただ、これを書かれた水車さんの真意をお伝えしたかっただけです」

六

映像が再び山下に切り替わる。背景には玉ねぎのような形をしたオブジェが黄金に光っている。

「もう一つの幸運は、ロケ隊が訪れたこの場所、そう、おっぱいパゴダで起こりました」

＊

寝釈迦仏を建てた男の黄金像が安置された小屋の祭壇で、短くなった線香が一筋の煙を上げている。

それを眺める誠太郎が僧侶に質問する。

「私たちの直前にも誰かお参りに来られたんですか」

「ええ、一人の青年でした。日本人だと思って声を掛けたらコリアン・アメリカンでした」

「韓国系アメリカ人？　何の用だったんでしょう」

「それを置いていったんです」

僧侶が指差したのは、戦没者の写真がずらりと並ぶ祭壇の端に置かれた白い小皿だった。

「水車さん、これ」

両手で口を押さえた鶴田の目がみるみる潤む。

「カメラ回ってるか！」

興奮で裏返った大河内の声が聴こえる。

「何これ……」

誠太郎は一点を見据えて歩み寄ると、膝から崩れ落ちた。

白い小皿に伸ばす腕に鳥肌が立つ。

誠太郎は皿ごと抱くように、それを大事に両掌に載せ、カメラに向けた。

経年劣化して茶色く変色した生地。触ると切れそうな糸。お世辞にも上手とはいえない縫い目。少し太った楕円形。そこにあったのは相当な年月が経過したラグビーボールの根付だった。

「——」

息が詰まりそうになるのを必死で堪えて振り返った誠太郎は、スタッフを見上げて頷いた。

「夏子さんのラグビーボールやと思います」

声が震えていた。

韓国系の青年が、つい二十分前にここに置いて帰ったという。

次の瞬間、誠太郎は小屋を飛び出した。

「おい、どこ行くんだ」

里山の声を背中に聞きながら、無我夢中で駆け出した。

「カメラ、追え！」

大河内の叫びが後ろで響く。

乾季のビルマにまたしても雨が落ち始めていた。

理性では分かっていた。走ったところで出会えるはずなどないと。でも走らずにはいられなかった。

「夏子さん！」

ここへ来たのは夏子ではないが、誠太郎にはその名を呼ぶしか方法がなかった。

今ならまだ間に合うかも知れない。声が届くかもしれない。

どれほどの時間走っただろうか。
雫はみるみるうちに豪雨となった。車やバイクが激しい水飛沫をあげて行き交う。
雨が視界を遮る向こうにミッチーナの駅舎が見えてきた。列車が止まっている。
誠太郎はあらん限りの大声で叫んだ。
「夏子さん！いたら返事して。夏子さん」
声は虚しくも雨音にかき消される。
列車がミッチーナ駅を出発する。ずぶ濡れの誠太郎は線路に飛び降り後を追う。
加速する列車との距離が離れていく。
枕木に足を取られた誠太郎は躓き、敷石の上にぶっ倒れた。

画面下にスタッフロールが流れる中、再び誠太郎の実家が映し出され、ソファーに座ってラグビーボールの根付を手にした彼と佐恵子の二人が登場した。

ＮＡ　最期に勘助の孫からのメッセージをお聞き下さい。

「夏子さんの関係者の方、見て下さっているでしょうか。こちらは勘助の娘、佐恵子。私はその息子で勘助の孫の誠太郎です。夏子さんの存在を我々はこの冬までまったく知りませんでした。祖父が戦場で夏子さんと愛を育んでいたことなど、想像だにしませんでした。食料もなく痩せこけ迫りくる敵を前に露命を繋いだ祖父が抱いた唯一の希望、それが夏子さんでした。夜ごとタコツボに握り飯を運んでくれる夏子さんに逢うため、今日も生きよう、明日も生きようと命からがら頑張ったと知りました。地獄のイラワジ渡河で、多くの将兵が絶望して死んで行く中、祖父が絶対に諦めなかったのは向こう岸で待つ夏子さんに逢いたい一心でした。最後は長く患ったものの、去年の十二月まで九十六歳の天寿を全うすることができました。ここにいる母、私、今年十八になる娘まで水車家の命がつながり、今も幸せに暮らせているのは、夏子さん、あなたのお陰です。本当にありがとうございました。

川に流されて亡くなったかと思った夏子さんが、ミイトキーナで捕虜として生き残っていた。これだけでも信じがたいことですが、このラグビーボールの根付で子孫と思われる方がいることも分かり驚きを禁じ得ません。これをあの日ミッチーナに持って行かれたご本人様、または夏子さんの消息をご存知の方、どんな些細な情報でも結構です。是非、ジャングル・プライムビデオまでご連絡下さい。もしもまだご存命なら直接お会いして、心からの感謝をお伝えしたく思っています」

エピローグ

満開の桜に彩られた空港の駐車場でスマホをチェックすると、既に議員辞職し民間人となっていた大澤瑞希の国会証人喚問が決まったという経産新聞のニュースがトップに躍り出ていた。

すべてはフリーになった篠崎が発表した『大澤先生、口止め料をお返しします』という記事から始まった。トカゲの尻尾切りで慰安婦像除幕式問題の逃げ切りを謀った大澤が、そのトカゲに告発されたのだ。さらに連日の報道に刺激を受けた村椿正明が、父・修一と旧ソ連との『K資金』、社会平和党とのつながりを告白。大澤は議員辞職に追い込まれ、ついに今般の証人喚問にまで発展した。

スキャンダルの闇は深く、社会平和党の解党、さらには外交問題にまで発展するだろうと記事は伝えている。

ざっと目を通した誠太郎は、スマホをポケットに入れ、麻沙子と汐里の元へ駆け寄った。

ドレープのワイドパンツにボーダーのニット、ベージュのジップパーカーを羽織っている。

高校を卒業するだけでこんなに変わるのかと誠太郎は感心した。一年と三ヶ月前ここで出迎えた娘とは別人のようだ。薄く塗った口紅もその印象を強めていた。

「ちゃんとお土産渡してよ。本当に大丈夫なの」

「ママ心配しすぎ」

汐里が呆れたように笑う。麻沙子は手土産のことばかり気にしていたが、希望に胸を膨らませて旅立つ娘に、そんな心配など届いていない。

ロサンゼルスの語学学校へ入学が決まった。半年計画でアメリカの大学入学に必要なレベルまで英語力を上げるのが目標らしい。しかし誠太郎の目には、英語の勉強よりもジェイミーやヨンサムに逢えることの方が楽しみで仕方ないという風に見えた。

誠太郎は番組公開二か月後に起きた、あの出来事を思い出していた。

*

十月も半ばを過ぎたある日、ジャングルプライム宛てに一通の英文メールが届いていると鶴田から電話が入った。送り主は李伯春《イベクチュン》。夏子の孫と名乗る人物だという。最初はまったく信じられなかった。

何故なら、放送直後の番組宛てに届いたメールの半分はイタズラ、半分は反日団体からの誹謗中傷だった。似た人を知っているという情報を寄せてくれた視聴者も数人いたが、夏子やその家族に直結する情報は含まれていなかった。

しかし鶴田に概略を聴き、インターネットの自動翻訳機能を活用しつつ自分でも読んでみたところ、その想いは一転した。夏子がつい前年まで生きていたこと、ベクチュンの息子である泳三《ヨンサム》がラグビーボールをミャンマーまで納めに行ったこと、まさか息子が誠太郎とミッチーナでニアミスしているとは思いもよらなかったといった驚きが綴られていた。

返信をした二通目のメールでは五年ほど前に撮った家族写真が添付されていてた。写真館で撮られたというその画像は夏子九十歳の誕生日のものらしく、一番下は乳飲み子まで、総勢二十人近い親族が揃っていた。チマチョゴリ姿の女性数人と、羽織のような黒い礼服を着た男たちの真ん中に、丸まった毛糸のように椅子の上にちょこんと座った夏子が映っていた。顔という顔に深い皺が寄り長年の苦労を感じさせたが、家族に囲まれ柔和な表情で目を細めていた。

その一枚を見ただけで誠太郎も暖かい気持ちになった。

添付されていた家系図によると彼女には二人の息子がいて、ベクチュンは長男の長男、つまり夏子の孫であることが示されていた。

彼はアメリカに移住し、今はロス近郊のアーバインという街で弁護士をしているという。

その後も何度かメールのやり取りを重ね、ついにこの日、無料のテレビ電話アプリを使って対面することとなった。

朝十時、神戸の家の茶の間にセットされたパソコンは発信ボタンさえ押せばいつでも向こうの家族とつながる状態だった。

誠太郎が女三人に目で合図しアプリからコールする。向こうは夕方六時。夕飯前で家族が揃うちょうどいい時間だ。

「ハロー」

相手は四人家族のはずだった。ところがパソコン画面に映ったのは、神妙な顔をしてソファに腰かけた誠太郎と同世代の男性一人きりだった。銀縁の眼鏡の底には、理知的な目が静かに光っていた。

誠太郎が家族を紹介し、簡単な挨拶を済ませると、ベクチュンが口を開いた。

「まず、最初に申し上げたい。実はあの番組を見るまで、我々家族は、祖母が慰安婦だったことを知りませんでした」

英語が得意な汐里が通訳すると、佐恵子と麻沙子の顔色が一変した。

手紙を貰ったこと、ネット回線で対面できることで、誠太郎もいつしか歓迎されているものと思い込んでいた。不覚だった。

「勝手に番組化してすみませんでした。あなた方の心を思いやる配慮が足りませんでした。番組の制作者として心よりお詫びします。申し訳ありませんでした」

誠太郎に合わせて、三人も頭を下げた。

「正直いって受け入れがたい話でした」ベクチュンが苦渋に満ちた表情を浮かべる。「ドラマの内容は、私が知っていた慰安婦の話とあまりに違ったからです。慰安婦は奴隷のように強制連行され、お金も搾取され、強姦されたと聞いている。あなたに確認したい。あの話は事実ですか」

「はい、疑うべきところは何もないと自信を持っています」

「一切の作為も、創作も入っていないと」

「祖父が記録したノートを、ありのままに映像化したものです」

「確認しますが、物語の中で自らの出自や、慰安婦になった経緯を祖母が語るシーンがありました。あれも事実ですか」

「繰り返しになりますが、ノートに書いてあったままに再現しました。祖父は戦場でついた自らの嘘に苦しんで生きて来た人間です。その人間が新たな嘘は書かないでしょう」

誠太郎がそう答えた瞬間、緊張していたベクチュンの表情が緩んだように見えた。

「父に確認しましたが、祖母はアジア女性基金からも、日韓合意の基金からも、一切のお金を受け取っていないそうです。もし祖母が一ウォンでも受け取っていれば、我々家族は祖母の過去を知ることになったでしょう。日本への怒りに震えたかも知れません。祖母を性奴隷として物のように扱い、人としての尊厳を踏みにじったなら、私は日本が許せなかったと思います」

ベクチュンの苦悶の表情を見ながら、誠太郎はノートに初めて触れた日のことを回想した。祖父が慰安婦と関係を持った事実を隠したいと思った。ならば祖母が慰安婦だったと知ったベクチュンら家族の動揺と哀しみは、筆舌に尽くしがたいだろう。

「自らが慰安婦だったことが、いい想い出である筈はありません。悔しくて泣いてばかりだったでしょう。でも、再現ドラマで夏子が語ったように、それは生家の貧しさと働かない父親の問題と捉え、祖母はその運命を受け入れていたのだと思います。だからお金を受け取らなかった。祖母のケースが特別なのかも知れませんが、番組がすべて実話と聞いて、正直ほっとしています」

ベクチュンは前に置いたグラスを取り、一口飲んで息をついた。

「ほっとしているとは、どういう意味でしょうか」

誠太郎の慎重な問い掛けに、ベクチュンは弁護士らしく整然と答えた。

「事実を確認できたからです。韓国内では慰安婦問題は日本が絶対的加害者だと教わります。その気になれば、祖母は嘘をついてお金をせしめることもできたでしょう。中にはそうしてお金を得た人もいると聞いています。ですが祖母はそんな汚れた真似はしなかった。祖母は嘘が嫌いな潔い人間でした。あなた方のお祖父さんと同じように」

その瞬間、ベクチュンとの間を隔てていた見えない壁が、氷解したように誠太郎は感じた。

「ベクチュンさん、ありがとうございます。知りたくなかった辛い事実に触れ、あなたやご家族に葛藤があったことも理解しました。制作する前にあなた方を探し、許可を得るべきでした。

改めてお詫びします。すみませんでした」誠太郎は再び頭を下げてから、恐る恐る尋ねた。「あなた方ご家族は、私の祖父、勘助をどう思っていますか」

汐里が通訳する間、誠太郎たちは息が止まりそうな緊張の中で返事を待った。

ベクチュンは答えた。

「感謝しています。勘助さんがいてくれたお陰で、私の祖母は生きながらえたのですから」

誠太郎は胸を撫でおろした。家族と顔を見合わせると、全員が安堵の嘆息を漏らしていた。

ベクチュンがカメラのフレームの外に向かって手招きする。

二人の女性と一人の若い男性がパソコン画面にぞろぞろと入って来た。

「私の家族を紹介します」

ベクチュンの横に妻、後ろには息子とその妹が並び微かな笑みを浮かべている。

ミッチーナに根付を持って行った息子のヨンサムは黒い直毛の髪を軽やかに右に流した涼しげな細い目が印象的な青年だった。

それぞれの紹介を終える頃には、汐里が誠太郎と佐恵子の間に身体をねじ込み、ヨンサムと二人で勝手な会話をしていた。大学のこと、街にあるカフェの話など、すっかり二人の世界だ。

なぜならヨンサムが通う大学は、汐里が進学を希望している学校だったからだ。お陰で汐里のテンションは一気にヒートアップした。二人が磁石の役割を果たし、遠慮がちな二つの家族の距離は一気に近づいた。

誠太郎が核心に触れる。

「ご存知であれば教えて下さい。あの後、皆さんのお祖母さんはどうなったんでしょうか」

ベクチュンは、川に流された後の夏子について静かに語り始めた。

「すべては父から聞いた話です。祖母はミャンマーへは看護婦として従軍していたと話していたそうです。そこに好きな日本兵がいたと。イラワジ河を渡る途中、筏を切り離された祖母は、高熱の中、必死でもがき泳いだ。こんなところで死ねない、向こう岸で勘助を待つ。その一心だったそうです。真っ暗闇の中、河原に泳ぎ着き、助かったと安心したところまでは覚えているのですが、次に気が付いたときには連合国軍の野戦病院のベッドの上だったそうです。向こう岸には着けず、ミイトキーナ側の下流で倒れているところを中国兵に捕らえられたと聞きました。薬が効いてマラリアはいっぺんに治ったのですが、もう勘助と会えないと悟った祖母は『哀号』と夜ごと泣き明かしたそうです」

祖父の存在もまた、夏子の命を救っていたことが、誠太郎の胸を熱くした。

「数日後、インドのレドにあった捕虜収容所に移送されると、そこへ新たな捕虜十八人が連れて来られたそうです。イラワジの向こう岸に逃げた日本軍から逸れてしまった女たちでした。一人ぼっちでいつ米兵に乱暴されるかと恐れていた祖母は仲間たちの顔を見て大いに安心し、抱き合って再会を喜んだと聞いています」

勘助がアメリカの公文書館でコピーした写真は、この時に撮られたものだろうとベクチュンが推論を述べた。誠太郎は慣れない英語で、ミー・トゥーと答えた。

終戦後、韓国に送還された夏子は家族の元へ帰るも、酒で身体を壊した父親は既にこの世を去っていた。妹弟と三人で行商の手伝いなどして必死で働き、その後、知人の勧めで同じ村に住む農家の次男と結婚し、すぐに長男が生まれた。佐恵子と同じ一九四九年生まれだという。それがベクチュンの父親だ。

翌年には二人目が誕生。暮しは貧しかったが、転機となったのが朝鮮戦争だった。

夫が徴兵され、息子たちを育てるため一念発起。持ち前の商魂を発揮して米軍兵士向けに屋台で食堂を始めたところこれが奏功した。当時、韓国には英語が喋れる人などほとんどいない中、捕虜時代に覚えた簡単な英語が役に立ち夏子の店は大いに繁盛した。

しかし夫は戦死。夏子は休戦後も食堂を経営しながら女手ひとつで二人の息子を育て上げた。二つの戦争に翻弄された人生だったという。

「我が家には祖母から伝わる日本語があります。『フトウフクツ』という言葉です」

「本当ですか」

誠太郎は思わず目を丸くした。

「何があってもくじけるなという意味だと祖母から聞いています。合っていますか。私はその精神でこちらの大学に入り、アメリカ人に負けるもんかと頑張って勉強しました。勘助さんが祖母に教えた言葉だったとは夢にも思いませんでした」

テレビ電話の向こうで興奮気味に語るベクチュンの顔が上気している。

誠太郎も熱くなった。母校ラグビー部の部訓が、まさか夏子の孫にまで伝わっているとは夢にも思わなかったからだ。

誠太郎は慌てて鞄から手帳を引っ張り出しベクチュンに見せた。

「私の手帳です。毎年一月、手帳の最初のページにこれを書きます」

「不撓不屈」の文字を見せるとベクチュンは痛く感激し、「私とあなたは兄弟だ。勘助さんの教えを受け継ぐ兄弟だ」と大いに喜んだ。

ベクチュンはもう一つ、初めて知ったことがあると続けた。

「♪　あめあめ　降れ降れ　母さんが　蛇の目でお迎え　嬉しいな」

歌い出した瞬間、佐恵子が急に鼻をすすり始め、ピチピチ　チャプチャプ　ランランランの所では誠太郎も昂ぶる感情を抑えるのに苦労した。日本語のたどたどしさが却って胸に響いた。

「祖母の誕生日には全員でこれを歌いました。悪いときもこの歌のように気持ちを明るく持っていれば、きっと良くなる。祖母からの教えです。土砂降りの雨の中、祖母が勘助さんと一緒に唄った歌だと今回初めて知りました。祖母はいつも明るく楽しい人でした。慰安婦として生きた時代は辛く悲しく死にたい日々だったでしょう。そんな人生に光を与えてくれたのが、あなた方のお祖父さん、勘助さんだったのです」

ベクチュンの言葉に水車家の四人全員の顔がパッと明るくなった。

誠太郎がWEBカメラの前に、プラケースに入れて大切に保管したラグビーボールの根付を出すと、向こうの家族が感嘆の声を揃えた。

「この根付を持ったままでいいのでしょうか。おっぱいパゴダに返しに行った方がいいですか」

「実は祖母が亡くなって遺品の整理をした時、小さな箱の中に一枚の手紙とともにそれが入っていました。『私が死んだら、これをミッチーナのパゴダに祀って欲しい』と。それが何なのか、我々家族は知る由もなかったのですが、偶然、アジアを旅する予定だった息子に足を伸ばしてもらい持って行かせました。まさか勘助さんとの想い出が詰まった記念の品だったとは、今回の動画で初めて知りました。祖母はきっと信じていたと思います。これがあったらまた逢えると。祖母の願いは七十余年の歳月を経て叶いました。どうぞそのまま大切に持っていて下さい。祖母の想いはミッチーナではなく勘助さんにあったのですから」

その言葉に双方の家族が微笑んだ。イラワジ河で分断された二人の想いが繋がった。

ベクチュンとヨンサムが声を揃えた。「オオキニ」。

＊

フライトまで一時間を切った。

「じゃそろそろ行くね」

突然寂しさがこみ上げて来たのか、麻沙子が目を潤ませている。なんで泣いてんのと汐里は笑っていたが、結局、手荷物検査場の前で二人して抱き合い泣いていた。

目を真っ赤にした汐里が、誠太郎の正面に立った。

「パパ、これ私が行ったら読んで」

ピンク色の封筒に入った手紙を誠太郎が受け取ると、汐里は検査場に向かった。

その場を立ち去れずにいる誠太郎と麻沙子に反して、手荷物チェックを終えた汐里は振り向くこともなく搭乗口へ消えて行った。

「あっけないもんやな」

誠太郎が呟く隣で、麻沙子はまだ目頭を押さえている。

踵を返して駐車場へ向かいながら麻沙子がきいてきた。

「何が書いてあんのかね」

「帰ったら読むわ」

「なんでよ。今、読みなよ」

「いや。帰ってひとりで読ませて」

「読んで泣くとこ、見られたくないんでしょ」

「違うわ」

図星だったが、誠太郎は恥ずかしくて否定するしかなかった。

「じゃ一緒に読ませてよ」

「分かったよ」

ロビーのベンチに肩を並べて座り、封を開けた。

便箋には、女性らしい優しさを感じる文字が連なっている。

成長した娘の手書き文字を読むのは、初めてだった。


「パパへ　留学の夢を後押ししてくれてありがとう。感謝しています。

アメリカで慰安婦に謝れといわれ本当に悩んでた。怖くて心細かった。なんだか夢が壊されたような気持ちになって落ち込んだ。友達にも相談したけど私の心は満たされなかった。日本の方が安全だし、日本の大学でいいかって半分諦めかけてた。でもパパはいってくれたよね。「そんな理由で夢諦めるのはちゃうやろ」って。あれ、すごく嬉しかったよ。

それから番組を見終えた後、パパは教えてくれたよね。もしまた謝れといわれたら、こういえばええんとちゃうかって。

『私が悪い事をしたわけじゃないから謝る気持ちは湧かない。だけどパパからは、私の曾祖父が助けられ、今自分たちが生かされているのは、一人の慰安婦の方のお陰だと教えられた。もし今目の前に慰安婦だった方々がいれば、私は一人一人に心からの感謝を伝えたい。すごく辛いこともいっぱいあったと思うけど、お婆ちゃん、ありがとうって』

パパから教わったあのメッセージで、恐怖とか怯えが消えたような気がしたんだ。そうだ、これが嘘のない私の気持ちだって。これなら私も心を込めていえるって。そう思ったらまた希望が湧いて来たの。なんだか真っ暗な部屋から急に大空に飛び出したみたいな気持ちになれた。

でも私が一番嬉しかったのは、相談に行ったとき、『ちょっとだけ時間くれへんか。汐里を守れる方法がないか考えてみる』っていってくれたことなんだよ。あれが一番効いたな。私の為に時間割いて色々調べてくれようとしてくれて、すごく心強かった。

パパの娘で本当に良かった。ありがとう。

アメリカでも不撓不屈で頑張ります。パパも体に気をつけてね。

パパのことが大好きな汐里より」

「距離が近づいたじゃない。お祖父ちゃんのお陰だね」

泣き腫らした目で麻沙子が顔を覗き込んでくる。

誠太郎はその目を見て一つ小さく頷いた。

父親を早くに亡くした誠太郎にとって、祖父は常に道標となって人生の行き先を示してくれた。えべっさんのような笑顔が脳裏に蘇る。

「梅干し出てるよ」

麻沙子が立ち上がる。誠太郎も追い掛けるように立ち上がり、手紙をポケットに仕舞ってから、顎を擦って梅干しの跡を消した。が、不意にその手を止めた。

「あれ、もう梅干しはええやろ」

「あっ、そうだね。これからは好きなだけ考え事して」

微笑みながら麻沙子がすっと腕を組んで来た。突然の事に誠太郎は少し恥ずかしくなった。

カートを押す旅行客が行き交う中、五十前の二人は駐車場までの通路を何年かぶりで恋人のように歩いた。

娘のいない寂しさがぶり返したのか、麻沙子がまたも鼻を啜り始める。

誠太郎は妻を慰める。

「帰りにペットショップにでも寄ってみるか」

「汐里の代わりに猫でも飼うの」

「どない？」

いらないよと否定した直後に、麻沙子は潤んだ目を輝かせた。

「そうだ、トッケイ、売ってないかな」

「オレ爬虫類苦手やで」

「幸せになりたくないの？　仕事増やして学費稼がなきゃ」

「そやな……ほな飼おか」

妻を前にすると、誠太郎はやっぱり自分の意見は主張できず流される。

飼ってみてもいいか。飼育ケースは汐里の部屋に置けばいいし。

そんなことを夢想していた誠太郎の顎はやっぱり梅干しになっていた。

【了】

【主要参考文献】

「戦史叢書　イラワジ会戦」（防衛研究所戦史室）
「戦史叢書　大本営陸軍部三」（防衛研究所戦史室）
「復員庁戦史資料調査表」
「日本人戦争捕虜尋問レポートＮｏ49」
（アメリカ合衆国戦争情報局心理作戦班）
「慰安婦と戦場の性」（秦邦彦　新潮選書）
「漢口慰安所」（長澤健一　図書出版社）
「武漢兵站」（山田清吉　図書出版社）
「従軍慰安婦　正編」（千田夏光　三一書房）
「従軍慰安婦　続編」（千田夏光　三一書房）
「朝日新聞縮刷版1992年」（朝日新聞）
「朝鮮人慰安婦と日本人」（吉田清治　新人物往来社）
「私の戦争犯罪 朝鮮人強制連行」（吉田清治　三一書房）
「死の筏」（藤野英夫　緑地社）
「ひと目で分かる従軍慰安婦の真実」（水間憲政　ＰＨＰ出版）
「一下士官のビルマ戦記」（三浦徳平　葦出版）
「死守命令」（田中稔　光人社）
「カチン族の首かご」（妹尾隆彦　筑摩書房）
「イラワジの誓い」（八江正吉）
「収容所のロビンソンクルーソー」（井上咸　毎日新聞社）
「陸軍師団総覧」（森山康平・田藤博ほか　新人物往来社）
「父の謝罪碑を撤去します」（大高未貴　産経新聞出版社）
「ビルマ慰安所を見た元日本兵の手記」
（水上輝三　正論1996年12月号）

宮内見（みやうち　み）

1965年神戸市生まれ。同志社大学文学部卒。
大阪の放送作家・新野新に入門。見と命名される。
ラジオ関西「真夜なかんかん」で放送作家デビュー。
「スーパーＪチャンネル」「ワイドスクランブル」他
東京大阪で多数のテレビ・ラジオ番組を構成。
レトルトカレー1500食の評論家でもある。

於ミッチーナ　2018年

トッケイは七度鳴く

2021年4月26日　初版第1刷発行

著　者　　宮内見
発行者　　日本橋出版
〒103-0023　東京都中央区日本橋本町2-3-15
共同ビル新本町5階
電話　03(6273)2638
https://nihonbashi-pub.co.jp/
発売元　　星雲社（共同出版社・流通責任出版社）
〒112-0005　東京都文京区水道1-3-30

ISBN 978-4-434-28810-4　C0093